Le meilleur rôle de ma vie

Cynthia Kafka est une ancienne professeure des écoles devenue blogueuse par envie, rédactrice par opportunité, auteure de guides de développement personnel par hasard et auteure par passion.

Le meilleur rôle de ma vie est son troisième roman.

cynthiakafkapro@gmail.com

ISBN : 9782956903017

Dépôt légal : Mars 2020

Création couverture : © Noar Noar

Cynthia Kafka

Le meilleur rôle de ma vie

De la même auteure :

LA COLLECTIONNEUSE DE CIELS.

JE SUIS VENUE TE DIRE…

Aux deux amours qui m'ont offert
le meilleur rôle de ma vie,
Léandre et Marissa.

L'imperfection est beauté, la folie est génie et il vaut mieux être totalement ridicule que totalement ennuyeux.
-Marilyn Monroe-

-Meilleur espoir féminin-

Carnet de castings d'Ellie Lobster.

Liste des castings de juin 2019 :

3 juin.

Rôle d'une femme flic pour une série.

Recalée.

Motif : le casting était truqué. L'agent avait déjà choisi d'engager la petite-amie du fils de sa femme de ménage.

Marge de progression : devenir la petite amie du fils d'une femme de ménage d'agent de casting.

5 juin.

Rôle de Polly, créature sexy.

Partie avant l'heure de mon passage.

Motif : j'ai compris (au bout de deux heures !) que ce n'était pas un film de SF (pour « science-fiction »), mais un film SM (pour « sado-maso »). J'aurais dû me douter que les bruits entendus depuis le couloir ne provenaient pas d'une soucoupe volante.

Marge de progression : lire les annonces jusqu'au bout, notes en italique incluses.

7 juin.

Rôle d'une courgette géante au rayon fruits et légumes d'un vieux supermarché de banlieue.

Réussi.

Édit : j'ai été congédiée au bout de deux heures parce que le déguisement s'est décousu au niveau des fesses et que ça faisait « mauvais genre devant la clientèle ».

Note pour moi-même : il fait froid, au rayon fruits et légumes, quand on a la rondelle de courgette décousue.

9 juin.
Rôle d'une morte lors d'une autopsie pour un film.
Recalée
Motif : mes pieds étaient trop petits (???)
Marge de progression : grandir des pieds ?

11 juin.
Rôle de la veuve d'un éminent professeur de latin pour un film d'auteur.
Réussi !
Édit : le film a été annulé. D'après l'assistant désemparé, le metteur en scène a empoché l'intégralité de la cagnotte Leetchi mise en place pour financer le tournage et s'est barré au Mozambique (ou en Patagonie.)
Marge de progression : créer une cagnotte Leetchi et monter moi-même le film dont je tiendrai le rôle principal.

14 juin.
Rôle d'une héroïne belle et drôle pour une comédie romantique à la Bridget Jones : recalée.
Motif : Prise dans une envolée lyrique, j'ai shooté dans une caméra qui est tombée sur le directeur de casting. Marge de progression : envoyer une carte au directeur de casting pour prendre des nouvelles de sa commotion cérébrale ?

16 juin.
Rôle d'Ophélie, film dramatique.

1.
-Rendez-vous-

« Faites qu'il y ait encore quelqu'un, faites qu'il y ait encore quelqu'un ! »

Théâtre Saint-Martin. Les lettres s'étalaient au-dessus d'une double porte vitrée comme pour mieux me narguer. On ne pouvait pas les louper. Malgré tout, j'étais passée trois fois devant sans les voir. Courbée en deux, les mains sur les genoux comme si j'avais arraché le ruban de fin de course du marathon de Paris, je tentai de reprendre une allure calme et mon souffle par la même occasion. Pas de panique, Ellie. Un retard, ce n'était pas la fin du monde.

J'étais censée implorer Théodore de ne pas m'abandonner il y avait très exactement 57 minutes, mais il m'avait forcément attendue. Je poussai de tout mon poids sur la porte et lâchai un soupir de frustration en me rendant compte qu'elle était bel et bien fermée. Si ce brave Théodore avait existé, il serait mort sans entendre ma déclaration d'amour. Heureusement pour lui, Théodore n'était qu'un des personnages fictifs issus de l'imagination du grand Kaminavolkovitch. Moi, je postulais pour le rôle d'Ophélie, son amante maudite… Enfin, je venais passer le casting, sauf qu'apparemment, le casting s'était passé sans moi. À moins que les auditions soient toujours en cours et qu'ils aient interdit l'accès pour ne pas être dérangés, auquel cas, il me restait encore une chance.

Je contournai le bâtiment, avisai une porte latérale et appuyai sur la poignée. La porte céda et mon cœur se gonfla d'espoir. Je courus entre les rangées de fauteuils rouge sombre, jetai un regard circulaire sur la salle vide et grimpai sur scène.

— Hé oh ? Y'a quelqu'un ?

J'étais sûrement pathétique, mais j'avais toujours tendance à y croire, même quand tous les signaux prouvaient clairement que c'était foutu. Je n'y étais pour rien, j'avais hérité de mon père le gène de la théorie du verre à moitié plein. Je prenais régulièrement de grandes résolutions anti-naïveté, mais *chassez le naturel, il revenait au galop*. J'avais été un cheval de course dans une vie antérieure, je ne voyais pas d'autre explication.

Le silence me répondit. Cette fois, j'allais devoir m'avouer vaincue. Je rebroussais chemin, dépitée, visualisant pour me réconforter le *banana split* supplément Chantilly que j'allais m'enfiler en lot de consolation, lorsque je distinguai une ombre qui se faufilait à toute allure côté cour, comme pour m'éviter. Je redressai les épaules.

— Monsieur ? Madame ? Euh, quelqu'un ? Youhou !

L'ombre apparut sur scène, se transformant en un type barbu d'une cinquantaine d'années à l'air à la fois surpris et mécontent de me découvrir ici. Mon regard dévia sur le balai qu'il tenait à deux mains. Mon sourire s'estompa. Celui qui représentait mon dernier espoir était visiblement un homme d'entretien exaspéré d'être importuné dans son travail par des comédiens en retard. Ma déception se manifesta par un menton aussi tremblant que mes jambes (qui se remettaient difficilement de leur course.)

Le bonhomme me dévisagea en se grattant la barbe, comme si ce geste pouvait l'aider à me faire déguerpir du paysage.

J'imaginais à quel point ma présence larmoyante devait l'ennuyer. Une femme qui pleurait, dixit mon père, c'était un problème insurmontable pour les hommes qui ne savaient jamais comment réagir de façon appropriée. Et qui, de fait, réagissaient systématiquement à l'inverse de ce que ladite femme espérait d'eux. J'avais toujours trouvé sa théorie un tantinet machiste. Cependant, l'expérience m'avait prouvé à de nombreuses reprises qu'il n'avait pas tout à fait tort. Du reste, Marylin Monroe avait déclaré : « *Les femmes ont à leur disposition deux armes terribles, le fard et les larmes.* » Si même Marylin l'avait dit, c'était forcément vrai. J'étais fan de Marylin. Je l'avais découverte quand j'étais au collège, à l'époque où j'avais choisi de devenir actrice. Je rêvais de suivre son chemin, à l'exception de l'âge de sa mort, évidemment.

Pour le moment, j'ouvrais les yeux en grand pour contenir mes larmes, quand bien même c'était couru d'avance que je n'y échapperais pas. Je ne savais pas si je souffrais d'une faille génétique et si la médecine avait déjà posé un diagnostic sur d'autres sujets, mais mes glandes lacrymales étaient défaillantes. Si je commençais à pleurer, j'étais incapable de m'arrêter. Ça ne serait pas un problème si ça m'arrivait rarement, mais ce n'était pas le cas. Pour preuve, dans la famille, ils me surnommaient l*e robinet*. Ça les faisait follement rire, ils assuraient que c'était affectueux. Moi, ça m'avait longtemps fait pleurer encore plus, avant que je ne décide de les ignorer. J'étais d'une nature très positive, un peu trop apparemment, mais pour contrebalancer, je pleurais. Devant les films d'amour, les informations, la peine des autres. Il suffisait de me laisser face à un chagrin d'enfant qui avait perdu son doudou, même s'il l'avait juste laissé traîner sous le coussin du canapé, et les larmes me montaient immédiatement aux yeux. Petite, j'étais du genre à sangloter quand mon grand frère me volait mon nez, alors même que je savais pertinemment qu'il ne le tenait pas véritablement entre ses doigts. Encore aujourd'hui, je perpétuais la tradition qui consistait à lui coller une baffe dès qu'il avançait sa main vers mon visage. J'étais une pleurnicheuse, une pleureuse, une chialeuse. À priori, c'était ça, mon seul incroyable talent. Ma vie était passionnante.

L'homme s'approcha de moi tout en conservant une distance respectable. Il essayait sûrement de deviner à quel degré de folie furieuse il avait à faire. Le pauvre, s'il avait su, il aurait déjà piqué un sprint jusqu'à l'autre bout de Paris. Malgré tout, je distinguai une lueur étrange dans son regard alors qu'il m'examinait de la tête aux pieds. Comme s'il me trouvait à son goût. Peut-être que c'était un tueur en série qui traînait dans les coulisses pour trucider les comédiennes en retard ?

— Mademoiselle ? Ça va ? souffla-t-il, l'air inquiet.

Ma mâchoire se crispa. On était au XXIe siècle. Bientôt, on pourrait effectuer l'aller-retour Paris-Neptune dans la journée pour le prix d'un ticket de métro, et certaines personnes n'avaient pas encore compris qu'on ne devait pas demander aux gens qui pleuraient si ça allait. Ce monde ne tournait pas rond. Je sanglotai de plus belle et lâchai ma frustration :

— Comment voulez-vous que ça aille ? Je venais passer le casting pour le film de Kaminavolkovitch. J'avais même appris à prononcer *« Kaminavolkovitch »* pour l'occasion. Je pensais sincèrement que cette fois, je tenais le rôle de ma vie à portée de doigts. Je suis une ratée.

— Mais non…

— Mais si, puisque je vous le dis ! beuglai-je en brassant l'air autour de moi. Je rate tout. J'ai raté ce casting, je vais rater mon train pour rentrer dans le trou du cul du monde où je suis prisonnière des récoltes désastreuses de mes parents, et je vais rater ma vie. Je vais finir à l'usine avec mon oncle Maurice, voilà mon tragique destin. Dire que je connaissais toutes les répliques par cœur et que personne ne pourra les écouter…

— Mais non, voyons, tenta de tempérer le pauvre bougre.

— Mais si.

— Mais non…

— Mais si !

Notre échange digne d'une partie de ping-pong particulièrement ennuyeuse me semblait bien parti pour durer, mais le factotum se lassa avant moi :

— Allez, racontez-moi.

— Je ne veux pas vous embêter.

— Vous ne m'importunez pas du tout, déclara-t-il avec une mine qui prouvait pourtant le contraire.

Je lâchai un couinement désabusé.

— Je vous résume, sinon, on est là pour la journée. J'ai 24 ans. Je suis des cours de théâtre depuis mon entrée au collège. Devenir actrice, c'est le but que je me suis fixé. Y'en a qui veulent une montre en or avant leurs 50 ans. Moi, je veux être comédienne, abandonner mon nom et quitter la ferme familiale où mes frères, ma sœur et moi sommes bloqués parce que mes parents ont des soucis de trésorerie depuis des années. Seulement, j'ai postulé à près de 1500 castings ces six dernières années. 1489, pour être exacte, je tiens les comptes dans mon carnet. Et vous savez quoi ?

Le type ouvrit de grands yeux dans lesquels se refléta le néant. Évidemment qu'il ne savait pas. Je poursuivis donc mon monologue.

— Je n'ai jamais décroché le premier rôle. Je suis le *Poulidor* du casting. Enfin, non, même pas. Je n'ai jamais obtenu le second rôle non plus. Je n'ai réussi à être embauchée que pour de la figuration, ou des pubs bas de gamme pour des produits indigestes. Avez-vous déjà goûté les yaourts au soja de *Let'Sojaime* ?

Le visage de mon interlocuteur se crispa un peu plus. Il balbutia que non, et je lus dans son regard qu'il espérait avoir donné la réponse appropriée.

— N'essayez pas, c'est un conseil. Ils sont absolument infects. Moi, j'ai dû en manger 27 d'affilée en conservant une mine enjouée. J'ai fini par vomir sur le plateau de tournage, la pub n'a jamais été diffusée à la télé. À chaque fois, je crois que je vais décrocher le rôle qui fera décoller ma carrière. À chaque fois, je me sabote moi-même. C'est du moins ce qu'affirme Marie-Lou, ma petite sœur. Selon son analyse psychologique, je ne tiens pas la pression. J'aurais dû naître à l'époque des films muets. Je suis très douée pour jouer le cadavre lors d'une autopsie. Vous voyez le genre ? Sauf que vous savez, c'est saturé, le rôle du mort. C'est fou le nombre de comédiens qui se bousculent pour être allongés à moitié nus sans respirer.

Il approuva de la tête, l'air inspiré, comme s'il tenait lui-même le registre des postulants au poste de macchabée.

— Vous voulez un verre d'eau ?

Sa question me laissa sans voix. J'utilisais ce gars comme un punching-ball verbal depuis cinq bonnes minutes et non seulement il restait impassible, mais en plus, il se souciait de moi. Je me calmai et bredouillai.

— Non, ça va aller, merci. C'est gentil de le proposer.

— Comment vous appelez-vous ?

— Éléonore Cas… Ellie Lobster. C'est mon nom de scène, parce que mon vrai nom est juste impossible à porter. Chaque fois que je le lâche, il provoque l'hilarité. Lobster, ça sonne américain, ça ajoute une touche classe, ça fait… bien, non ?

Je préférais éviter de dire à haute voix mon nom de famille. À la loterie des noms les plus pourris, j'avais écopé du ticket d'or. Cascouille. Éléonore Cascouille. Voilà comment je m'appelais. Et oui, le *« s »* se prononçait. Autant dire qu'il avait égayé le quotidien de toute une génération d'élèves. Dans la vie de tous les jours, ce n'était pas évident non plus. Imaginez une salle d'attente blindée, et une assistante, sourire en coin, scandant *« Cascouille »* en patientant pour qu'on la suive. Parfois, j'avais juste envie de ne pas me lever. Si j'étais honnête avec moi-même, je devais avouer que ce nom était à l'origine de mon souhait de devenir quelqu'un d'autre. Le factotum eut l'air sceptique, même si je voyais qu'il déployait de gros efforts pour me donner l'impression qu'il était d'accord.

— Lobster, comme Homard ?

— Omar comme Omar Sy ? Non, comme Lobster !

— Oui, mais Lobster, ça se traduit par *« homard »* en anglais, vous le savez tout de même ?

— Ah ! Bien entendu que je sais, je suis parfaitement bilingue. Je n'ai pas choisi au hasard, enfin pas totalement. C'est le prénom d'un personnage de fiction. Lobster Johnson. C'est trop long à expliquer. Je ne suis même pas fan, c'est une BD qui appartient à Mickaël, mon frère numéro 2, et sur laquelle je suis tombée le jour où je réfléchissais à un nom de scène. Si vous êtes curieux, je vous invite à aller visiter sa fiche Wikipédia. Celle de Lobster Johnson, pas de mon frère, lui, il n'en possède pas.

Le barbu me dévisagea.

Je le voyais osciller entre l'incompréhension la plus totale et une sorte… d'intérêt ? Je n'arrivais pas à déterminer ce qui se passait sous son crâne dégarni, mais ça devait chauffer, là-dedans. Au moment où je pensais qu'il allait me raccompagner vers la sortie, un drôle de sourire éclaira son visage.

— Vous pouvez me réciter vos répliques, si vous voulez, me proposa-t-il.

— Quoi ?

— Vos répliques. Vous pouvez me les réciter. Vous n'aurez pas tout appris pour rien.

— Oh. C'est gentil, mais…

Je lui faisais pitié. J'avais horreur de ça. Cela dit, il avait raison. J'avais mémorisé tout ce texte et aucun public n'en profiterait jamais… Je souris et essuyai mes dernières larmes du revers de la main.

— Bon d'accord, mais c'est bien parce que vous insistez.

Ni une, ni deux, avant qu'il ne change d'avis, je me lançai dans l'interprétation d'Ophélie, ancienne danseuse étoile amputée des deux jambes qui se battait pour sauver son amant Théodore des griffes de la mafia japonaise. Pendant un quart d'heure, assise à même le plancher, je criai, je pleurai mon amour, je rugis, je me roulai par terre, je geignis, je ressentis le malheur, je fus le malheur. Je n'avais jamais aussi bien joué. Le timing de ma vie était vraiment pourri.

Tandis que je mourais empoisonnée sur le corps imaginaire de Théodore, je vis du coin de l'œil mon unique spectateur ranger son téléphone portable dans sa poche. Je ne m'étais pas aperçue qu'il l'avait sorti. Avais-je été si mauvaise qu'il s'était offert une partie de *Candy Crush* pendant ma prestation ?

— C'était… original. Un moment singulier dans ma vie, chère Ellie Lobster, souligna-t-il très sérieusement. Merci.

— Avec plaisir, m'illuminai-je en me relevant. Monsieur ?

— Priotto. Ernest Priotto, se présenta-t-il en avançant la main dans ma direction.

La stupeur me gagna. Le souffle coupé, j'agrippai sa main tendue comme s'il était dans le canot de sauvetage et moi dans le *Titanic*.

— Ernest Priotto comme…

— Oui, acquiesça-t-il avec l'air satisfait de l'apprenti magicien qui vient de réussir à extirper un lapin de son chapeau.

— Ernest Priotto, le Ernest Priotto ? L'agent des stars ? L'agent de ce casting ? Attendez… pourquoi passiez-vous le balai ?

— Je comptais m'en servir pour me défendre, vous faites peur quand vous criez, avoua-t-il en essayant de récupérer ses doigts écrasés dans les miens.

— Oh. Merde. La honte intersidérale ! Excusez-moi, Monsieur Priotto, si j'avais su… Oh putain ! Enfin, non, désolée, pas putain, pardon…

Ernest Priotto posa une main rassurante sur mon avant-bras (celle dont les doigts n'avaient pas été broyés), et m'offrit un sourire digne d'une campagne publicitaire pour le brossage des dents. Machinalement, je passai la langue sur les miennes pour vérifier qu'elles étaient bien lisses.

— C'est le destin qui nous a fait nous croiser, Mademoiselle Lobster. Très sincèrement, je ne crois pas que le dernier Kaminavolkovitch vous convienne, quand bien même je salue votre façon d'articuler son nom. Néanmoins, vous êtes exactement la personne que je recherche pour autre chose. Vous avez besoin d'un travail, n'est-ce pas ?

Je hochai vigoureusement la tête, incapable d'émettre le moindre son.

— Je peux vous en offrir un sur un plateau d'argent, sourit-il en me tendant une carte. On se voit demain à 15 heures à mon agence, si cela vous convient.

Si cela me convenait ? Moi, dans l'agence de Priotto ? C'était comme demander à Cendrillon si elle voulait aller au bal. Ça ne me convenait pas, ça me transcendait. J'avais envie de le prendre dans mes bras, de pleurer, rire et danser en même temps. J'avais envie de taper des mains et des pieds. Je me contentai de sautiller sur place et le remerciai vivement.

— Monsieur Priotto, je… À demain, 15 heures, sans faute. Je ne vous décevrai pas.

— J'espère que la réciproque sera vraie.

2.
-La grande illusion-

Après m'être offert un *banana split* pour me féliciter (toutes les excuses étaient bonnes pour savourer un *banana split*), je retrouvai ma sœur Marie-Lou à la gare du Nord. Je profitai du trajet vers notre campagne natale pour lui raconter en détail l'entrevue qui risquait de changer ma vie.

— Priotto est un incontournable, Malou. Une vraie pointure dans le milieu. Je ne l'avais jamais croisé jusqu'à aujourd'hui. Habituellement, il délègue et reste bien au chaud dans sa tour d'ivoire. Du coup, tomber sur lui par hasard et qu'il me repère pour un rôle précis... c'est un signe, je suis sûre que la roue est en train de tourner ! Et si c'était lui qui me proposait le meilleur rôle de ma vie ? Je suis excitée comme une puce au Mondial de la moquette !

— Je suis tellement heureuse pour toi, mon Ellie-chou ! jubila ma sœur, impressionnée. En revanche, pour ton rendez-vous, tu ne déconnes pas. Tu te couches tôt ce soir, tu prends le premier train demain et tu déjeunes près de son agence, comme ça, tu seras à l'heure, cette fois, d'accord ? La roue est peut-être en train de tourner, mais ce serait dommage qu'avec ta chance, elle t'écrase au passage !

Je ris de bon cœur, des papillons dans le ventre. Il me sembla en cet instant que rien ne pouvait altérer ma bonne humeur.

— J'ai hâte de raconter ça aux parents, ils vont halluciner ! Eux qui me tannent pour que je trouve un boulot plan-plan parce qu'ils se figurent qu'on doit absolument connaître du monde ou coucher pour décrocher un rôle ! Ah ça, ils vont être bluffés !

— Ouais, bah attends quand même, on ne sait jamais. Mieux vaut ne pas mettre la peau de l'ours dans la charrue avant d'avoir tué les bœufs !

Je me serais volontiers passée du pessimisme de Marie-Lou, mais j'appréciais sa lubie de mixer sciemment les expressions. Je me creusai les méninges pour la faire rire à mon tour, mais mon téléphone sonna dans mon sac à main, et je me dépêchai de le récupérer.

— Qui est-ce ? s'intéressa ma sœur, curieuse, en se penchant sur mon épaule pour lire le SMS qui s'affichait sur mon écran.

— C'est personnel, grommelai-je en tournant mon téléphone de manière à ce que ses yeux inquisiteurs n'aient pas accès au contenu du message.

Dans ma famille, la notion d'intimité était bafouée en permanence. Il y avait toujours quelqu'un pour entrer dans les chambres sans frapper, pour ouvrir le courrier des autres, surtout quand il était noté *« confidentiel »*, ou pour écouter aux portes. Dès que les prémices d'un ragot circulaient, mon père convoquait le conseil de famille pour extirper des informations. Et quand je parlais de conseil de famille, ce n'était pas juste une expression. Je vivais sous le même toit que mes parents, ma grand-mère, mes frères Mickaël et Gérald, et ma petite sœur Marie-Lou. Ma grande sœur Nathalie, elle, avait réussi à s'échapper et avait fondé sa propre famille nombreuse à 4 kilomètres de la ferme familiale. C'était arrivé juste avant que les problèmes financiers des parents nous obligent à mettre la main au porte-monnaie et nous empêchent de quitter le nid. Marie-Lou, défaitiste en chef, déclarait souvent qu'on était bloqué là à vie et que dans 50 ans, on pourrait transformer la ferme en maison de retraite et s'échanger nos dentiers en matant la 654e saison de *« Plus belle la vie »*.

— Laisse-moi deviner, reprit sèchement ma sœur, vexée que je ne me confie pas à elle. C'est Gilles ?

Je levai les yeux au ciel et marmonnai, agacée.

— En quoi ça te regarde ?

— Comment ça, *« en quoi ça me regarde »* ? me singea-t-elle en posant les deux mains sur son cœur, comme si ma question lui avait provoqué un malaise. Je suis ta sœur, aux dernières nouvelles !

J'ai bien le droit de savoir qui t'écrit, tout de même.

Je soupirai, vaincue. De toute manière, si je refusais de lui répondre, elle ne me lâcherait pas et passerait au chantage en ressortant mes vieux dossiers.

— Ouais, c'est lui. Il me propose de le rejoindre ce soir pour dîner avec lui.

Gilles vivait dans la ferme de ses parents, à cent mètres de la nôtre. Depuis qu'on était gamins, on était toujours fourré l'un chez l'autre. Malgré cela, on ne pouvait pas trouver plus différent que lui et moi. Lui était fils unique et adorait passer du temps avec ma tribu bruyante, quand moi, je mourais d'envie de m'éloigner de l'effervescence, des cris et de ce trou paumé. Nous flirtions depuis la préadolescence, et tout le monde nous imaginait casés. Je crois même que sa mère et la mienne avaient déjà dressé la liste des invités à notre mariage. Mariage qui ne se célèbrerait jamais, pour la simple raison qu'on n'était pas amoureux. On sortait ensemble parfois, on couchait ensemble surtout. Ça pouvait sembler pathétique, mais je n'avais pas beaucoup d'autres alternatives, il était le seul mec de mon village à réunir deux critères essentiels : avoir moins de 70 ans et ne pas être mon frère, mon beau-frère ou mon cousin. J'étais de mon côté sa meilleure amie, celle avec qui il avait laissé tomber sa timidité. C'était là tout ce qui nous rassemblait, on aspirait chacun à une vie totalement différente. Lui vibrait d'excitation à l'idée d'assurer la relève de ses parents au domaine agricole, moi, je rêvais de gloire, de paillettes et surtout de m'éloigner le plus possible de ma campagne.

— Oh, un dîner romantique ? susurra Marie-Lou, des cœurs dans les yeux.

— Pas du tout, répondis-je, la mine sombre. Arrête de t'imaginer dans une robe de témoin, Malou. Je te l'ai déjà dit, Gilles et moi, c'est purement physique. Je ne conçois pas une seconde de passer ma vie avec lui. Je nourris des projets bien plus exaltants pour mon avenir.

— À viser la lune, on se casse la gueule dans le tas de fumier, Ellie, philosopha ma sœur. Tu as de la veine. Gilles est un mec génial. Il n'est peut-être pas aussi déluré ni aussi intellectuel que tu le voudrais, mais il est stable, drôle, gentil et attentionné.

Je grognai par principe, même si sur le fond, je devais convenir qu'elle avait raison. Gilles était adorable, et la fille qui partagerait sa vie aurait énormément de chance. Simplement, cette fille, ce n'était pas moi.

— Tu vas y aller ? se renseigna-t-elle.

— Bien sûr, ça me détendra. Gilles est très doué pour…

— Aucun détail sur votre vie sexuelle, Ellie, je t'en prie.

Je battis des cils et pris un petit air polisson.

— Tu ne veux rien connaître de la position de la brouette javanaise qu'on a essayée la semaine dernière dans le champ derrière chez Gaspard ? Pourtant, je t'assure que c'était…

— Arrête ! vociféra-t-elle en se bouchant les oreilles. Bon, tu ne rentreras pas trop tard, alors. C'est un ordre !

— Oui Maman !

****

La cour devant la maison des parents de Gilles était plongée dans l'obscurité lorsque je franchis le lourd portail. Comme je ne voulais pas ruiner mes bottines en daim dans une flaque de gadoue et que j'avais oublié mon téléphone qui aurait pu me servir de lampe de poche, je criai son prénom.

Il surgit derrière moi et me plaqua les mains sur les yeux, mais je ne fus pas surprise. J'avais entendu ses bottes en caoutchouc couiner.

— Chut. Ceci est un enlèvement, glissa-t-il dans le creux de mon oreille.

J'éclatai de rire et déposai un chaste baiser sur sa joue, au cas où madame Billaud, sa mère, nous observerait depuis la cuisine où elle passait la moitié de sa vie. Tout le monde croyait qu'elle testait des recettes à longueur de journée. Moi, je savais qu'elle cachait derrière son grand livre de tartes flambées des romans pseudo-érotiques. Elle rouspétait quand on pénétrait dans son domaine parce qu'elle détestait qu'on la dérange entre deux chapitres. Dès qu'elle terminait un bouquin, elle fonçait le planquer dans un vieux débarras à côté de la chambre de Gilles. Il filait les récupérer en douce et apprenait ainsi des positions audacieuses dont je profitais sans avoir à me taper 400 pages de blabla soporifique sur l'amour naissant entre deux héros maudits.

— Je suis consentante, Gilles…

— Encore heureux ! Allez, laisse-moi te bander les yeux…

Je gloussai. J'imaginai qu'il venait d'achever *Cinquante nuances de Grey* ou un roman du même acabit, et qu'il allait attacher une cravate de soie sur mon visage pour me faire ensuite découvrir comment brillaient les étoiles depuis le septième ciel. Grossière erreur. On ne changeait pas un poney en cheval de course, et Gilles demeurait, malgré ses lectures, ce qu'on pouvait appeler un romantique rustique. Pour preuve, il m'enfonça jusqu'au cou son vieux bonnet de travail qui sentait le pâturage et la poussière. Je toussai. Il chuchota un *« Par ici, Mamz'elle »*, colla sa main rugueuse sur la mienne et me dirigea avec autant de douceur que lorsqu'il s'occupait de ses cochons. Ma libido redescendit en flèche. Je le suivis jusqu'à ce qu'il nous immobilise et me lâche.

À l'odeur, je devinai qu'il nous avait conduits dans sa grange. Il retira son bonnet de mon crâne en m'arrachant quelques cheveux au passage, je rouspétai sur sa maladresse et clignai des yeux.

— Tadam ! Je t'ai préparé un pique-nique aux chandelles ! Tu vas adorer, j'ai acheté du pâté de tête à Hector ! me révéla-t-il, aussi euphorique que s'il avait voyagé jusqu'en Russie pour nous ramener du caviar.

Mon regard balaya la grange. Dans le fond de la bâtisse, à même la paille qui jonchait le sol en terre, Gilles avait installé une grande nappe à carreaux rouge et blanche, vestige d'un autre temps. Il avait cloué une longue guirlande électrique sur le mur, et avait même posé le vieux chandelier de ses parents au centre de notre table improvisée.

On se serait cru dans un décor créé pour *L'amour est dans le pré*, les caméras en moins, le kitsch et l'odeur en plus. Que ceux qui songeaient que le romantisme était mort ne viennent pas voir Gilles, l'amour n'était pas dans la grange. Cependant, il avait l'air si fier de lui que j'accrochai une expression enjouée sur ma figure.

— Oh, tout ça pour moi ? Tu n'aurais pas dû te donner tout ce mal !

— Rien n'est trop beau pour toi, Éléonore. Installe-toi, ordonna-t-il en me tendant un verre de vin, dans lequel je m'empressai de tremper mes lèvres. Je grimaçai dès la première gorgée.

— C'est, euh… de la villageoise ?

Il plissa les yeux et haussa les épaules.

— Ne joue pas ta snob, Ellie. C'est la fin du cubi de rouge qu'on a servi à la fête du muguet, tu ne t'en es pas plainte à ce moment-là. Tu t'es même pris une sacrée cuite, ce soir-là. Tu te souviens quand tu as chanté cette chanson des Spice Girls en te trémoussant devant tout le village ? La vidéo est encore dans mon téléphone, si tu veux.

— C'est bon. Que tu me le rappelles est déjà bien assez humiliant comme ça, pas besoin du son en prime.

— J'avais prévu d'acheter du champagne, mais maman a oublié, quand elle a fait mes courses, me confia-t-il, la mine contrite.

Je ravalai un grognement agacé. Gilles était incorrigible. Un vrai fils à maman. Je m'apprêtai à lui signaler qu'il était majeur et qu'il aurait pu y aller tout seul, mais j'étais venue dans l'optique d'une partie de jambes en l'air pour me détendre. Ç'aurait été ballot qu'on se dispute avant. Je levai mon verre de rouge et trinquai en signe d'apaisement. Gilles me tendit un Tupperware contenant une salade de pommes de terre. Je mangeai avec appétit, et nous bavardâmes gaiement à propos de sa journée à la ferme. J'évitai de mentionner le casting et la proposition miraculeuse de Priotto, il estimait que je perdais mon temps et que je ferais mieux d'aider mes parents au domaine agricole. Avec Gilles, il n'y avait pas de suspense, le bonheur était dans le pré.

Au quatrième verre de vin, le bon nombre pour omettre qu'il provenait du cubi du comité des fêtes dont le père de Gilles était le président, je sentis l'ambiance s'appesantir. Mon ami et plus si affinités se trémoussait comme s'il avait besoin de se vider la vessie. Il ouvrit la bouche, la referma, se tritura les doigts, gonfla les joues. Plus les secondes passaient, plus il semblait nerveux.

— Tout va bien Gilles ?

— Oui oui. Enfin non, je ne sais pas. Écoute, voilà, il faut qu'on parle.

— C'est ce que nous faisons depuis une heure, non ?

— S'il te plaît, Éléonore. Ne m'interromps pas, pour une fois.

De la main, je mimai la couture de ma bouche avec du fil, puis me stoppai avant de jeter l'aiguille en croisant le regard assassin de mon ami

— Bien, débuta-t-il, en prenant une profonde inspiration. Maintenant que j'ai attiré ton attention, voilà ce que je voulais te dire. On se connaît depuis notre naissance, toi et moi. On a toujours tout vécu ensemble, et même plus. Ces derniers temps, on s'est beaucoup rapprochés, on se voit presque tous les jours et… j'ai besoin d'autre chose…

Il s'arrêta, fixa la guirlande qui grésillait, pesta que c'était trop dur et qu'il n'y arrivait pas, se tut de nouveau et fouilla ses poches.

Je n'avais pas obtenu l'autorisation de découdre mes lèvres et mon cerveau carburait à plein régime. Je croyais avoir deviné. Il s'était lassé de moi. Il m'avait convié à un dîner de rupture, mais ne savait plus comment se dépêtrer de cette situation. Il avait peur que notre amitié en pâtisse.

J'avais envie de lui dire que si c'était ça, il ne fallait pas qu'il se colle dans des états pareils, je m'en remettrais. J'allais le rassurer, on se quitterait bons amis, et je pourrais terminer ma soirée devant une série. Ou pas. Je l'observai se tortiller dans tous les sens. Il finit par sortir un bout de papier de sa poche.

— J'ai écrit mon texte, au cas où. Ce sera plus facile. Tu me laisses lire, d'acc' ?

Je souris en signe d'assentiment, sans émettre le moindre son. Je compris à cet instant que je pouvais rayer la partie de jambes en l'air du programme des festivités. Il inspira profondément et débuta sa lecture.

— Éléonore, depuis 24 ans, tu es la seule et l'unique, même si j'ai embrassé Magalie en voyage scolaire en Italie et fricoté avec Marion pendant que tu sortais avec Jérémy. Tu es celle qui occupe toute la place dans mon grand cœur d'agriculteur. Je voudrais qu'on élève vraiment les cochons ensemble et que les vaches soient bien gardées, comme tu le dis toujours en plaisantant. Ellie, je te veux dans mon lit, mais je veux aussi te voir te lever le matin pour ramasser les œufs, et le midi dans ma cuisine, et le soir sur notre canapé devant la télé. Bref, je te veux dans ma vie.

J'allais me sentir mal. La salade de pommes de terre nageait dans un océan de vin rouge à l'intérieur de mon estomac et menaçait de ressortir par là où elle était entrée. Je priai pour que ce ne soit pas ce que je pensais que ça allait être. Tout, mais pas ça.

D'un mouvement brusque, Gilles posa un genou à terre et fourra ses doigts dans la poche kangourou de sa salopette de travail. Il en extirpa un clou rouillé qu'il balança dans la paille, s'agaça, fouilla à nouveau et fit finalement surgir une bague (qu'il ne jeta pas). Je la reconnaissais, sa mère me l'avait montrée à plusieurs reprises quand j'étais ado. C'était la bague de fiançailles qui passait de main masculine en annulaire féminin depuis des générations dans sa famille. Il se racla la gorge.

— Éléonore, je t'aime et je désire que tu deviennes ma femme. Veux-tu m'épouser ?

C'était bien ce que je croyais que ça allait être et que je ne voulais pas que ce soit. J'observai mon ami à demi agenouillé devant moi et ne réussis à me focaliser que sur sa botte en caoutchouc crottée qui frôlait ma bottine et l'énorme caillou qu'il tenait entre ses doigts. Mes yeux dévièrent de l'une à l'autre. Botte, bague, botte, bague.

Pour une fois, je ne savais pas quoi répondre, mais ce n'était pas le moment idéal pour plaisanter à ce sujet. Une demande en mariage, c'était un truc sérieux. Je tentai d'imaginer ma vie si je disais oui.

Ça dura une longue minute, peut-être même deux. Gilles me fixait de ses grands yeux marron qui clignaient sous ses sourcils en bataille, l'air inquisiteur et la langue dépassant de ses lèvres comme à chaque fois qu'il réfléchissait intensément.

J'étais perdue, et je me doutais qu'un pile ou face serait mal perçu. Le peiner était la dernière chose que je souhaitais, je l'aimais beaucoup, mais me marier avec lui ? Rester toute ma vie dans ce village que j'aspirais à quitter depuis l'enfance ?

Je devais parler, et vite. Gilles retenait sa respiration depuis la fin de sa demande, il allait finir par manquer d'oxygène et tomber comme une mouche sous l'assaut d'une queue de vache. Je me mordis les lèvres. Le silence nous enveloppait, pesant, embarrassant. J'ouvris la bouche, malheureusement je n'eus pas le temps de prononcer la moindre syllabe.

Gilles, la bague en main et les yeux implorants, lâcha, sans réussir à se contrôler, un long pet terrifiant, qui résonna comme une bombe dans la grange. Aussitôt, il devint aussi rouge que sa nappe à carreaux, et moi, j'explosai de rire sans parvenir à me retenir. Le genre de fou rire nerveux qui ne passe qu'après avoir eu le hoquet et bu deux verres d'eau cul sec. Nos regards se croisèrent. Son air affligé me provoqua l'effet d'une douche froide. Mon rire se brisa. Il ne subsista qu'un léger rictus sur mon visage, et une odeur pestilentielle dans la grange. J'évitai de renifler, de peur que mon hilarité reparte de plus belle.

En essuyant les larmes qui avaient perlé à la bordure de mes cils, je me remis dans l'ambiance *demande en mariage*, qui pour moi était aussi incongrue que ce pet. Je ne pouvais pas accepter. Mes yeux s'emplirent de tristesse, cette fois. Gilles me fixait avec le petit air bovin qu'il prenait quand il était vexé, et je devinai à la lueur qui traversa ses prunelles qu'il avait compris ma réponse sans que j'aie besoin de la formuler.

— Écoute Gilles, ta déclaration était très, euh, émouvante, mais, je ne crois pas que ce soit ce que tu veux réellement. Tu l'as affirmé toi-même, tu n'as connu que deux filles à part moi. On a toute la vie devant nous, et puis tu sais, pour moi, le mariage, c'est…

— Ne te fatigue pas, Ellie, j'ai compris, bredouilla-t-il, la voix chevrotante.

Ses yeux se mouillèrent, il baissa la tête pour me les cacher. Je me rapprochai de lui pour le consoler, mais il se releva brusquement et se recula comme si j'allais le frapper.

— Ne dis rien, ce serait pire. Laisse-moi, j'ai besoin d'air.

Sa phrase à peine terminée, il s'enfuit en courant. Je me retrouvai dans la grange, les bras ballants et le cœur lourd, avec pour seule compagnie la culpabilité d'avoir blessé mon ami, et le reste du cubi.

Une vague de tristesse me submergea. Je me consolai en me répétant que j'avais pris la seule décision qui s'imposait. Il s'en remettrait, c'était certainement un mal pour un bien. J'étais persuadée qu'il n'avait pas véritablement de sentiments pour moi.

J'attrapai mon gilet, embrassai du regard le décor pseudo-romantique de ma première demande en mariage (foirée) et m'éclipsai. Gilles attendait sûrement un peu plus loin que je sois partie pour récupérer les restes de notre dîner.

****

Cacher un chagrin dans la maison familiale était plus compliqué que de sortir d'un labyrinthe en verre avec les yeux bandés. Dans la cuisine, mes parents me demandèrent quelle mouche m'avait piquée pour que je rentre si tôt, et est-ce que j'avais pensé à récupérer les bocaux de confiture vides ? Au salon, Mamie Jacqueline voulut savoir si j'avais passé une bonne soirée, et Mickaël, qui avait toujours 8 ans d'âge mental, essaya de me voler mon nez. Je dus ensuite enjamber Gérald et un moteur de tracteur pour accéder à l'escalier. Dans le couloir, je croisai Marie-Lou qui fronça les sourcils et me signala que je tirais la tronche d'un lapin pris au piège dans les phares d'une voiture, pour quelle raison cette fois ? Je prétextai mon rendez-vous du lendemain comme excuse pour les premiers, désolée pour les bocaux j'étais pressée, embrassai ma grand-mère avec un petit oui, et ignorai mes frères et ma sœur.

Je m'enfermai dans la salle de bains, ouvris les robinets à fond, posai mon casque sur mes oreilles, tournai le volume de mon iPod et plongeai dans mon bain avec un soupir d'aise. Enfin, j'allais pouvoir me détendre. Le visage peiné de Gilles s'insinua dans mon esprit, mais je le chassai. J'étais persuadée d'avoir agi au mieux. Le lendemain, j'irais le voir et je tenterais de sauver notre amitié. Pour le moment, je fis couler une seconde tournée d'eau chaude. *Mea culpa*, ce n'était ni écologique ni économique, cependant certaines situations méritaient qu'on envoie valser les gestes citoyens. Malgré la voix de Marvin Gaye qui chantait *Sexual Healing* dans mes oreilles, je remarquai que ça s'agitait au rez-de-chaussée, encore plus que d'habitude.

— Ellie ?

Marie-Lou frappa à la porte. Je montai le son. Elle persévéra, et hurla mon prénom. La porte trembla sous ses assauts répétés. Elle allait réussir à la défoncer. J'enlevai mon casque.

— Ellie tu m'entends ?

— Non.

— Ellie ? S'il te plaît. Ne me dis pas que Gilles et toi avez passé le début de soirée dans la grange ?

Cette manie de vouloir tout savoir m'exaspérait ! Je soupçonnais parfois ma sœur d'avoir un petit faible pour mon copain. Elle le défendait bec et ongles, lui trouvait systématiquement des excuses et paraissait plus douce en sa compagnie. Si elle le voulait, qu'elle ne se gêne pas, ça le consolerait !

— Je ne vais pas te le dire, alors. Pourquoi ?

— Pourquoi ? Parce qu'il y a le feu ! Les pompiers sont déjà sur place à essayer de maîtriser l'incendie, tout le monde est là-bas pour sauver ce qui peut l'être et pour mettre les cochons et les poules à l'abri. Y'a plus qu'à espérer qu'ils réussissent à l'éteindre avant que ça ne touche la maison des Billaud. Dis-moi que tu n'y es pour rien…

— Oh putain !

Je me hissai d'un bond hors de la baignoire, inondai le carrelage au passage, me ruai dans mon peignoir, glissai sur une flaque d'eau, tombai, jurai, me relevai et ouvris la porte. Marie-Lou m'attendait sur le seuil dans la position du shérif mécontent qui allait régler son compte aux truands. Je levai les mains en l'air en signe de paix.

— Ce n'est pas de ma faute, Malou, me défendis-je. Enfin, si, mais pas que. Je n'ai pas pensé à éteindre les bougies, j'ai cru que Gilles ne tarderait pas à revenir. Mon Dieu, il va vouloir me trucider et il aura raison !

— Habille-toi et rejoins-nous là-bas, me somma ma sœur en tournant les talons.

Je me préparai en quatrième vitesse et courus jusqu'aux ruines de la grange.

Tout le village s'était rassemblé en petits groupes compacts. Certains se désolaient, d'autres racontaient aux nouveaux venus ce qui s'était passé. Le feu avait été maîtrisé, la maison attenante sauvée, toutefois le spectacle n'était pas beau à voir.

Je me précipitai vers monsieur et madame Billaud qui se

tenaient à l'écart du reste du troupeau, hagards, mais Gilles s'interposa entre eux et moi. Il avait l'air plus furieux que la fois où on avait collé son tracteur dans le ravin parce que j'avais omis d'enclencher le frein à main. Il se mit à vociférer en gesticulant dans tous les sens, comme un automate désarticulé.

— Tu es contente ? Tu n'avais pas assez brisé ma vie comme ça ?

— Attends, Gilles, je…

— Non je n'attends pas ! cria-t-il, la voix dure. Je n'attends rien de toi, Éléonore. Plus rien du tout. Tout ce carnage, c'est de ta faute. Tu en es responsable. Tu as la maturité d'une poule couveuse, ma pauvre, mais, cette fois, tu ne t'en sortiras pas par une pirouette. Tu vas devoir assumer. Je vais porter plainte contre toi.

Tous les regards convergèrent vers nous, lourds de reproches. J'entendais déjà les commères du village interpréter les faits, telles des volatiles cancanant dans la basse-cour. Sans leur prêter plus d'attention qu'elles n'en méritaient, j'implorai Gilles de m'écouter.

— Hé, Gilles, s'il te plaît… Je suis sincèrement navrée, mais on était là tous les deux, je te rappelle. J'ai cru…

Il m'interrompit. Sa mâchoire était crispée, ses yeux lançaient des éclairs.

— Arrête de croire, Éléonore. On n'est pas dans un putain de film, ici, c'est la vraie vie ! Je vais te dire la vérité, moi, tu n'as aucun talent sauf pour foutre la merde partout où tu passes. Je regrette de t'avoir connue. Va-t'en, on n'a pas besoin de toi. Surtout pas moi.

De grosses larmes roulèrent sur mes joues. J'acceptais ma part de responsabilité, c'était indéniable, cependant ses propos étaient injustes. Si on reprenait les choses dans l'ordre, calmement, on parvenait à la conclusion que je n'avais pas été seule à cette soirée, et qu'à la base, ce n'était pas moi qui avais eu l'idée d'allumer le chandelier !

Je relevai la tête pour chercher du soutien auprès des membres de ma famille. Mon père, les épaules voûtées et la mine sombre, fixait le toit de la grange qui gisait au sol avec les restes de notre dîner. Il avait l'air d'avoir pris dix ans d'un coup. Ma mère s'était rapprochée de madame Billaud et la serrait dans ses bras en lui caressant le dos. Son regard exprimait le choc. Même Mamie Jacqueline n'osa pas lever les yeux vers moi. La gorge nouée, je piquai un sprint jusqu'à la maison et me dépêchai de préparer une valise. Je m'éclipsai sans leur dire au revoir.

3.
-La doublure-

Il était 14 h 50 quand je sonnai à la porte cochère de l'agence. Si Marie-Lou ne m'en avait pas voulu à mort, je lui aurais envoyé un SMS pour frimer sur ma ponctualité. Mais la traîtresse n'avait répondu à aucun de mes messages depuis la veille au soir.

L'agence de Priotto occupait l'intégralité d'un hôtel particulier dans un quartier huppé du Marais. Un agent de sécurité blasé m'invita à entrer dans un minuscule couloir vitré et inscrivit la raison de ma venue dans un grand cahier. J'échangeai mon passeport contre un badge visiteur qui me permit de m'avancer dans une petite cour privée au fond de laquelle j'accédai finalement à l'agence elle-même. Je découvris une immense pièce au style baroque, au milieu de laquelle un espace détente faisait office de salle d'attente. On se serait cru dans un bar branché et VIP. Derrière un long comptoir qu'on eût dit sculpté dans la glace, trois jeunes réceptionnistes aux allures de mannequins tenaient parallèlement le rôle de barmaids. Un type au look improbable, cheveux violets dressés sur le crâne et tatouage tribal incrusté sur la moitié du visage, me proposa un *Macchiato* aux zestes d'agrumes, un *Cappuccino* détox, ou un *Chips light frapuccino.* N'osant pas demander s'il pouvait préparer juste du café, je passai mon tour avec politesse.

Je m'installai sur un tabouret en hauteur représentant une sorte de bouchon de liège travaillé, devant un tonneau de vin attifé de cuir qui servait de table. Il y en avait six identiques dans la pièce, offrant des petits espaces d'intimité. Depuis mon siège aussi design qu'inconfortable, j'observai les photos encadrées sur les murs sombres. Comédiens, producteurs, metteurs en scène… les visages m'étaient tous connus ou presque. Des poils se hérissèrent sur ma nuque. L'entreprise dirigée par Priotto était non seulement une agence de casting pour le compte de producteurs, mais également un cabinet d'agents artistiques qui s'occupait d'acteurs français, britanniques ou américains.

Un éclat de rire qu'il me semblait avoir déjà entendu attira mon attention. Au fond de la pièce, trois comédiens mentionnés dans les magazines comme *« ayant le vent en poupe »* taillaient la bavette. Juste là, à vingt mètres de moi. Je fus prise de bouffées de chaleur. Est-ce que je pouvais leur quémander un autographe ou est-ce que j'allais me faire jeter comme une malpropre si je les approchais ? Je pesai le pour et le contre, puis me résignai. Ce serait inopportun. Moi aussi, j'étais là pour obtenir un rôle, pour m'entretenir avec mon potentiel futur agent, même. L'esprit embrumé par l'incendie de la grange, j'avais à peine pris le temps de me préparer mentalement à cet entretien. Je réalisai que ce n'était pas juste un rendez-vous, un tournant décisif se jouait certainement pour moi aujourd'hui. Il pourrait bien y avoir un avant et un après. Cette perspective provoqua des palpitations dans ma cage thoracique. Mes mains devinrent moites et une envie pressante s'empara de ma vessie. Ce rendez-vous me stressait d'autant plus que ma carrière n'était pas la seule en jeu. Si hier, j'avais besoin d'un travail, désormais, c'était absolument vital. Je croisai les doigts pour que Priotto n'ait pas juste eu pitié de moi, et qu'il me propose un vrai rôle. De préférence pas un truc minable comme tenir un cageot de légumes au moment où le héros poursuivi par un gang de yamakasis assoiffé de vengeance déboulerait à toute vitesse à l'angle de la rue en me renversant. J'avais déjà donné, et plus on tournait de prises, plus je finissais avec des bleus. Les figurants ne disposaient pas de doublure pour les cascades, eux. J'avais besoin de concret… j'avais besoin d'argent, surtout.

Une réplique sexy d'Ariel la petite sirène se planta devant moi, m'examina de la tête aux pieds en pinçant les lèvres et me prévint que Monsieur Priotto m'attendait. Je me levai, frottai mes mains moites l'une contre l'autre et me dirigeai vers la porte tout au fond du couloir. L'agent, en plein entretien téléphonique, me fit signe d'entrer et de m'asseoir.

J'essayai de ne pas écouter l'échange, ç'aurait été malpoli, et me focalisai sur la décoration. Le bureau respirait la classe, le sobre et le chic. Les murs étaient nus, à l'exception d'une dizaine de cadres en argent montrant l'agent en compagnie des plus grandes stars de ces trente dernières années. Les seules touches colorées provenaient d'une étagère où se côtoyaient la sculpture d'une dame ronde créée par l'artiste Niki de Saint Phalle, une boule à neige emprisonnant la tour Eiffel et un oscar certainement offert par un ami acteur. Le mélange hétéroclite détonnait, mais il devait s'agir d'objets à haute valeur sentimentale. Pour le reste, Priotto avait dû regarder l'émission de Marie Kondo sur Netflix. C'était désencombré. J'avais essayé, moi aussi. Sans surprise, ça n'avait pas produit le même effet. Je n'arrivais pas à jeter, j'aimais trop mon petit bordel désorganisé.

Priotto raccrocha, me tendit la main par-dessus son immense bureau en bois clair et m'adressa un rictus amical. Sur son territoire, il semblait plus imposant que la veille au théâtre. Plus homme d'affaires.

— Bien, Mademoiselle Lobster, sourit-il en dévoilant ses dents à l'alignement parfait et à la blancheur artificielle, je suis ravi de vous recevoir.

— Tout le plaisir est pour moi.

Il ajusta ses lunettes sur le haut de son nez et je ne pus m'empêcher de remarquer qu'il ressemblait à Picsou, l'oncle de Donald Duck. J'essayai de chasser cette image de mon esprit, on était là pour évoquer mon avenir. D'ailleurs, il avait commencé à aborder le sujet sans moi. Je tentai de raccrocher les wagons.

— J'ai parcouru votre CV en ligne hier, ainsi que la liste des castings auxquels vous avez participé récemment. Vous ne m'avez pas menti. Les premiers rôles vous échappent souvent dans la dernière ligne droite.

Ma salive se bloqua dans ma gorge. Je n'avais pas imaginé qu'il puisse changer d'avis. Ç'aurait été catastrophique. Je posai une expression pétillante sur mon visage et balayai l'air de la main, comme si on avait évoqué une plaisanterie.

— Oh, ça… J'ai joué de malchance, ces derniers temps. Cependant, je peux vous assurer que je suis quelqu'un d'assidu, de déterminé, qui ne compte pas ses heures et qui apprend vite. Quel que soit le rôle, l'environnement, le metteur en scène, je suis prête à me donner corps et âme dans ce que j'entreprends. Je suis célibataire et sans enfant, les longs tournages ne me font pas peur, et au contraire, je ne suis pas fermée à l'idée de m'éloigner de la capitale si nécessaire.

Je posai les mains sur mes genoux pour les empêcher de trembler et relevai le menton. Fière. C'était comme ça qu'il convenait de se tenir, je l'avais lu dans *Passer un entretien pour les nuls.*

— Je loue votre détermination, Mademoiselle Lobster. Rassurez-vous, sur le fond, j'ai déjà la certitude que c'est de vous dont j'ai besoin. Toutefois, je dois vous poser quelques questions. La première était celle de votre engagement, vous m'avez prouvé votre motivation. Êtes-vous libre dès à présent ?

Je repris espoir, et m'exhortai à ne pas dresser la main comme les scouts.

— Absolument. Libre comme l'air.

— Merveilleux. Vous m'avez dit être bilingue, c'est exact ?

— Tout à fait. Pour tout vous dire, j'apprends cette langue avec passion depuis que je suis ado. J'ai suivi un cursus d'anglais. Je regarde toutes les séries US en VO, sans sous-titrage. Je peux même réciter certaines répliques de *Stranger Things*, vous voulez ?

Je n'arrangeais même pas la vérité. Tous mes profs me l'avaient signalé, j'étais dotée de prédispositions étonnantes pour les langues étrangères.

— Non, je vous crois sur parole, se hâta-t-il de me notifier avec un léger tressaillement de la lèvre supérieure. Saurez-vous rester discrète ?

Mes doigts se crispèrent sur l'étoffe de ma robe. Priotto avait déjà dû remarquer que la discrétion n'était pas ce qui me caractérisait le mieux. Cela dit, je pouvais contourner un peu la question.

— Je peux devenir le personnage que l'on veut de moi, Monsieur Priotto. Je vais être franche avec vous. Quel que soit le film, je me donnerai à fond. Vous ne serez pas déçu, je peux vous l'assurer.

— Vous m'en voyez ravi. Pourtant, moi aussi, je me dois d'être franc avec vous. Ce n'est pas un film que je vous propose.

Bam. C'était le bruit du rêve qui s'écroulait. Mon cœur se chiffonna.

— Oh. J'ai cru…

— Ce n'est pas pour un rôle tout à fait ordinaire que je vous ai invitée à venir. C'est un service que je rends à une amie.

Un tic nerveux me contracta l'œil. C'était vrai qu'il m'avait proposé un travail, pas un rôle. La sémantique avait son importance. J'allais me retrouver déguisée en épi de maïs dans la rue pour promouvoir le nouveau restaurant bobo-chic du fils d'une de ses copines de bridge. Ou pire, je finirais par servir des petits fours à un gala de charité habillée en soubrette sexy en slalomant pour esquiver les mains aux fesses de vieux bourgeois décatis.

Je fixai une minuscule tache sur la fenêtre derrière lui pour éviter de fondre en larmes. Priotto prit une profonde inspiration, releva le menton et posa ses deux paumes bien à plat sur le bureau. L'image de l'Oncle Picsou installé devant son coffre revint me hanter, ce qui ne m'apaisa pas.

— Il ne s'agit pas d'un film, mais d'une réelle opportunité, avança l'agent. J'ai absolument besoin de trouver quelqu'un de fiable et de talentueux et, dès que je vous ai aperçue, j'ai su que vous étiez la personne idéale. C'est la raison pour laquelle j'ai passé autant de temps avec vous, hier. Pour vous auditionner, en quelque sorte. Parce que oui, j'ai besoin d'une comédienne. Avant de vous expliquer les tenants et aboutissants de ce travail, laissez-moi vous dire trois choses.

— Je suis tout ouïe, dis-je en inspirant.

— Premièrement, c'est un rôle plaisant et sans difficulté, mais qui nécessite une grande discrétion, et l'acceptation d'une clause de confidentialité.

Je l'encourageai à poursuivre d'un hochement de tête.

— Deuxièmement, compte tenu de l'urgence de la proposition, de la clause de confidentialité et de l'employeur, nous parlons d'un cachet de 30 000 dollars pour un mois. Net. Avec une prime de 2 000 dollars par jour supplémentaire si besoin, et la moitié de la somme versée dès la signature du contrat.

30 000 dollars ? Il avait dit 30 000 dollars ? Tous les neurones de mon cerveau semblaient d'accord. Il avait bien dit 30 000 dollars. Je demeurai bouche bée durant quelques secondes avant qu'un sourire crispé prenne la relève. Mon cœur faisait du trampoline dans ma cage thoracique et menaçait d'aller chanter « *Money money money* » sur son bureau. Je tentai de conserver ma prestance, même si mon œil qui tressautait en rythme avec mon genou le renseignait forcément sur mon état mental. J'attendais la suite avec l'impatience d'un chien qui voit arriver sa gamelle. J'attendais la chute, surtout. Quoique, pour une telle somme, je me sentais quasiment prête à jouer les funambules entre la tour Eiffel et le Trocadéro, déguisée en papillon de lumière.

— Enfin, conclut-il avec un rictus suffisant, une des clauses du contrat stipulera qu'une fois de retour à Paris, je vous prendrai sous mon aile et vous confierai à l'un de mes meilleurs agents d'artiste. Sachez qu'aucun metteur en scène ne peut refuser un de mes petits protégés sur son plateau.

Mes poils se dressèrent d'excitation et des picotements agitèrent ma nuque. Je déglutis, et tentai de garder un ton neutre et de ne pas balbutier.

— En quoi consiste ce rôle exactement ? C'est dangereux ? Illégal ? Est-ce que je dois me dénuder, me prostituer, me ridiculiser, tester des produits qui pourraient me défigurer ? Est-ce que je risque ma vie ?

Je m'arrêtai là, mais la liste de mes interrogations ne cessait d'augmenter. Priotto se recula sur son siège, croisa les bras sur sa poitrine et rit comme si je venais de clore un one-woman-show particulièrement désopilant, à moins qu'il ne cherche simplement à me brosser dans le sens du poil.

— Non seulement vous ne risquez rien, mais vous vous apercevrez vite que c'est une chance à saisir. J'ai besoin de quelqu'un pour jouer le rôle d'une gentille femme au foyer américaine. Officiellement, si jamais, ce qui n'arrivera pas, on vous démasquait, vous n'auriez qu'à brandir votre contrat de fille au pair.

Je faillis m'étrangler.

— Fille au pair ? Avec beaucoup d'enfants ?

Tout compte fait, j'aurais peut-être préféré le coup du funambule. J'avais effectué un stage dans la classe de maternelle où ma sœur Nathalie était enseignante, quand j'étais en troisième. Dès le premier jour, j'avais prié pour ne pas perdre mon audition et ma patience, mais au bout du compte, j'avais surtout attrapé une gastro fulgurante. J'étais repartie avec un merveilleux souvenir puisqu'une armée indestructible de lentes et de poux avait utilisé ma tignasse comme cheval de Troie pour s'enfuir de l'école.

Au simple souvenir de cette expérience, mon cuir chevelu me démangea.

— Ne vous inquiétez pas, c'est juste une couverture, pour une question de sécurité. Officieusement, vous seriez la doublure d'une actrice plus connue sur le territoire américain pour ses encadrés en première page de revues à scandales que pour ses rôles. Elle est mariée à un producteur qui ne supporte plus les projecteurs braqués sur ses trop nombreuses frasques… Elle doit absolument se refaire une réputation. Il était donc prévu qu'elle demeure à résidence pendant l'été. Sauf que son époux est en tournage au Japon, et qu'elle souhaite aller le retrouver dans le plus grand secret.

— Pourquoi a-t-elle besoin d'une doublure ? Si elle reste sagement au Japon, elle n'aura pas de souci, non ?

L'espace d'un instant, j'aperçus une lueur étrange passer dans le regard de l'agent, puis il cligna des yeux et reprit :

— Si, justement. Elle a abandonné un tournage et selon son contrat, si elle profite de cette pause pour quitter les États-Unis, elle sera en faute. Elle a par conséquent besoin de quelqu'un sur place qui lui ressemble.

— Et ce quelqu'un, c'est moi ?

— Absolument. Depuis une semaine, j'écume les castings à la recherche de son sosie, je commençais à désespérer. Vous n'êtes pas des copies conformes, malgré tout vous avez un air de ressemblance certain. La carrure svelte et sportive, la longueur des cheveux, le nez fin, les yeux en amande, et un petit truc, qui feront illusion si des paparazzi ou un détective venaient à essayer de l'apercevoir.

— Quand vous parlez des États-Unis, c'est où exactement ?

— Les États-Unis ? Entre le Canada et le Mexique…

J'éclatai de rire. Je le pensais coincé, mais il avait de l'humour, en définitive. Il haussa les sourcils. Merde, il ne blaguait pas. Je me mordillai les lèvres.

— Merci, et l'endroit où se trouve la maison ?

— Oh ! Oui, pardon. À Los Angeles, sur les hauteurs d'Hollywood.

— Je serai payée 30 000 dollars pour rester à Hollywood ?

Ma voix était partie dans les aigus et un ouragan ravageait mes intestins. Je peinais à maîtriser les tremblements hystériques de mon corps.

— C'est cela. Cependant, quelques conditions sont nécessaires à la réussite de cette mission. Rien de très compliqué, vous serez informée au fur et à mesure si nous collaborons.

— Personne ne passera la voir ? Sa famille ou ses amis ne risquent pas de se poser des questions ?

— Seule son amie Veronica est dans la confidence, c'est elle qui viendra vous chercher à l'aéroport. Il faudrait aussi, si vous acceptez, que vous laissiez une équipe ici même créer votre personnage.

— C'est-à-dire ?

— Et bien… vous avez besoin d'UV, d'une coupe de cheveux ainsi que d'une nouvelle couleur, de lentilles de contact, et d'apprendre à vous maquiller pour rehausser vos pommettes, affiner votre nez, agrandir votre bouche et épaissir vos lèvres. Nous devrons également trouver une solution par rapport à votre poitrine qui manque de… générosité.

— Je refuse qu'on touche un poil de mes seins, m'indignai-je, outrée. Enfin, je ne suis pas poilue, soyons clairs, mais vous voyez l'idée ?

— Personne n'y touchera, n'ayez crainte, mais nous devrons penser à un subterfuge. Quoi qu'il en soit, si vous acceptez ce contrat, vous resterez avec nous dès à présent, et ce jusqu'à la date de votre départ, afin d'être coachée. Y voyez-vous une quelconque objection ?

Autant être honnête, je voyais surtout 30 000 dollars. De toute manière, après ce qui s'était passé hier soir, il valait mieux que je me mette au vert quelque temps, et ce contrat m'en offrait l'occasion. Et puis 30 000 dollars ! J'allais pouvoir rembourser les dégâts causés à la grange, donner de l'argent à mes parents et payer la caution d'un appartement à Paris !

— Je suis d'accord.

Priotto écarquilla les yeux de surprise.

— C'est vrai ?

— Aussi vrai que je suis une Cascouille.

— Pardon ?

— Cascouille, c'est mon nom, le vrai…

J'eus envie de me filer des claques pour avoir sorti de son contexte cette foutue manie qu'on avait à la maison, depuis que j'étais gosse. C'était mon père qui avait initié cette idée ridicule pour qu'on soit fier de notre nom de famille au lieu de mourir de honte à chaque fois qu'on le prononçait. Dès que quelqu'un demandait si quelque chose était vrai, ce qui arrivait régulièrement dans une famille de cinq enfants, ma mère et lui répliquaient dans la foulée *« Aussi vrai que je suis un ou une Cascouille»*. C'était devenu un réflexe, comme répondre *DTC* à la question *« C'est où ? »*. (DTC, pour dans ton camion, *what else* ?!). Je devais absolument me débarrasser de cette mauvaise habitude. J'étais une Lobster. Une Lobster et c'était tout !

— Ah oui, hum, Cascouille, j'ai vu ça, en effet, grimaça Priotto. À l'écrit, ça passe cependant mieux qu'à l'oral. Bon. Avant de finaliser le contrat, j'ai juste besoin d'une précision : quelqu'un vous regrettera-t-il, ici ? Vous cherchera ? Notre affaire nécessite que nous imaginions une excuse plausible à votre absence, et que personne n'éprouve l'envie de venir vous rejoindre, vous comprenez ?

— Oh oui, bien sûr. Je peux tout à fait laisser entendre que je pars à l'étranger pour un petit rôle, ou, attendez, plus crédible, pour un boulot saisonnier. Du style serveuse ou animatrice dans un club de vacances, un truc comme ça. Personne ne me regrettera, Monsieur Priotto, et depuis hier soir, encore moins. Je peux vous le jurer.

— À ce point ?

— Au point qu'hier, j'ai dormi dans un hôtel, accompagnée de cafards, au propre comme au figuré, après avoir rompu des fiançailles avant même qu'elles n'aient débuté.

L'agent me lança un regard empreint de curiosité, puis se reprit, jugeant certainement que tout cela ne le concernait pas.

— En effet, vous avez là un bon motif pour vous éloigner quelques semaines.

— C'est une chance finalement, non ?

— Une chance pour moi. Vous êtes engagée. Nous allons passer à la signature du contrat, et aux détails de la mission.

4.
-Vol au-dessus d'un nid de coucou-

— Souhaitez-vous une coupe de champagne avant le décollage, mademoiselle Cascouille ?

— Avec des cacahuètes ou des bretzels ?

Que le premier qui pense que je méritais mon nom s'étouffe avec un gâteau apéro. J'avais le droit de faire des caprices, j'étais installée en première classe, arrivée prévue dans 9 heures à Los Angeles. J'hésitais à me pincer pour vérifier que je n'étais pas dans un songe merveilleux, mais ça aurait fait mauvais genre.

Depuis que j'avais accepté l'offre de Priotto, tout s'était emballé. La semaine dernière, mon compte en banque était désespérément vide, j'avais failli mettre le feu à la maison du gars qui voulait se marier avec moi et tout le village m'en tenait pour responsable. Si les deux dernières affirmations demeuraient malheureusement exactes, aucune existence n'était parfaite, le reste de ma vie avait considérablement évolué. Je venais de passer cinq jours dans le confort d'un hôtel 4 étoiles avec vue sur le Sacré-Cœur, durant lesquels l'agent m'avait fourni un billet d'avion et les autorisations nécessaires pour pénétrer sur le territoire américain. Il m'avait envoyé dans le meilleur salon de coiffure de Paris pour m'offrir une nouvelle coupe de cheveux, et une couleur brune à reflets cuivrés terriblement moderne avait remplacé mon blond sage et terne. Un bronzage artificiel avait pris la relève de mon blanc laiteux, et mes dents avaient été blanchies. Je sursautais dès que je me croisais dans un miroir. Dans les toilettes de l'aéroport, j'avais salué mon reflet avant d'éclater d'un rire hystérique. Et pourtant, je n'étais pas encore maquillée comme on me l'avait appris et je n'avais même pas posé sur mes yeux bleus mes lentilles de contact marron.

À la panoplie physique, s'ajoutait une petite valise dans laquelle reposaient trois tenues que je ne me serais jamais permis de porter en temps normal. Leur somme globale aurait suffi à elle seule à couvrir le prix de, feue, la grange de Gilles (sans mauvais jeu de mots, bien sûr). J'avais songé à les revendre sur *Vinted*[1] pour rembourser ce que j'estimais être une dette, mais 13475 euros et 62 centimes, soit l'équivalent de 15 000 dollars, avaient déjà été virés sur mon compte. J'avais regardé la ligne *total* sur l'application de ma banque pendant dix minutes, le sigle du dollar incrusté dans mes prunelles. C'était la première fois de ma vie que je n'avais pas besoin de tricher avec mon découvert autorisé, je jubilais en imaginant la tête qu'avait dû tirer mon banquier. Je m'étais dépêchée de transférer une partie de la somme à ma sœur, qui m'avait pardonné l'incident de la grange et s'était enthousiasmée sur mon futur boulot. Enfin, celui que j'avais inventé. Une histoire d'animatrice dans un club de vacances ultra sélect et méga VIP, tenu par un propriétaire atypique et surtout fortuné. Je lui avais annoncé que j'y bosserais tout l'été, et j'avais situé ce club fantôme en Australie, afin qu'elle évite de m'appeler. Ce serait dur de ne pas lui donner de nouvelles pendant quatre semaines alors qu'elle et moi avions l'habitude de bavarder plusieurs fois par jour, mais c'était le mieux que j'avais trouvé pour ne pas gaffer. En attendant, à moi la solitude et les palmiers. C'était comme si je m'offrais une autre vie, une parenthèse dorée qui pourrait m'ouvrir de nouvelles portes quand j'en sortirais.

Il restait quelques zones d'ombre, cependant, qui me nouaient l'estomac. Tant de bonheur contre si peu en contrepartie, ça pouvait paraître louche, surtout quand on était moi et qu'on possédait mon karma de buteuse de pandas. Heureusement, prise dans le tourbillon de cette semaine où j'avais été manucurée, massée, chouchoutée, le tout aux frais de la princesse, je n'avais

---

[1] site de vente en ligne d'occasion (où j'achète plus que je ne vends !)

guère eu loisir de méditer. En outre, on m'avait livré ce matin un cahier de consignes qui résumait tout ce que j'avais engrangé comme informations ces derniers jours. Ernest Priotto était un homme réputé dans le milieu du cinéma, je pouvais avoir confiance en lui.

De l'air froid soufflait dans mes yeux. J'eus à peine le temps de lever le doigt pour découvrir de quelle buse il provenait qu'une hôtesse frétilla jusqu'à moi. Elle s'inquiéta de mon confort. Désirais-je u*n thé, quelques macarons Ladurée, une glace vanille aux noix de pécan ou un verre de bulles alcoolisées ?* Je n'avais besoin de rien, mais je ne voulais pas la mettre mal à l'aise, alors je dis oui à tout.

Il était probable que je puisse m'habituer à voyager dans ces conditions. Ce n'était pas chez Gilles qu'on m'aurait proposé de choisir entre un *« cœur rougeoyant des prés et son lit de verdure »* (du bœuf et des épinards) ou une *« Demoiselle des eaux et sa rosée de pétales verts »* (de la lotte assortie d'un flan de courgettes) pour le dîner. Devant mon plateau-repas, j'eus une pensée pour le pâté de tête d'Hector et la piquette bon marché. Bizarrement, ça ne me manquait pas.

Je récupérai le cahier des recommandations et le parcourus dans les grandes lignes avant de le reposer, me figurant que j'aurais bien le temps de le lire plus tard. En réalité, les 9 heures de vol passèrent à toute vitesse alors que pourtant, je n'avais pas fermé l'œil une seule fois. J'avais prévu de dormir, mais la compagnie proposait des films inédits, qui n'avaient été joués qu'au cinéma où je n'avais pas les moyens de mettre les pieds.

***

Quand les portes s'ouvrirent sur l'aéroport, juste après le passage des douanes, je distinguai mon nom de scène inscrit sur une feuille A4. Je m'arrêtai quelques secondes pour observer la femme qui tenait l'affiche avant qu'elle ne s'aperçoive de ma présence. Déjà grande de base, elle était juchée sur des talons dont la hauteur me donna le vertige. Je n'aurais jamais pu rester debout sur des échasses pareilles, j'admirais son équilibre. Une chevelure rouge flamboyant et raidie au lisseur lui tombait sur les fesses, et elle portait un legging aux motifs panthère et un débardeur zébré. Tout en discrétion. Je vis ses doigts aux longs ongles peints en rose fuchsia s'agiter sur son panneau de fortune et m'avançai vers elle.

— Veronica ?

Elle baissa le regard (je devais mesurer 25 centimètres de moins qu'elle) et me scruta sous toutes les coutures. Elle me jaugeait. Elle me jugeait. Je lus dans son expression une furieuse envie de faire demi-tour et de me planter là, à moins qu'elle ne fût juste constipée. Je décidai moi aussi de la toiser, du haut de mon mètre 60, en collant mes deux mains sur mes hanches et mes yeux où je pouvais. À hauteur de nichons, concrètement. Je les relevai (les yeux, un chirurgien s'était déjà occupé de relever ses seins !) et prononçai la première chose qui me vint à l'esprit :

— Wahou. Même de près, on dirait qu'ils sont vrais.

J'aurais vraiment dû dormir, la fatigue procurait à mon organisme la même sensation que 5 shots de téquila frappée et me faisait délirer à voix haute. Je m'attendis à être défigurée par cinq ongles roses, mais quand je réussis à capter son regard, elle avait plutôt l'air amusée.

— Tu seras parfaite, lança-t-elle, l'esquisse d'un demi-sourire bloqué sur le visage.

Pour me prouver que j'avais passé le cap des présentations avec brio, elle me planta un baiser sur la joue, un de ceux qui frôle sans toucher. Fallait voir à ne pas abîmer le rouge carmin de ses lèvres un peu trop charnues pour être naturelles.

Je commençai à bavarder, mais elle ne m'écoutait déjà plus. Elle m'entraîna dans les dédales de l'aéroport jusqu'à une voiture, rouge comme ses lèvres, garée en double file, qu'un agent était en train de verbaliser. Elle ouvrit le minuscule coffre et m'invita à y caser ma valise pendant qu'elle clouait le bec au policier. Elle le laissa pantois sur le trottoir et démarra aussi vite que si on avait été sur un circuit de formule 1.

Tout le long du trajet, je babillai en admirant les buidlings qui défilaient. J'étais à Los Angeles, baby, la ville où tous les rêves étaient permis !

Je racontai mon vol, le plateau-repas et le gars assis de l'autre côté de ma rangée qui avait déclenché un scandale au motif que l'oreiller n'était pas en plumes d'oie. Il aurait mérité de porter mon nom de famille, celui-là. Elle se dérida et me relata son quotidien difficile, entre yoga matinal, brunch diététique et salons d'esthétique.

Pendant qu'on bavardait, le décor avait évolué. De l'autoroute congestionnée, nous étions passées à une ville bétonnée puis à des quartiers résidentiels de plus en plus fleuris et luxueux. Je m'attendais presque à voir débouler Bradley Cooper ou Chris Evans torses nus pour sortir les poubelles. La *Ferrari* avalait les kilomètres et grimpait les collines. Les boulevards devinrent des rues qui se rétrécirent pour former des ruelles exiguës, dans lesquelles un seul véhicule pouvait s'engager.

— Waouh ! m'égosillai-je, extatique. Veronica, j'ai vu les lettres Hollywood entre deux arbres ! Arrête-toi, je dois prendre une photo, c'est complètement dingue !

Les lèvres de Veronica se soulevèrent avec difficulté. Je ne me formalisai pas, elle m'avait expliqué qu'elle venait d'être retouchée par Jarod, le chirurgien le plus réputé de Beverly Hills. Un bout de lèvre retroussé était à n'en pas douter synonyme d'extase.

— Tu les verras bien mieux depuis la maison. Ernest avait raison. Tu es si mignonne !

Je m'engonçai dans mon siège en cuir, renfrognée. *Si mignonne, si mignonne…* Elle me prenait pour une paysanne, c'était ça ?

Veronica enfonça la pédale de frein moins de cinq minutes plus tard, me sortant de ma bouderie. En appuyant sur une télécommande du bout de l'ongle, elle fit coulisser un portail imposant, et pénétra sur le domaine des Hamilton. La vue me coupa le souffle. Au bout d'une large allée bordée de palmiers, se dressait fièrement une immense maison cubique aux vitres teintées, surmontée d'un toit-terrasse duquel dépassaient des arbres colorés. Je clignai des yeux. C'était absolument indécent. Dans le jardin, entre la clôture et la villa, trois cubes plus petits bien que similaires dans leur architecture à la version gigantesque devaient servir de chambres d'amis ou de domicile pour les domestiques. Près du premier cube, un grand camping-car américain et deux voitures de luxe étaient garés sous un hangar à toit plat.

Mon accompagnatrice déverrouilla la porte, provoquant une nouvelle fois mon ébahissement. L'entrée s'ouvrait sur un séjour clair et lumineux et une cuisine ultra moderne. La vue était aussi différente que belle depuis chaque vitre. J'avais imaginé quelque chose de luxueux et bling-bling à souhait, mais la décoration était plutôt sobre, avec quelques touches de couleur qui offraient un vrai cachet à l'espace. L'attrait principal résidait en un gigantesque plafond de verre qui donnait sur le fond de la piscine, laissant tout loisir de contempler les nageurs éventuels depuis le confort de l'énorme canapé en cuir beige. Je tournai sur moi-même pour admirer chaque détail, sous le charme.

Mon regard tomba sur Veronica qui fixait son écran de téléphone comme s'il était en train de lui révéler avec certitude qui de la poule ou de l'œuf était arrivé en premier. Elle paraissait désormais contrariée et plutôt pressée de déguerpir.

— Je te laisse visiter, annonça-t-elle rapidement. Je reviens d'ici une heure avec Christian. C'est bon pour toi ?

Je déglutis. Moi qui cherchais l'arnaque, je l'avais trouvée !

— Attends une minute, je croyais que c'était juste une couverture, non ? Je ne dois pas vraiment m'occuper de lui ?

— Pas tout à fait, non. Toutefois, cela semblerait trop étrange s'il n'était jamais là. Habituellement, il ne quitte pas Lindsay d'une semelle. Je l'emmènerai donc ici de temps en temps, pour qu'on l'aperçoive un peu en ta présence. Une journée par-ci, par-là. Le reste du temps, c'est moi qui me chargerai de lui.

Je poussai un soupir de soulagement.

— Oh, oui, bien sûr. Je comprends.

— Bien, dans ce cas, je te laisse t'installer. Ça va aller ?

Je tournoyai sur moi-même, n'en revenant pas de ma chance. Comment est-ce que ça aurait pu ne pas aller ? Cet endroit était merveilleux. Le plus dur serait certainement de repartir.

Veronica m'envoya un baiser du bout de ses doigts manucurés et fila à toute vitesse.

J'esquissai un pas de danse, sautai sur les coussins du canapé pour vérifier leur confort et restai quelques minutes allongée à scruter les rayons du soleil qui perçaient l'eau limpide au-dessus de moi et créaient de larges couloirs lumineux. C'était hypnotisant. Mes paupières clignèrent, mais ma conscience me rappela à l'ordre. Et si, plutôt que de me vautrer dans le luxe, j'allais d'abord relire le cahier confié par Priotto, et me métamorphoser totalement en Lindsay ?

5.
-Il était une fois dans l'Ouest-

Avachie sur l'immense lit de la chambre de Lindsay, je consultai mon planning. Ce n'était manifestement pas compliqué d'être la doublure d'une femme riche qui devait se racheter une conduite. Je voulais bien postuler pour en faire mon métier, si ça existait. Après tout, c'était peut-être celui-là, le meilleur rôle de ma vie. Mes journées, qui devaient se dérouler selon un schéma quasi identique, m'offraient le même emploi du temps que des vacances au paradis, l'open-bar en moins. Nager quelques longueurs dans la piscine, bouquiner sur un transat, boire de l'eau régulièrement, m'occuper de Christian les fois où Veronica me l'amènerait, et passer mes soirées à lire ou à binge-watcher des séries sur Netflix… J'étais au repos forcé, et pour moi qui vivais dans une ferme où la paresse était assimilée à un crime contre l'humanité et passible d'un sermon parental, cela ressemblait à s'y méprendre à un séjour en thalasso. Pour l'heure, je devais enfiler un maillot de bain et aller barboter dans l'eau. J'adorais cette vie. En traversant chaque pièce, je levai les yeux l'air de rien pour vérifier la présence éventuelle de caméras. Je n'aurais pas aimé découvrir que j'étais malgré moi le personnage principal d'une sorte de nouvelle version de télé-réalité, un Truman Show des temps modernes. Aussitôt, mon imagination, qui avait tendance à vivre sa propre vie à mon insu, se livra à des conjectures chimériques et je vis d'ici le teasing à la télé :

« *Pendant un mois, nous avons introduit une pauvre petite fermière française dans un palace hollywoodien en lui laissant croire qu'elle devait remplacer une riche actrice et en l'obligeant à suivre un régime sain et à pratiquer du sport. Heure par heure, découvrons comment elle va s'en tirer* ».

Peut-être me lanceraient-ils quelques pièges, comme m'envoyer un livreur de pizza alors que dans le contrat que j'avais paraphé et signé il était stipulé que je ne devais manger que les petits plats sans gluten, sans lactose, sans sel et j'imaginais sans goût apportés par un traiteur. Ou bien ils feraient sauter les plombs de la baraque et ce serait à moi de me débrouiller. J'espérais qu'ils n'offriraient pas au public le choix de voter par SMS pour la suite de chaque épisode, ou je risquais d'être catapultée en plein projet Blair Witch dans les jardins de la propriété.

J'en eus froid dans le dos. Pourquoi mon imagination partait-elle constamment aussi loin ? Je pris la décision d'aller me coller sous le jet d'eau froide de la douche pour me rafraîchir les idées.

***

J'abandonnai l'eau froide en découvrant la douche à jets massants, qui me plongea dans une véritable félicité. Je retrouvai ma bonne humeur et décidai de profiter de tout, même des plats sans goût. Au pire, si une mauvaise surprise m'attendait à l'arrivée, j'aurais au moins pu savourer.

Je m'emmitouflai dans une serviette de toilette qui me paraissait avoir été cousue avec des morceaux de nuage, enfilai mes lentilles de couleur, me maquillai comme j'avais appris pour révéler le côté bimbo de Lindsay et sortis en chantonnant dans le couloir. À moi luxe, calme, et volupté. J'allais me préparer un thé, allumer la télé et m'étendre de tout mon long sur le divan. À la maison, on se vautrait dans un vieux canapé défoncé et un fauteuil qui dataient de l'emménagement de mes parents, on n'avait jamais assez de places assises dans le salon. C'était une bataille permanente pour remporter le meilleur siège ou au moins un siège tout court. Je me réjouissais d'avance à l'idée de m'étaler en étoile de mer !

Un bruit de moteur rugit dans la cour. J'en conclus que Veronica devait déjà être déjà de retour. Sans prendre le temps d'enfiler des vêtements, je me ruai au rez-de-chaussée. Je comptais l'inviter à boire un verre et en profiter pour la questionner un peu plus en détail. J'étais assez douée pour inciter les gens même les plus récalcitrants à se livrer.

Personne ne m'attendait dans le séjour, mais un grand post it coloré collé sur le miroir de l'entrée attira mon attention. C'était un message de Veronica. Elle m'écrivait qu'elle m'avait entendu chanter sous la douche et qu'elle n'avait pas voulu me déranger. Elle était pressée, elle avait laissé Christian jouer dans le jardin, ce serait bien que je ne l'abandonne pas trop longtemps. Elle reviendrait ce soir pour le récupérer, bisous et bonne journée.

Tant pis pour le thé, je n'avais plus qu'à sortir à sa rencontre. Je collai un sourire avenant sur mon visage et ouvris la porte de la villa, prête à découvrir Christian et à créer une bonne première impression. C'était important, la première impression. J'allais m'agenouiller, il me sauterait dans les bras… allez, j'y croyais.

— Hello !

Mon bonjour s'étouffa dans un hoquet de surprise. Je fus obligée de redresser la tête. Ce n'était pas le petit Christian qui se tenait devant moi, mais un mannequin d'1 m 80 aux cheveux dorés et au physique aussi attrayant que bronzé. Quant à Christian, il devait avoir entamé une partie de cache-cache sans moi. Je m'imaginai que j'étais bel et bien prise au piège d'une émission de télé-réalité et que la production m'avait envoyé un strip-teaseur pour me souhaiter la bienvenue ou un livreur de pizza pour tester ma volonté face au gras. Je scrutai le jardin à la recherche de journalistes ou de caméras. Je n'aperçus que les palmiers, et toujours aucune trace de Christian.

Le beau gosse dardait sur moi un regard perplexe, et je remarquai à ses traits crispés qu'il était désagréablement surpris de me découvrir ici. Je m'exhortai mentalement à trouver une répartie pertinente histoire de ne pas me ridiculiser au cas où je passerais à la télé.

— Désolée, je n'ai pas commandé de pizza.

Pour la pertinence, on repasserait. Le gars devant moi sortait plus vraisemblablement d'une session de surf sur la plage de Malibu que de la pizzeria du coin de la rue. Les tongs, le short en jean et le tee-shirt noir moulant n'étaient pas un uniforme de livreur. Ses grands yeux gris-bleu me fixaient, et j'y vis briller une lueur d'incrédulité quand il découvrit ma tenue minimaliste. Il ouvrit la bouche, la referma, enfonça la main dans ses cheveux et assena d'une voix glaciale :

— Qu'est-ce que vous fichez ici ?

« Je joue à être quelqu'un d'autre pour 30 000 dollars et je bave sur les abdos qui se dessinent sous ton tee-shirt moulant alors que je devrais te planter là pour chercher Christian » n'était certainement pas la réponse appropriée, mais ce fut la seule que mes neurones m'envoyèrent. Bien sûr, je me raisonnai et la gardai pour moi. Je scrutai le surfeur en tentant de deviner qui il pouvait bien être. Un journaliste ? Un ami de la famille ? Sa tête m'était vaguement familière, mais je ne parvenais pas à trouver, et je ne pouvais pas griller ma couverture immédiatement. Mes neurones jouaient à pile ou face. Pile, j'y allais au bluff. Face, je me ruais dans la maison et fermais la porte à double tour. Mon esprit jetlagué aurait eu tendance à jeter son dévolu sur la seconde option, mais un brin de jugeote me convainquit de ne pas m'écouter.

Je tentai de maîtriser un bégaiement, posai mes deux mains sur mes hanches, les retirai en me rappelant que je ne portais qu'une serviette nouée sur ma poitrine, et pris un air fâché.

— Qu'est-ce que vous, vous fichez ici ? Vous êtes entré chez moi sans autorisation. Je vous suggère de me fournir immédiatement une excuse valable pour cette intrusion.

Et l'Oscar du meilleur rôle féminin est attribué à Ellie Lobster pour son interprétation de la femme au foyer outrée !

Ma réplique ne parut pas l'impressionner outre mesure. Un rictus s'imprima sur son visage.

— Aux dernières nouvelles, je vis dans cette maison, et vous n'êtes pas chez vous. Vous avez peut-être la même coupe de cheveux démodée, les mêmes sourcils trop carrés et le même air peste que Lindsay, mais si vous étiez elle, ça se saurait !

Mon Oscar mental se transforma en carton rouge. Je me serais bien offusquée à propos de *l'air peste* dont il m'avait affublée, mais je pris le parti de laisser couler. S'il connaissait les Hamilton, mieux valait changer mon fusil d'épaule et repasser en mode officiel. Je ravalai ma salive et jouai à la gourde écervelée, ça passait bien en général avec la gent masculine.

— Je me suis mal exprimée, je suis française, pardon, minaudai-je en souriant de toutes mes dents fraîchement blanchies. Je ne voulais pas dire que j'étais chez moi comme dans *Bienvenue dans mon humble demeure*, haha… En fait, je suis ici pour le travail… Je dois m'occuper de Christian, apparemment il est arrivé et je dois aller le trouver. Donc, si vous voulez bien m'excuser… Lindsay est absente pour le moment, donnez-moi votre nom, je lui dirai que vous êtes passé.

L'apollon me dévisagea comme si j'avais fumé l'intégralité de la moquette de la propriété.

— Vous occuper de Christian ?

— Absolument. À présent, je vais vous…

Le malotru me coupa la parole, un éclair de colère dans les yeux.

— Du genre ?

Ses questions commençaient sérieusement à me taper sur le système. Il réalisait un sondage pour l'INSEE ? Je soufflai pour lui montrer que ma patience avait atteint ses limites.

— Du genre qui ne regarde que Christian et moi.

— C'est moi, Christian, proféra-t-il dans un soupir excédé.

Je lâchai un éclat de rire sarcastique.

— Et moi je suis Céline Dion et je suis en retard pour mon concert à Las Vegas.

D'une main, je l'écartai de mon chemin et avançai d'un pas déterminé dans le jardin. Il me retint fermement par le bras.

— Je crois que vous n'avez pas compris, mademoiselle. Je suis Christian Hamilton et je vis ici.

— Oui oui, super. Moi je vous dis que…

— Vous êtes Céline Dion, d'accord. Regardez juste ça avant de monter sur scène, alors.

Il me toisa avec une moue dédaigneuse et sortit de la poche arrière de son jean un permis de conduire américain. Je jetai un coup d'œil tout en resserrant ma serviette autour de moi. Il n'aurait plus manqué qu'elle glisse.

« *Christian Hamilton* » était inscrit en noir sur jaune sur la petite carte rectangulaire de son permis, l'adresse qui figurait en dessous était bien celle de la demeure.

Je vacillai, choquée.

— Ce n'est pas possible…

— Apparemment, si. Tu dois donc t'occuper de moi ? siffla-t-il entre ses dents en me matant sans vergogne, comme s'il examinait la marchandise et qu'elle ne lui convenait pas. (Ce qui me vexa légèrement.)

— Non ! Enfin, oui, mais…

— Arrête ton manège. Je connais les filles dans ton genre, poursuivit-il en me scrutant avec dégoût. Crois-moi, le mieux, ce serait que tu prennes tes affaires et que tu déguerpisses. Tu ne m'intéresses pas.

Mon teint vira au rouge pivoine. Une explication rationnelle existait certainement, mais j'avais beau me creuser la cervelle, je ne comprenais pas. Surtout, je n'appréciais pas du tout le ton sur lequel il me parlait, ni sa façon de me jauger. J'avais bien lu le contrat, bien discuté avec Priotto, bien accepté de m'occuper (juste en apparence et à de rares occasions, Dieu soit loué) du « *petit, mais énergique, fringant, mais froussard, espiègle, mais câlin Christian* ». En tout état de cause, le jeune homme excédé qui me faisait face n'avait strictement rien à voir avec « *mon* » Christian. Se pourrait-il que Priotto se soit trompé sur toute la ligne ou qu'il m'ait sciemment menti ? Quoi qu'il en fût, nous ne réglerions rien en nous braillant dessus.

— Je crois qu'il y a un quiproquo…

— Je crois aussi. Je ne te montre pas le chemin ? cracha-t-il en désignant le portail.

Je me raidis, soufflée par son arrogance. Il voulait me jeter dehors en serviette ? Sérieusement ? Qui était ce mufle ? J'ancrai mes deux pieds au sol, prête à en découdre si nécessaire.

— Non ! Je ne vais nulle part, si ce n'est à la recherche de Christian ! Christian ? criai-je en scrutant les alentours.

Rien ne se passa. J'appelai une nouvelle fois, la voix tremblante. Le surfeur m'observait comme si j'étais une folle furieuse échappée de l'asile et je me dandinais d'un pied sur l'autre, au comble de la gêne, quand une espèce de boulet de canon sur pattes traversa le jardin. Un drôle de mélange entre un lièvre géant et un cocker se précipita vers nous, en exhalant des halètements sortis tout droit d'une parodie de film d'horreur. *« Ahan, reeeee, ahan, reeeeeee, ahan ».* J'eus à peine le temps de comprendre ce qui se passait qu'il agrippa le bas de ma serviette entre ses dents et tira dessus comme si ce bout de tissu était le Saint Graal. Je hurlai de stupeur, et tirai sur l'autre extrémité. Un duel s'improvisa entre nous. Malheureusement pour moi, la surprise lui avait donné l'avantage. Le roquet s'enfuit ventre à terre (dans tous les sens du terme étant donné le surpoids dont il semblait souffrir) à l'autre du bout du jardin en se prenant les pattes dans le seul morceau de tissu qui dissimulait quelques secondes plus tôt ma nudité. Ma vie était un cauchemar, et j'allais me réveiller si je me pinçais très fort. Je tentai le coup. Ça ne fonctionna pas. J'étais toujours à poil devant un mec arrogant qui me fixait en essayant de contenir un fou rire.

Je mugis, camouflai ma poitrine en l'entourant de mes bras et me ruai derrière une plante en pot pour limiter les dégâts.

— Putain, cours, va le rattraper, agis, réagis, bouge !Christian hésita, ricana, s'excusa en apercevant ma mine effarée, puis retira son tee-shirt d'une main et me le tendit, son autre main devant les yeux.

J'enfilai prestement le maillot, sans même prendre le temps de me rincer l'œil, ce qui prouvait bien mon état de stress. Je reniflai néanmoins l'odeur de lessive fleurie mélangée à un doux parfum masculin, et assistai à une course poursuite aussi insolite que rocambolesque. Le chien était peut-être obèse, mais il jouait sa vie et refusait de se séparer de son nouveau doudou. Il grogna, passa sous les haies, s'enfuit, et tourna sur lui-même comme Taz, le diable de Tasmanie. Christian courut, sauta, bondit, pesta, rusa, s'arrêta… et réussit à récupérer la serviette, qu'il brandit en l'air comme un trophée. De mon côté, je tirais de toutes mes forces sur le tee-shirt qui me servait de courte robe.

— Voilà, se réjouit-il en reprenant son souffle et en me tendant la serviette à moitié déchiquetée. Elle est un peu baveuse, mais c'est mieux que rien. Désolé pour ça, ajouta-t-il en désignant l'animal, j'ai toujours dit que ce clébard était un obsédé.

Je pointai du doigt le chien.

— Tu connais donc Christian !

— Pardon ?

— C'est lui, Christian. C'est lui que je dois garder, piaffai-je, un petit sourire suffisant flottant sur mes lèvres.

Le surfeur fronça les sourcils, interloqué. Je pivotai vers mon chapardeur de serviettes et appelai :

— Christian ?

Le chien, désormais couché un peu plus loin et occupé à nous lancer une œillade assassine, certainement sa façon de nous condamner pour lui avoir retiré son jouet, ne put s'empêcher de remuer la queue à la mention de son nom.

6.
-Rencontre du troisième type-

Christian m'observa avec insistance et j'aperçus une lueur de culpabilité traverser ses yeux.

— Oh merde ! C'est de ce saucisson sur pattes que tu dois t'occuper ?

— C'est ce que je te dis depuis tout à l'heure, bougonnai-je, la serviette dégoulinant de bave entre les mains.

— Sauf que tu as parlé d'un Christian ! J'ai cru…

— Parce que c'est comme ça qu'il s'appelle ! En tout cas c'est sous ce nom qu'il m'a été présenté. Tu n'étais pas au courant ?

Je devais avouer que j'avais été un peu surprise aussi, quand Priotto m'avait indiqué que ma *mission officielle* consistait à devenir la fille au pair d'un animal de compagnie appelé Christian. Mais après tout, qui étais-je pour juger ? Pour mes 6 ans, j'avais reçu en cadeau un hamster que j'avais baptisé Jean-Michel. Mon cactus se prénommait Jacques en l'honneur de Dutronc. J'avais même adopté un poisson rouge qui ne répondait pas au nom de Wanda (parce que les poissons se foutent de leurs humains et ne répondent jamais, même si leur nom est un hommage à un titre de film culte). Alors un clébard nommé Christian… Pour tout dire, quand il m'avait été précisé que j'allais être la nounou d'un chien, j'avais surtout été soulagée de ne pas avoir à gérer d'enfant capricieux ou colérique. Un cabot que je devrais juste surveiller sporadiquement avant que Veronica ne le récupère, c'était une belle aubaine. Et puis concrètement, pour 30 000 dollars, j'aurais été prête à tenter le cododo avec un tigre du Bengale.

— Bon, écoute, s'exclama-t-il avec une tête de gamin penaud, en croisant les mains derrière sa nuque. Je te dois des excuses.

Lorsque la femme de mon père a adopté ce chien et qu'elle l'a appelé Christian, j'ai pété un câble et lui ai ordonné de ne jamais prononcer ce nom devant moi. De toute façon elle le surnomme « *mon trésor* » ou « *mon fils* ». Quand tu m'as appris que tu devais t'occuper de Christian, j'ai vu rouge, j'ai cru… peu importe. Je suis navré.

J'étais curieuse de découvrir ce qu'il avait imaginé. Que j'étais payée pour le conquérir ou le distraire ? Est-ce que c'était déjà arrivé ? Est-ce que les gens riches se permettaient ce genre de cadeau ? Non, finalement, je n'avais pas envie de savoir.

Je levai la main vers Christian l'humain en signe de trêve.

— Éléonore Cascouille, la fille au pair de Christian le chien. Tu peux m'appeler Ellie.

Il attrapa ma main dans une poigne vigoureuse.

— Christian, mais appelle-moi Chris.

Voilà, la paix était revenue ! On allait pouvoir en rire en buvant une tasse de thé, et…

— En revanche, reprit-il sur un ton inquisiteur, j'aimerais bien que tu m'expliques clairement la situation. Tu es là depuis quand ? Pour combien de temps ? Pourquoi Lindsay n'est-elle pas ici ?

Oups. La trêve avait été de courte durée.

Soudain lasse, je soupirai.

— OK, mais, si ça ne te dérange pas, est-ce que je peux aller enfiler une tenue un peu plus décente ?

Il me scruta de nouveau et sembla s'apercevoir que je ne portais qu'un tee-shirt, le sien en l'occurrence. Il détourna le regard et mon ego en prit un coup dans l'aile. Hé, je n'étais pas repoussante, non plus !

— Ah oui, pardon. On se retrouve dans la cuisine d'ici 10 minutes, ça te va ?

J'approuvai et me précipitai dans la chambre de Lindsay tout en me creusant les méninges. Comment avais-je pu laisser passer une information aussi capitale que la présence de ce Christian-là dans la maison ? Je feuilletai en vitesse les pages de ce fichu cahier. Rien. Je tentai de joindre Veronica, tombai sur le répondeur, et envoyai valser mon téléphone dans la montagne d'oreillers qui ornait le lit.

J'hésitai à emprunter une tenue dans le dressing de Lindsay, comme mon contrat le précisait, puis changeai d'avis. Je ne voulais pas que le fils Hamilton puisse croire que j'étais une voleuse de fringues. J'enfilai donc une petite robe bleue qui m'appartenait, attachai mes cheveux en un chignon rapide et m'observai dans le miroir de la salle de bains. J'avais encore les joues rouges et le souffle court. Je tentai de me calmer et de reprendre mes esprits en réfléchissant à l'entrevue qui m'attendait. J'avais failli commettre une bourde tout à l'heure, je devais faire en sorte que ça ne se reproduise pas. Je devais communiquer exclusivement sur le fait que j'étais venue pour m'occuper de Christian, enfin du chien. Quand j'y songeais, quelle idée saugrenue d'appeler son animal de compagnie comme le fils de son mari !

Je récupérai mon contrat officiel dans ma valise pour prouver ma bonne foi. Pour ce qui était de l'accord de confidentialité qui précisait que je ne devais parler à quiconque excepté à Veronica de l'endroit où se rendait Lindsay Hamilton et de ma mission de doublure, je le dissimulai tout au fond de mon bagage.

Chris était déjà dans la cuisine quand je déboulai pieds nus au rez-de-chaussée. Il ne m'avait pas entendue arriver. Les mains en appui contre le rebord de l'évier, il contemplait le jardin. Je pris quelques secondes pour étudier sa carrure. Grand, large d'épaules, il devait passer la moitié de son temps à la salle de musculation et l'autre moitié à s'admirer, si j'en croyais le petit air supérieur qui transparaissait dans son attitude. Je ne lui donnais pas plus de vingt-cinq ou vingt-six ans, et je me posai une multitude de questions. Vivait-il ici ? Allait-on devoir cohabiter pendant les prochaines semaines ? Pourquoi personne ne m'avait parlé de lui ? Avait-il une petite amie ?

Je me fichais de la réponse à cette question, c'était simplement mes pensées qui s'étaient dispersées.

Je me raclai la gorge pour lui signaler ma présence. Il se retourna et une expression de surprise passa sur son visage.

— Excuse-moi, Éléonore, mais à première vue, tu ressembles beaucoup à Lindsay… tu as été engagée sur critères physiques ?

Bim, premier piège. Vite. Je me dépêchai d'entrer dans la peau de mon personnage. Éléonore Cascouille, fille au pair, spécialisée dans les animaux de compagnie piqueurs de serviettes, et exhibitionniste par voie de conséquence. J'étais prête. 3, 2, 1, Action !

Je feignis de m'indigner en lui présentant mon contrat.

— Pas du tout. C'est ma grande expérience auprès des animaux qui m'a fait accéder à ce poste.

— Qui est ?

— Qui ?

— Ta grande expérience auprès des animaux, c'est quoi ?

Droite comme un i, le dos bien tendu et le menton relevé, je laissai mon imagination improviser. Je lui expliquai que j'étais promeneuse de chiens depuis que j'avais douze ans, et que je poursuivais des études pour devenir vétérinaire. J'ajoutai, parce que l'idée m'était passée par la tête, que j'avais été gardienne de zoos pendant trois étés d'affilée, dans le plus grand parc animalier de France.

Le surfeur siffla, impressionné.

C'était le bon moment pour m'interrompre. Mais un grand silence ponctua son sifflement. Je détestais les blancs où les deux interlocuteurs regardent le plafond, gênés, sans prononcer un mot. Alors je pris ma moue de première de la classe en plein exposé et continuai sur ma lancée. Je lui affirmai, fanfaronne, qu'on parlait de moi en disant que j'étais *« la fille qui murmurait à l'oreille des panthères »*. Que j'avais soigné des manchots en Afrique du Sud lors d'un projet humanitaire, et aidé à s'échapper des dauphins en captivité dans un parc d'attractions. Que j'avais suivi en parallèle une formation à distance et que j'avais obtenu avec mention un diplôme de psychologue comportementaliste pour animaux. Tant que j'y étais, je l'informai sous le sceau du secret que j'avais gardé pendant deux ans le chien d'une famille très très connue, dont je devais évidemment taire le nom, mais que je pouvais lui certifier que la Maison-Blanche était assurément très blanche.

Je m'arrêtai, à la fois épatée par toutes mes compétences et rongée par l'envie de me filer des claques. Mon interlocuteur me lança un regard dont je n'arrivai pas à déterminer s'il brillait d'ébahissement ou de moquerie.

— Tu as une expérience considérable pour ton âge, constata-t-il avec une expression sceptique.

C'était clair, j'avais exagéré. Trop tard pour faire machine arrière, il fallait que j'assume. Je haussai les épaules, et lâchai, modeste :

— J'ai juste choisi mes combats et mes priorités.

— Et comment tes combats et tes priorités t'ont-ils menée à garder un chihuahua complètement con et à moitié obèse, qui n'écoute rien ni personne et qui réussit à te déshabiller d'un coup de dents ? me demanda Chris sur un ton insolent en me fixant droit dans les yeux.

Touchée. Mais pas coulée.

Je balayai une poussière imaginaire sur mon épaule, regrettai de ne pas m'être inventé un accent bourgeois, et repris :

— Justement, j'y viens. Premièrement, je tiens à préciser que Christian des plaines de l'Ohio Hamilton n'est pas un chihuahua, mais un cavalier king-charles Spaniel pure race âgé de 5 ans. Il est vif, fringant, affectueux, joueur et gourmand, récitai-je en sortant mot pour mot la fiche descriptive notée en page 4 de mon cahier.

— Tu m'en diras tant, ironisa Chris.

— Je préfère que les choses soient claires, c'est tout. Secundo, j'ai été engagée pour lui donner les bases d'une vraie éducation. J'arrive à peine et notre première entrevue a été, comme tu as pu le constater, assez musclée. Cependant, tu peux me croire, d'ici une semaine, grâce à ma méthode testée à de nombreuses reprises sur bien plus réfractaire que lui, ce chien sera devenu le plus doux des agneaux. Parole de scout.

Je dévoilai ma dernière cartouche, surnommée l'attitude de la maîtresse d'école, étudiée sur ma sœur Nathalie : corps redressé, lèvres pincées et regard fier. J'aurais bien ajusté mes lunettes sur mon nez d'un geste assuré, malheureusement je possédais la vue d'un pilote de ligne, et n'avais donc aucune monture à remettre en place du bout de l'index.

— Dommage que je m'en aille bientôt, j'aurais bien aimé assister à ça, prononça-t-il avec un air qui démentait son propos.

— Tu pars surfer ? suggérai-je pour instaurer une conversation plus légère, et aussi, autant l'avouer, par curiosité.

— Non. Comment tu sais que je pratique le surf ? éructa-t-il en se demandant certainement si je l'espionnais depuis des mois.

— Simple déduction, tempérai-je, c'est ton apparence qui m'a… enfin, bref. Tu vis là, habituellement ?

— Ça m'arrive.

— OK. Mais tu n'étais pas censé être ici, normalement, si ?

— En effet. Nous aurions dû être déjà sur la route, un problème technique nous a retardés. Si tout va bien, d'ici demain, nous aurons débarrassé le plancher et tu seras tranquille pour dompter le fauve.

— Nous ?

— Oui. Ma grand-mère, Cassie et moi. Elles séjournent régulièrement ici, elles aussi.

Je tombai des nues. Qui étaient tous ces gens qui n'avaient même pas été mentionnés dans mon cahier ? J'avais une page complète sur les us et coutumes du chien, mais rien sur trois des humains qui vivaient avec lui. Je me questionnais sérieusement sur le sens des priorités de madame Hamilton.

— Dans la maison ?

Je vis Chris tiquer à nouveau. Je n'aurais peut-être pas dû

montrer autant d'intérêt pour ce qu'il racontait, il allait encore s'imaginer je ne sais quoi.

— Cassie et moi gardons une chambre ici, mais la plupart du temps, nous dormons dans le premier logement que tu as dû apercevoir dans le jardin. Granny occupe le second cube quand elle est dans le coin. On ne te dérangera pas.

— Oh non ! Je ne voulais pas dire que ça me dérangeait, vous êtes chez vous !

Le jeune homme esquissa un rictus désabusé et à nouveau, l'impression de déjà-vu me gagna.

— Chez nous, oui, mais surtout chez Lindsay. D'ailleurs, sais-tu quand elle est censée revenir ?

Oups. Nouvelle question piège. D'autant que sa mine renfrognée me laissait supposer qu'il ne portait pas sa belle-mère dans son cœur.

— Oh. Euh. Elle ne devrait pas tarder. Elle… après-demain ? Elle devait régler un problème sur un plateau de tournage.

— Tu ne serais pas en train de me mentir ?

La meilleure défense restait l'attaque.

— Décidément… tu as du mal à accorder ta confiance en règle générale, ou seulement à moi ?

— Bon, écoute, en fait, je m'en fiche complètement, soupira-t-il. J'espère juste qu'elle n'est pas en train de préparer une connerie, parce qu'on ne sera pas là pour venir la récupérer au poste de police au milieu de la nuit, cette fois.

— Nan, ne t'inquiète pas pour elle… Elle a décidé d'adopter une conduite irréprochable, dorénavant.

Chris me lança un regard suspicieux.

— Tu la connais bien ?

C'était le festival des questions piège et Chris était un présentateur coriace.

— Pas du tout, j'ai été recrutée par une agence française, dans la mesure où, rappelle-toi, je suis la meilleure avec les animaux. C'est

Veronica, en bavardant, qui a évoqué ses bonnes résolutions. C'est elle qui est venue me récupérer à l'aéroport. Tu connais Veronica, j'imagine ?

Je n'eus pas le temps d'entendre sa réponse. La porte de la maison s'ouvrit subitement sur deux furies. Elles envahirent la cuisine en criant, pourchassées par le chien fou qui bondissait, tourbillonnait et aboyait.

Instinctivement, j'agrippai le bas de ma robe. Pas question qu'il recommence à me dénuder. J'observai le duo détonnant qui avait pris place dans la cuisine. La première était une dame âgée qui me fit immédiatement penser à Yetta, la mamie rebelle de la série *Une nounou d'enfer*. Elle portait une longue jupe violette aux multiples froufrous, ainsi qu'un top jaune moulant et évasé aux manches. De fines sandales vertes à paillettes dépassaient de sous sa jupe. Elle paraissait frêle et néanmoins dotée d'un sacré caractère. Ses cheveux, une sorte de crinière gris argent, descendaient en cascades bouclées autour de son visage ridé et bruni par des années de bronzage sans protection solaire. Deux billes d'un bleu très clair, presque transparent, luisaient sous de fins sourcils gris. Elle était absolument atypique, et avait conservé des traits qui prouvaient qu'elle avait été d'une beauté renversante. Quant à la seconde, c'était une petite fille blonde, au minois angélique et à l'air espiègle. Elle portait une coupe au carré et une tenue de footballeur américain. Des traces de peinture bleue recouvraient ses pommettes roses ainsi que ses doigts qui agrippaient une boule à neige. Ses yeux étaient les mêmes que ceux de Chris, en plus rieurs.

— Lindsay ? Ton foutu chien vient de faire patte basse sur ma valise et il a avalé une chaussette ! Pas une soquette, non, une chaussette de foot ! Il l'a bouffée en entier ! Récupère-le ou je te jure que je l'empaille ! s'époumona la plus âgée des deux d'une voix stridente en levant un doigt verni en orange fluo dans ma direction.

Je me reculai instinctivement et relevai la tête. Elle fronça les sourcils en me découvrant, me dévisagea avec surprise et se tourna vers le jeune homme.

— On prépare le remake de la nuit des sosies et tu accueilles les clones de Lindsay ? Qui est cette jeune personne ? questionna-t-elle en se radoucissant.

La petite footballeuse virevoltait en chantonnant de plus en plus fort « *Foutu chien, foutu chien* ! ». Chris lui lança un regard sévère qui la fit taire sur le champ et se chargea des présentations.

— Granny, Cassie, voici Éléonore. Éléonore, voici Thelma Roberts, mon incroyable grand-mère qui prononce des mots interdits devant une enfant et qui devra mettre un dollar dans la tirelire à gros mots. Et voici Cassandra, dite Cassie ou Cass', une sauvageonne qui sait pertinemment qu'elle n'a pas le droit d'inventer des chansons avec le mot *« foutu »* dedans. Éléonore a été engagée pour éduquer Chien Fou. Quand nous reviendrons, il sera sage comme une image et peut-être même qu'on pourra lui apprendre à réaliser des tours, n'est-ce pas Éléonore ?

Il m'adressa un petit regard entendu et un sentiment de honte s'empara de mes joues. Je voulais aller me coucher et me réveiller dans mon lit, en France. Ah non, Gilles était en France. Réflexion faite, je voulais me réveiller sur la plage d'une île déserte. J'avais beau être optimiste, j'étais néanmoins consciente que mon rêve ne se réaliserait pas en clignant des yeux, alors je posai une expression bienveillante sur mon visage et tendis la main à la mamie de compétition. Je lui dis que j'étais enchantée, qu'elle pouvait m'appeler Ellie et que sa jupe était superbe. Je me penchai ensuite vers la fillette à qui je chuchotai avec un air de conspirateur que moi, j'aimais beaucoup sa chanson. Je récoltai un sourire dévoilant une dentition largement trouée de la part de la petite Cassie et un regard assassin de la part de Chris. On ne pouvait pas faire l'unanimité, et j'étais déjà heureuse d'avoir réussi, en une seule phrase, à me mettre une enfant dans la poche. À croire que je mûrissais.

La vieille femme s'excusa pour son entrée en fanfare et me confia que Lindsay et moi, on se ressemblait sacrément, sûr qu'on n'était pas de la même famille ? Je sentis mon visage prendre feu et assurai que non avec conviction.

Décidant que j'avais assez fait acte de présence, j'étais sur le point de les laisser en famille (j'allais enfin aller pouvoir piquer une tête dans la piscine), quand Cassie me tira par le bras.

— Ellie, tu peux apprendre à Dumbo comment on fait le mort ? Et à tenir un ballon sur le bout du nez ? Oh, et à jouer à cache-cache, j'aimerais bien !

Décidément, cette journée ne s'achèverait jamais.

— Dumbo ? Vous avez un éléphant dans le jardin ?

La gamine éclata de rire.

— Dumbo, c'est lui, m'expliqua-t-elle en désignant Christian de l'index. C'est moi qui ai choisi son surnom. Dumbo, ça lui va bien, regarde ses oreilles ! Par contre, faut pas l'appeler comme ça quand Lindsay est là, OK ? Sinon elle n'est pas contente. Si elle arrive, appelle-le Bibiche.

— Je suis absolument d'accord avec toi, Dumbo, ça lui va mieux que tout autre prénom !

Je jetai une œillade de connivence à Chris, qui, à ma grande surprise, m'offrit un clin d'œil en retour.

Monsieur Grincheux se déridait ! Bizarrement, je sentis mon cœur battre un peu plus fort et mes joues se réchauffer. Mince, le beau surfeur me provoquait des palpitations. Cela ne dura que l'espace d'un instant. Il recouvra son ton cassant et dégringola de nouveau tout en bas de mon échelle de sympathie.

— Bon, j'ai perdu assez de temps pour rien. Vu que tout est en ordre, je vais aller voir quand on pourra partir, expliqua-t-il à l'attention de sa grand-mère. Cassie, tu préfères rester avec Gran' ou venir avec moi ?

— Je t'accompagne. Je vais lire l'avenir de Wendy dans ma

boule de voyante ! s'excita la fillette en passant la main sur sa boule à neige.

— Ça marche. En route Princesse Cassie ! Éléonore, j'ai été... surpris de faire ta connaissance. Prends soin de toi et bon séjour chez les fous.

Il fila sans un regard en arrière, la gamine trottinant devant lui, et claqua la porte à la truffe du chien. Ce dernier se mit à couiner de frustration et s'allongea de tout son long devant l'entrée, me faisant penser à un boudin qu'on utilise pour éviter les courants d'air. C'était cette serpillière blanc et marron foncé qui serait mon meilleur ami pour les prochaines semaines. Super. J'exhalai un profond soupir et croisai le regard de madame Roberts qui m'observait sans aucune gêne, les lèvres retroussées.

— Il fait de l'effet aux femmes, mon petit-fils, nota-t-elle avec une lueur de fierté.

La surprise me fit perdre mes mots. Je bégayai :

— Ah je, nan, je, pas du tout, sérieusement, pas moi. Je regardais le chien. Il est... marrant. Avec sa grosse touffe de poils clairs au-dessus des yeux, on dirait les sourcils de Sophia Hadjipanteli[2], mais vous ne connaissez sûrement pas, c'est... non, laissez-tomber.

— Allons, on ne me la fait pas à moi, insista-t-elle, les yeux brillants. J'ai 75 ans, jeune demoiselle, mais je ne suis ni sénile ni aveugle. Je sais reconnaître ce regard enamouré. Pour toi, c'est un peu fichu, ceci dit. Quel homme voudrait découvrir le portrait de sa belle-mère chaque matin en se réveillant, surtout quand il s'agit de Lindsay ?

— Je...

— Quoique, pas tout à fait, en fin de compte, réfléchit-elle à voix haute en me fixant attentivement. Tu peux faire illusion de loin, mais... tu portes des lentilles ? m'interrogea-t-elle en

---

[2] instagrameuse qui prône le droit au mono-sourcil.

s'approchant à quelques centimètres de mon visage, comme si elle pouvait accéder au fond de mes prunelles. Et tes cheveux, c'est leur vraie couleur ?

Je me reculai, la bouche ouverte et les sens en alerte. Ce n'était pas le moment de commettre une bévue. Le seul moyen de m'en sortir consistait à changer de conversation. Diriger son interlocuteur vers un sujet qu'il maîtrisait était une option facile.

L'air de rien, je me renseignai :

— Cassandra, c'est sa fille ?

— À qui ?

— À Chris !

— Grands dieux non, il l'aurait eu au berceau, éclata-t-elle de rire. Cassandra est sa sœur. Le dernier cadeau que nous ait offert notre douce Cathy… et ce qui a en partie causé sa perte…

Une expression de tristesse traversa les yeux clairs de la septuagénaire.

— Elle vit avec Lindsay et Edward ?

— Non plus. C'est compliqué. Elle séjourne ici de façon épisodique pour voir son père quand il n'est pas en tournage, c'est-à-dire très rarement. En général, elle habite avec Chris ou moi.

J'acquiesçai, même si j'avais du mal à comprendre comment fonctionnait cette famille. Combien de maisons différentes possédaient-ils ? Cela ne me concernait pas, toutefois ma curiosité était titillée.

— C'est bizarre, ajouta-t-elle comme si elle soliloquait, je n'avais pas lu ton arrivée dans les cartes. C'est prévu depuis longtemps ?

— Pardon ?

— Il faut avouer qu'avec les préparatifs du voyage, je n'ai pas sorti mon jeu de tarot depuis quelques jours, poursuivit-elle. Je suis cartomancienne, jeune fille. C'est ma petite marotte à moi. Si tu veux, je peux te donner quelques informations sur ton avenir amoureux, ou t'orienter un peu… tu m'as l'air toute perdue !

— Euh, c'est gentil, mais…

— Ah, je vois, m'interrompit la vieille dame, les lèvres pincées. Tu n'es pas sensible aux messages reçus par perception extra-sensorielle, c'est cela ? Si j'ai le temps, j'aimerais bien essayer quand même. Tu changeras d'avis. Je suis plutôt douée en prédictions !

— Euh… d'accord, mais…

— Formidable ! Bon, j'imagine que pour le moment, tu as du pain sur la planche pour dompter cette sale bestiole. Quant à moi, j'ai besoin de me reposer. Bonne journée, jeune fille. Nous nous recroiserons tout à l'heure, j'amènerai mon jeu !

Elle attrapa une bouteille de vin dans le réfrigérateur, me salua d'un petit signe de la main et me laissa seule avec le chien, dans l'immense cuisine, hébétée par la tournure des évènements.

7.
-Le bon, la brute et le truand-

— C'est donc là que tu te caches ?

Je sursautai et m'assis à toute vitesse sur le transat où, réchauffée par le soleil californien, j'étais tombée comme une masse. Je n'avais rien fait de mal, pourtant la voix sèche de Chris me donna l'impression qu'il m'avait surprise en flagrant délit de distribution de shit devant l'école maternelle. Je clignai des yeux, éblouie par la lumière, et posai ma main en visière sur le haut de mon front pour mieux voir. Mon regard rencontra son torse nu et bronzé, que je n'avais pas eu véritablement loisir d'admirer tout à l'heure. Wahou. Je ravalai ma salive et rougis comme une collégienne qui vient de recevoir un compliment du mec populaire de la classe. Sauf que je n'avais pas vraiment reçu de compliment. Je me forçai à rester concentrée sur son visage. Depuis notre dernière entrevue et jusqu'à ce que je m'endorme comme une larve, j'avais fouillé ma mémoire pour retrouver à qui il me faisait penser. J'étais persuadée d'avoir déjà croisé ce regard gris-bleu. C'était plus qu'improbable dans la mesure où je n'avais jamais posé les pieds aux États-Unis, toutefois, l'impression de déjà-vu persistait. Il m'observait avec un sourire en coin, sûr de l'attraction qu'il exerçait sur les femmes, et je ressentis le besoin de me justifier :

— Je ne suis pas cachée. J'ai nagé, puis le décalage horaire a eu raison de moi et je me suis assoupie quelques minutes. C'est un crime de s'assoupir quelques minutes ? ajoutai-je en repensant à la phrase culte de *Dirty Dancing* sur la pastèque[3].

Étant donné la position du soleil dans le ciel, j'avais plutôt

3 *« Bah quoi, c'est pas un crime de porter une pastèque »*, disait Bébé dans *Dirty Dancing*.

ronflé pendant quelques heures, mais il n'était franchement pas nécessaire qu'il soit mis au courant.

— Et bien, tu sais honorer un contrat, toi, ironisa-t-il. Figure-toi que pendant que tu prenais du bon temps, le monstre que tu es censée transformer en agneau docile a creusé un trou énorme devant la maison. J'ai cru qu'il avait réussi à te tuer et qu'il cherchait à cacher six pieds sous terre les morceaux de ton corps qu'il n'aurait pas fini de dévorer.

Un rictus satisfait naquit sur ses lèvres, comme si l'idée le mettait en joie. Je me doutais qu'il était un professionnel de l'humour cynique, malgré tout je sentis la moutarde me monter au nez. On ne se connaissait pas. Qu'il n'aimât pas sa belle-mère ou le chien était le cadet de mes soucis. Moi, je n'avais rien à voir dans leurs histoires de famille, et je n'avais pas à subir ses sarcasmes. Il m'avait déjà prise pour une espèce d'escort-girl tout à l'heure, c'était plutôt à lui de faire profil bas.

— Tu avais l'air inquiet, dis-moi.

— Fou d'angoisse, comme tu peux le remarquer !

— Moi qui pensais que les Américains étaient pleins d'empathie…

— Moi qui pensais que les Français étaient bosseurs…

— Tu sous-entends que je suis fainéante ?

— Je ne sous-entends rien. Je constate. À moins que tu ne sois pas tout à fait là pour ce que tu m'as déclaré, cracha-t-il.

— Tu me traites de menteuse maintenant ?

— Tu interprètes comme tu veux. En tout état de cause, j'émets de gros doutes concernant les raisons de ta présence ici. Que les choses soient claires : quoi que ce soit, fais en sorte que Granny, Cassie et moi n'y soyons pas mêlés. C'est compris ?

Ce n'était pas compris, non. Ce type restait une énigme, et à mon avis, il souffrait de paranoïa aigüe. Je le plaignais, ça devait être épuisant.

— Mêlés à quoi ? Si tu arrêtais de t'exprimer en langage codé…

Il me décocha un regard lourd de reproches puis un rictus mauvais.

— À toi de me le dire. En l'occurrence, ton numéro de dresseuse de fauves, bien que plutôt au point, m'a mis la puce à l'oreille. Je me suis questionné sur ta « *ressemblance* » avec Lindsay, articula-t-il avec exagération en mimant les guillemets. J'ai effectué quelques recherches sur toi, Éléonore Cascouille. Ou devrais-je dire Ellie Lobster ? Tu n'es pas brune et tu as les yeux bleus, en temps normal. Tu es bien plus pâle, aussi. C'était quoi le but ? Ne pas perturber le chien en lui livrant une nounou similaire à sa maîtresse ?

Oh la boulette ! Mes mains devinrent moites et se mirent à trembler. Je piquai un fard, et tentai mollement de me défendre.

— Comment …

— Si je peux te donner un conseil en passant, tu devrais cadenasser un peu mieux ton profil Facebook, j'ai eu accès à des photos sur lesquelles n'importe qui peut tomber, et aucune ne te rend vraiment hommage. Je n'ai pas déniché ton CV de dresseuse d'animaux, seulement celui de tes piètres qualités en tant qu'actrice.

Pourquoi Priotto n'avait-il pas envisagé cette situation ? Tout simplement parce que ce fouineur de Christian Hamilton, cet empêcheur de tourner en rond, ce sale type… n'était pas censé se trouver ici et mener sa petite enquête. Il allait faire foirer mon job à 30 000 dollars dès le premier jour, ce sombre crétin.

— De quel droit t'es-tu permis…

— Nous allons vivre sous le même toit jusqu'à notre départ, me coupa-t-il, revêche. Je n'ai pas spécialement envie de cohabiter avec une criminelle, j'ai préféré vérifier qui tu étais. Je te préviens immédiatement : si tu as dans l'idée de t'investir dans quoi que ce soit de malveillant ou d'illégal, je te prierais d'attendre que nous ayons dégagé d'ici.

Je fus soufflée par son audace et sa façon de me dévisager. De toute évidence, il me détestait plus que Gilles alors que, pourtant, je n'avais encore rien fait cramer…

— Je ne suis pas là pour causer du tort à quiconque. J'avoue que j'ai légèrement exagéré mes compétences avec les animaux, et que fille au pair n'est pas mon métier habituel. Mais, merde, à la fin, je n'ai pas à me justifier. Tu n'aurais même pas dû être ici, peut-être bien que c'est toi, l'entourloupe ?

— Ah, la meilleure défense, c'est l'attaque, à ce que je vois… cracha-t-il, le regard noir.

— Je ne vais même plus perdre de temps à débattre avec toi. Nous sommes d'accord sur une chose, Lindsay n'aurait assurément pas dû donner ton nom à son chien. Personne ne mérite d'être baptisé en l'honneur d'un sale mufle de ton genre.

Je vis à sa mine déconfite que j'avais fait mouche. Je ramassai mes affaires et tournai les talons avant qu'il ait recouvré la parole et, avec elle, son sens de la répartie.

Quel petit snobinard capricieux et imbu de lui-même !

***

Je rejoignis ma chambre d'un pas aussi rapide que furieux, et vérifiai mon téléphone. Veronica m'avait transmis un message pour me signaler qu'à cause d'un rendez-vous de dernière minute, elle ne pourrait malheureusement pas récupérer le chien ce soir, mais qu'elle viendrait au plus tôt demain matin, juste après son yoga. Formidable. J'allais donc devoir m'occuper de Christian alias Dumbo le chien fou et donner l'impression que j'étais ici dans le but de lui apprendre les bonnes manières. Je me changeai en ruminant. Je n'aurais pas dû permettre à ce sale impertinent de me parler sur ce ton. Les conflits, ça me connaissait, et rabrouer les autres était ma spécialité, mes frères et sœurs pouvaient en témoigner. Ils disaient souvent que j'étais la pire des Cascouille (leur humour est irrésistible). J'aurais pu lui rabattre le caquet. Si je n'avais pas osé, c'était parce qu'il me faisait trop facilement perdre mes moyens. Il avait beau me provoquer et réussir à me faire sortir de mes gonds, il y avait également cette attirance un brin sadique que j'éprouvais à son égard et que je n'arrivais pas à m'expliquer. J'espérais que nous ne serions pas amenés à nous revoir, je comptais bien tout mettre en œuvre pour l'éviter. D'ailleurs, j'aurais été bien avisée moi aussi de vérifier sur le net ce qui se racontait à son sujet. Son visage me disait toujours quelque chose, il pourrait être intéressant que je tape son nom dans mon moteur de recherche pour en apprendre davantage.

Pour le moment, j'avais besoin d'air, et surtout, de m'éloigner de lui. D'une part, je n'étais pas d'humeur à supporter de nouveau son insolence et ses questions. D'autre part, je m'inquiétais de divulguer des informations compromettantes. Je n'avais aucune envie de perdre mon travail et d'être renvoyée illico presto via un vol low cost.

S'il était stipulé à la page 3 du cahier que je ne devais sortir sous aucun prétexte sans Veronica pour me chaperonner, il était mentionné en page 2 que je devais vivre seule. Le contrat ayant été modifié, j'avais bien le droit de changer les règles moi aussi. Après tout, faire le tour du pâté de maisons ne pouvait pas être considéré comme un crime de lèse-majesté, je n'allais pas non plus me radiner à moitié dénudée sur le parvis d'une boite de nuit ultra sélect. J'attrapai la laisse de Christian, les clés du portillon, mes lunettes de soleil et j'entraînai le chien dans la rue. Le soleil entamait son déclin, je ne croiserais sûrement pas un chat dans ce quartier luxueux. De toute façon, à en croire les réactions de Chris et de sa grand-mère, je faisais assez bien illusion. Si un voisin reconnaissait Lindsay, il serait juste surpris que je ne vienne pas lui tailler la bavette.

À part un type au volant de sa voiture qui attendait certainement sa femme, et un joggeur qui s'étirait en face du portail, la rue était déserte. Christian traînait un peu la patte, me rappelant que marcher n'était pas dans ses habitudes de toutou pourri gâté, mais je tins bon et tirai sur la laisse pour le forcer à maintenir la cadence.

J'avais besoin de me défouler. J'admirai les façades des maisons qui n'étaient pas cachées derrière des haies ou un mur. Elles étaient gigantesques, et plus luxueuses les unes que les autres. On aurait pu loger tout mon village dans une seule de ces propriétés ! Je m'amusai du goût des Américains pour les boites aux lettres aussi kitsch qu'originales. J'en avais vu une en forme de niche de chien avec un Snoopy allongé dessus, un château fort, et un tonneau de vin. Je notai mentalement de revenir les photographier.

Ma balade avait produit un effet bénéfique sur mon stress. Je me sentais prête à ignorer Christian et ses regards perçants. Je tirai sur la laisse du chien pour qu'il fasse demi-tour, et revins sur mes pas. J'étais presque arrivée à la grille lorsque j'entendis le bruit d'une portière qui claquait. Une drôle d'impression me gagna et mon sang se glaça. Oh non, s'il te plaît mon karma, pas de paparazzi, je n'avais pas pris le temps de me changer… C'était certainement une fausse alerte, mon imagination devait arrêter de me provoquer des frayeurs. Je voulus me retourner, mais deux bras puissants m'encerclèrent vigoureusement par-derrière. Par réflexe, je poussai un cri. Il fut muselé par un gant en cuir noir qui se colla sans ménagement sur ma bouche. Une sourde angoisse se diffusa dans mes veines. J'essayai de reprendre ma respiration, mais avaler ma salive m'était impossible. Je commençai à suffoquer. L'homme qui me tenait prisonnière de ses bras approcha son visage du mien. Je sentis une odeur de tabac froid mêlée à un parfum aux notes poivrées.

— Tu n'es pas venue ce matin, maugréa-t-il avec un fort accent des pays de l'Est, russe sûrement.

Est-ce que j'étais censée le connaître, lui aussi ? Lui répondre ? Avec son gant qui me scotchait les lèvres, c'était compliqué.

— Mmmm, tentai-je, ce qui sembla lui convenir.

— Tu n'es pas seule dans la maison, reprit-il. Et tu as vu Steve, hier. On me répète tout, tu le sais, et je ne suis pas content.

Devinette : qu'est-ce qu'un russe ganté de cuir imagine, quand il n'est pas content ? Réponse : Aucune idée, mais je n'étais pas spécialement pressée de le découvrir.

— Demain matin, 8 heures, à l'endroit habituel, décréta-t-il. Sans faute. Compris ?

Pas du tout, mais si ça pouvait me libérer et me permettre de rester en vie… je hochai la tête avec conviction, tel un chien en plastique sur la plage arrière d'une voiture dépourvue d'amortisseurs.

— C'est bien.

Il allégea légèrement la pression de ses doigts. Je réussis à respirer difficilement, mais suffisamment pour ne pas m'évanouir. Le chien grogna sourdement. Il ne manquait plus que lui. Il se secoua, tira d'un coup sec sur la laisse, se libéra de mon emprise et se jeta sur l'homme.

Ne me dites pas que ce con va lui faire la fête, en prime, pensai-je avec effarement.

Ah non. J'entendis des aboiements, un gémissement puis une insulte et je me retrouvai brutalement projetée en avant. Mes genoux, mes mains et finalement mon menton rencontrèrent le bitume. Lorsque je réussis enfin à me retourner, je ne pus qu'apercevoir une silhouette monter dans une voiture sombre, le véhicule démarrer à toute vitesse et mon roquet voleur de serviettes qui la coursait comme si le gars lui avait dérobé sa réserve de croquettes.

Je sifflai pour faire revenir Christian, mais Chris déboula à la place du chien. D'un regard, il jaugea la scène. Mal, apparemment.

— Alors la dresseuse de fauves, tu as lâché les rênes ?

Son expression moqueuse eut le bon goût de s'effacer lorsqu'il découvrit les larmes de frayeur qui débordaient de mes yeux. Il se précipita vers moi et m'aida à me relever, me gardant quelques secondes de plus que nécessaire contre lui. De nouveau, son parfum envahit mes narines. Il sentait les vacances, un mélange de sable, de soleil et de citronniers, et son odeur me rasséréna.

Il se recula brusquement et m'examina de la tête aux pieds, s'arrêtant sur mon menton et mes genoux écorchés. Son visage se froissa.

— Tu es tombée ? Tu as mal ?

Je reniflai, me frottai les mains et les genoux et tentai de sauver les apparences et ma dignité avec une réplique rageuse.

— Pas du tout, j'ai juste embrassé le trottoir. C'est mon rituel quand je débarque dans un pays étranger, comme le pape.

Un léger grognement s'échappa de sa bouche, un bruit entre le rire réprimé et l'agacement, et je vis finalement apparaître dans un grand sourire deux rangées de dents parfaitement alignées et l'ombre d'une fossette. Il était terriblement canon, quand il se déridait. Dommage que ça ne lui arrive pas plus souvent.

— Je vois que ça ne t'a pas fait perdre ton sens de l'humour, seulement le chien dont tu dois t'occuper…

Merde ! Le chien ! Je réalisai qu'il m'avait peut-être sauvé des griffes de mon agresseur, mais qu'il avait disparu de mon champ de vision. Je ne voulais pas imaginer ce que le sale type ferait de lui s'il l'attrapait. Mes larmes se muèrent en gros sanglots.

— Oh non, c'est pas possible ! Je foire tout ! Mais quelle conne !

Le mec cynique qui me faisait face quelques secondes plus tôt perdit de sa superbe, puis se rapprocha de moi et posa une main chaude et ferme sur mon épaule. Il était aussi rassurant qu'il était horripilant il y a moins d'une heure. Ses yeux cherchèrent les miens, et je lus de l'inquiétude dans son regard. Encore un qui ne maîtrisait pas la gestion des pleurs.

— Ne t'inquiète pas. Il reviendra dès qu'il aura faim et, dans la mesure où c'est un ogre, je ne lui donne pas plus de dix minutes, OK ? On va laisser la grille ouverte et je vais remplir sa gamelle, ça devrait l'attirer.

Je secouai la tête comme une gamine qui avait réussi à se dépêtrer d'une engueulade et le suivis jusqu'à la maison.

8.
-Voyance et manigance-

Je m'engageai en direction du salon après avoir pansé mes égratignures toute seule. Le fils Hamilton avait essayé de me convaincre de le laisser m'aider, j'avais refusé avec virulence. Aucun pansement n'était assez grand pour ma dignité qui en avait déjà pris un sacré coup, j'avais surtout besoin de me rafraîchir et de réfléchir. Je n'avais rien voulu raconter en revenant dans la maison, arguant que le plus urgent était de me soigner.

J'arrivais au milieu des escaliers quand j'entendis sa voix et celle de sa grand-mère. Je m'arrêtai pour vérifier qu'ils ne parlaient pas de moi. D'un ton bien plus jovial que celui qu'il utilisait avec moi, il annonça qu'ils partiraient dès le lendemain, à l'aube. Je compris qu'il avait eu un problème avec une dénommée Wendy, (certainement sa petite-amie), mais que tout était arrangé. Chris argua sur un ton d'amoureux aveuglé par sa dulcinée que cette dernière était désormais opérationnelle pour les emmener jusqu'à Yellowstone s'ils le désiraient. Madame Roberts s'esclaffa et précisa qu'ils ne lui en demandaient pas tant, même si elle se souvenait d'un ancien amoureux qui vivait dans le Wyoming. Elle ajouta qu'elle n'avait pas spécialement envie de le revoir et que, depuis le temps, il était sûrement mort ou pire, impuissant.

Je me retins de rire pour ne pas me faire prendre en flagrant délit d'espionnage et m'apprêtai à me montrer, quand la vieille dame me coupa dans mon élan.

— Pour la petite, tu crois que ça va aller ?

— Cassie ? Tu rigoles ? Elle est impatiente !

— Triple nigaud ! Tu sais très bien que je ne parle pas de Cassie.

Je me raidis. Je n'étais finalement plus tout à fait sûre de vouloir entendre ce que Chris Hamilton avait à dire à mon sujet. Mon ego avait déjà assez morflé comme ça pour la journée. Marylin Monroe, elle, n'aurait pas supporté le quart de ce que j'avais enduré ces 6 dernières heures. Elle lui aurait cloué le bec et serait partie comme une princesse. Pour être honnête, j'en aurais bien fait de même. La grande différence entre Marylin et moi, c'était que si je m'en allais, je perdais mon emploi. En outre, je n'avais aucun endroit où me réfugier.

— Éléonore Cascouille n'est pas notre problème, Granny, siffla-t-il sur un ton exaspéré. On n'aurait même jamais dû la rencontrer, si je n'avais pas eu ce problème avec Wendy.

— Oui, je sais, mais elle avait l'air terrorisée quand tu l'as ramenée. Avec tous ces types louches qui gravitent autour de Lindsay, je m'inquiète de la laisser seule ici. Quand j'ai eu ton père au téléphone, il a semblé rassuré qu'on parte pendant son tournage au Japon. Tu n'as rien vu de bizarre quand tu l'as retrouvée dans la rue ?

— Rien du tout, à part une fille maladroite qui ne maîtrise même pas un chien attaché. Un comble pour une gardienne d'animaux ! Lindsay va sûrement bientôt rentrer, elle ne sera pas toute seule. En plus, on ne connaît rien de cette Éléonore ! Qui sait si elle n'est pas justement là pour nous apitoyer et obtenir quelque chose de nous ?

— Tu regardes trop de séries policières, mon garçon, signala madame Roberts que je remerciai mentalement de prendre ma défense. Moi, je suis sûre que c'est une fille bien. J'ai eu un bon feeling avec elle. Et tu l'as remarqué, toi aussi. Je t'ai vu l'observer. Tu as beau jouer les sales types mesquins et blasés, elle ne t'a pas laissé indifférent, je me trompe ?

Oh ! Je lui avais donc tapé dans l'œil ? Bon, je m'en fichais, ce n'était pas comme si j'avais été intéressée, pourtant mon ego apprécia et m'envoya des petites décharges dans le plexus pour me le prouver.

Chris soupira et grommela.

— Toi, tu ne devrais pas regarder autant de comédies romantiques, et arrêter de défendre sans cesse la veuve et l'orphelin.

— C'est toi qui dis ça ? ricana-t-elle. C'est l'hôpital qui se fout de la charité, Chris Orsini Hamilton !

Je retins un hoquet de surprise. Avais-je bien entendu « *Chris Orsini Hamilton* » ? Mes neurones se connectèrent enfin, et je réalisai pourquoi son visage m'avait paru familier. Comment avais-je pu ne pas percuter plus tôt ? Immédiatement, je pensai à ma petite sœur. Quand je lui rapporterais ça, elle en verdirait de jalousie. Hallucination totale. J'étais actuellement sous le même toit que Chris Orsini, un des héros de notre adolescence ! L'âge lui avait donné du caractère, il avait laissé pousser ses cheveux et ses traits avaient perdu leur rondeur juvénile, mais c'était lui, sans aucun doute !

Chris Orsini était une star. En tout cas, il l'avait été dans sa jeunesse. C'était le personnage principal d'une série américaine qu'on ne loupait sous aucun prétexte, ma sœur et moi. On demandait à Mamie Jacqueline d'enregistrer les épisodes quand on ne pouvait pas regarder en direct. Sa mère (dans la vraie vie), Cathy Orsini, tenait le rôle d'une mère de famille nombreuse, et Chris était le plus âgé et le plus beau de la fratrie. La figure qu'il incarnait au petit écran, Luke, était un bad boy qui attirait autant les jolies filles que les ennuis, et qui s'en sortait à tous les coups à la fin de l'épisode. Il avait rythmé notre adolescence et avait enflammé nos hormones en évolution. On rêvait qu'un gars comme lui déboule un jour au collège, ce qui évidemment ne s'était jamais produit. La série s'était arrêtée subitement après le décès de l'actrice, Cathy, la mère de Chris. Je ne regardais déjà plus, accaparée par ma carrière en construction. Marie-Lou qui, quant à elle, suivait de près l'actualité des stars outre-Atlantique me l'avait annoncé avec des trémolos dans la voix, comme si le deuil avait touché notre propre famille. Et nom d'un canard constipé, il était là, à quelques mètres de moi.

J'en étais toute retournée. Néanmoins, je me calmai et raisonnai rapidement. Chris et sa grand-mère ne devaient pas entrevoir un quelconque changement dans ma manière de les considérer. Hors de question de jouer à la fan enragée avec lui. C'était sûrement pour ça qu'il était si imbu de lui-même.

De toute façon, il me fallait régler des choses bien plus urgentes. J'avais bien réfléchi pendant que je désinfectais mes blessures. Je refusais de les affoler et de leur raconter ce qui s'était passé. Comme l'avait signalé la vieille dame, des tas de gens louches côtoyaient la femme de qui j'étais la doublure. Dont ce Russe, qu'elle était censée rejoindre le lendemain je ne sais où. Si je ne m'aventurais plus hors de la propriété, il se dirait que Lindsay lui avait posé un lapin et se lasserait. Il pourrait bien revenir traîner devant le portail, il ne m'y croiserait plus, ce qui est dit est dit, cochon qui s'en dédit.

Je raconterais ma mésaventure à Veronica qui, elle, saurait de quelle manière gérer la situation. Elle me fournirait certainement une explication rationnelle, il ne servait à rien que je me mette martel en tête. Madame Roberts et son petit-fils seraient bientôt partis, ils n'avaient pas besoin de connaître la vérité. Le fils Hamilton serait trop content d'avoir eu raison, et je refusais de revoir son expression satisfaite de monsieur « *je suis le plus le fort et le plus malin* ».

Ma décision prise, je remontai quelques marches et redescendis, avec moins de discrétion, pour les prévenir de mon arrivée. Thelma Roberts m'accueillit avec sollicitude et Chris récupéra son air froid et distant dès qu'il m'aperçut. La bonne nouvelle, c'était que le chien était revenu peu après nous, fier comme Artaban, et qu'il ronflait sur le canapé après avoir dévoré l'intégralité de sa gamelle de luxe. Je lui avais offert une caresse pour le remercier de m'avoir défendue, il s'était accroché à ma jambe comme si j'étais une donzelle qu'il pouvait séduire en ahanant comme un phoque en rut. Ah ! La gent masculine, tout un poème !

— Alors ma petite, qu'est-ce qui s'est passé ? se renseigna la mamie avec bienveillance, en m'apportant un thé brûlant dans lequel je crus sentir une bonne dose de rhum. Elle m'accompagna en sirotant un verre de vin blanc pétillant à la même vitesse que je descendais un bol de lait.

— Rien de méchant, répondis-je avec un soupçon de honte, en jouant la fille intimidée. On marchait tranquillement avec Christian, enfin le chien, quand j'ai cru apercevoir Patrick Swayze qui sortait les poubelles. Je l'ai regardé…

La septuagénaire me dévisagea.

— Patrick Swayze, celui de *Dirty Dancing* ?

— Oui, qui d'autre ?

Le surfeur me fixa droit dans les yeux.

— Celui qui est mort ?

Oups. J'avais oublié cette information.

— Euh ! C'est ça ! C'est pour ça que ça m'a troublée, forcément ! me rattrapai-je. Ce n'était donc pas lui, mais il lui ressemblait sacrément… Bref, je me suis emmêlé les pieds et le chien a tourné autour de moi. J'ai été obligée de lâcher la laisse, il en a profité pour s'enfuir, j'ai voulu le récupérer, et je suis tombée. Je ne suis pas aussi maladroite habituellement, c'est sûrement à cause du décalage horaire qui m'a épuisée, ajoutai-je en réprimant un faux bâillement.

Bien, je jouais mon rôle à la perfection, ils ne devraient y voir que du feu.

— Bon, tout va bien, alors, articula sèchement Chris en échangeant un regard avec sa grand-mère. Tu vas pouvoir gérer seule, il n'y a pas de problème ?

— Aucun, rétorquai-je avec empressement.

— Super. Nous partons demain, et nous rentrerons aux alentours du 15 août. Tu seras là ?

— Je ne crois pas.

— Lindsay sera rentrée, j'imagine ?

— C'est ça, elle ne devrait pas tarder.

— OK.

Froid, clair, direct, sans fioritures. Avec un peu de chance, il allait débarrasser le plancher sous peu.

— Attends un peu, mon chéri, intervint sa grand-mère. Ellie, tu es sûre que tu peux rester seule ? On pourrait peut-être attendre que Lindsay revienne pour nous en aller, non ? On n'est pas à une journée près…

— C'est gentil, mais je vous assure que tout va bien. Je ne boite même pas !

— Bon, si tu certifies que tout est OK…

— Super, l'affaire est réglée. Moi, je vais vérifier que Cassie dort et me coucher, Granny, signala Chris en se levant. Tu restes ici ?

Madame Roberts examina sa montre et réfléchit quelques secondes.

— Un peu, mon grand. Je vais me vernir les ongles de pieds avant de partir.

— OK. N'oublie pas d'enclencher ton réveil. Bonne nuit.

Il me regarda avec intensité, ouvrit la bouche comme s'il voulait ajouter quelque chose puis se ravisa. Il me salua de la tête, je me forçai à esquisser au moins un rictus et, sans prononcer un mot, il sortit de la bâtisse.

Dès que la porte fut refermée, la grand-mère s'agita et récupéra un sac en velours derrière un coussin du canapé. Un immense sourire étira ses lèvres et ses yeux se mirent à pétiller.

— Bien, ma grande, on te les tire, ces cartes ?

J'aurais dû me douter qu'elle n'abandonnait pas facilement.

— Oh, je ne sais pas, bafouillai-je, mal à l'aise. Vous devez partir tôt et je suis moi-même fatiguée, alors…

— Cela ne durera que quelques minutes. Installe-toi, m'ordonna la cartomancienne avec un regard qui aurait convaincu Dark Vador de faire amende honorable et d'expier ses péchés.

J'obéis, intimidée. J'espérais qu'elle n'était pas réellement douée et qu'elle n'allait pas se rendre compte de la supercherie. Et si elle réussissait à lire en moi comme dans un livre ouvert ?

— Prends une carte, là. Bien, une autre. Encore une.

Le manège dura quelques minutes. Je tirai cinq cartes du paquet et la regardai fixer avec attention les numéros. L'air concentré, elle sifflota, s'arrêta, arbora une moue confuse, tira une nouvelle carte, la retourna, la rangea à côté des autres, dodelina de la tête et haussa les sourcils. N'était-elle pas censée me divulguer au fur et à mesure ses prédictions ? Je n'arrivais pas à définir si elle avait réellement un don; je n'étais même pas sûre de croire à ces histoires, mais je constatai que si c'était du flan, elle jouait très bien la comédie.

— Et bien, jeune fille, tu n'as pas survolé l'océan pour rien, toi ! s'esclaffa-t-elle enfin.

— C'est-à-dire ?

— Ce voyage va bouleverser ta vie, ma jolie. Tu devras être courageuse, mais le jeu en vaut la chandelle. Aie confiance en toi.

Elle retourna une autre carte, plissa les paupières, tressaillit, toussa et me scruta avec insistance.

— Qu'est-ce que vous voyez ? m'enquis-je d'une petite voix aigüe qui reflétait ma curiosité.

Je ne m'y attendais pas, mais je m'étais prise au jeu. Amour, succès, tapis rouge… qu'allait-elle m'apprendre ? Que voyait-elle ?

— Je vois qu'il est l'heure pour moi d'aller au lit, les numéros dansent devant mes yeux… Tant pis pour mon vernis. Il est temps que je me couche.

— Oh… Bon, d'accord, abdiquai-je, désarçonnée par ce revirement de situation.

Elle se redressa, puis s'arrêta et m'observa quelques instants, comme si elle tentait de soutirer des informations directement sur mon visage.

— Si jamais tu en ressens finalement le besoin, avança-t-elle, on peut changer nos plans et rester une journée de plus.

— Je vous assure, tout va bien se passer. C'est vos cartes qui me l'ont affirmé, après tout ! Ne vous inquiétez pas pour moi et profitez de vos vacances en famille.

— Comme tu veux, Ellie, j'ai été très contente de te rencontrer. J'espère vite te revoir.

Ça m'aurait étonné, mais je souris et la laissai me serrer contre elle. Elle sortit de la demeure après un dernier petit signe de la main.

9.
-Sueurs froides-

La cartomancienne partie, je me retrouvai de nouveau seule avec le chien dans cette immense baraque. Autant me l'avouer, j'étais cette fois bien moins rassurée que dans l'après-midi. Je vérifiai par la baie vitrée qui donnait sur le portail que personne ne rôdait. J'avais eu beau jouer les rebelles, l'incident avec le russe m'avait néanmoins secouée. La fatigue agissait sûrement aussi. Il était temps que je monte me coucher, j'étais debout depuis près de 24 heures, et malgré ma sieste au bord de la piscine, je sentis que le jet lag allait me laisser sur les rotules. En outre, toutes ces aventures m'avaient mise sur les nerfs. Quant au tirage de cartes pour le moins insolite, il ne m'avait pas franchement apaisée. J'avais beau me dire que la vieille dame était un imposteur, sa hâte à arrêter ses prédictions et son soudain embarras me laissaient un goût amer. Peut-être étais-je en danger, alors que ma famille n'était même pas au courant de l'endroit où je me trouvais.

Mon ventre gargouilla, me sortant de mes mornes pensées et me rappelant que je n'avais pas mangé depuis le dernier plateau-repas de l'avion. Je me dirigeai vers la cuisine, choisis un plat tout prêt dans le frigo, le réchauffai au micro-ondes et l'engloutis à même la barquette en quelques bouchées. Mon estomac satisfait, je décidai, même s'il aurait été plus raisonnable que je me couche, d'aller enfiler un maillot et de piquer un ultime plongeon dans cette fabuleuse piscine avant d'aller me mettre au lit.

Une fois sur le toit, je pris quelques minutes pour admirer le panorama incroyable sur la ville. D'ici, on voyait des lumières par milliards, sans pour autant se rendre compte à quel point ça devait grouiller, tout en bas. Au milieu des collines, la maison était à l'abri dans un écrin de verdure, au calme. Il y avait moins de bruit que dans mon minuscule coin de campagne isolé. J'aurais aimé pouvoir me promener en ville, découvrir les rues emblématiques de Los Angeles, poser ma main dans l'empreinte de Marylin Monroe ou m'extasier sur les étoiles du Walk of Fame, mais je n'allais pas me plaindre. Je m'estimais déjà chanceuse de pouvoir goûter au luxe et au calme de cette maison. Il m'apparaissait clairement que je n'obtiendrais jamais la célébrité, la richesse ou la gloire suffisante pour m'offrir ce genre d'endroit. J'avais beau être optimiste, je n'en demeurais pas moins objective. Si, à mon âge, je n'avais pas réussi à me propulser sur le devant de la scène, c'était un peu fichu pour une carrière de folie. J'avais envie d'y croire encore, et la promesse de Priotto me permettrait, en rentrant, d'approcher ce monde qui me faisait tant vibrer. Cependant j'étais également consciente que les festivals, le tapis rouge, les robes de créateurs et les autographes par milliards, ce n'était pas pour moi. En tout cas pas dans cette vie. Je ne possédais ni le talent ni le charisme des grandes actrices. Je n'étais pas amère, simplement réaliste. Bientôt, d'ici quelques mois, je devrais regarder les choses en face et chercher une autre orientation pour ma carrière, à moins que Priotto ne me propose une offre sur le long terme. Un petit rôle récurrent dans une série, ce serait bien. Pour le moment, j'allais surtout profiter de ces vacances improvisées et attendre de voir ce que le destin avait prévu pour moi quand je rentrerais.

Je pris appui sur la margelle de la piscine et m'immergeai dans l'eau à la température idéale. En position d'étoile de mer, j'observai le ciel et sentis mes muscles se décontracter. Une douce félicité me gagna. Je fermai les yeux et les évènements de la journée défilèrent dans mon cerveau. J'avais parlé (et menti !) à Chris Orsini, le héros de mon adolescence. Si on m'avait prédit cette rencontre, je me serais esclaffée en me tapant sur les cuisses. J'imaginais déjà la tête de Marie-Lou quand je lui raconterais cette entrevue improbable. Sa mâchoire s'en décrocherait et elle hurlerait ensuite, poings dressés et yeux exorbités, en mode hystérique. Il me faudrait calmer ses ardeurs et lui révéler la vérité à son sujet. S'il était en effet pas mal (OK, carrément canon) et qu'il semblait être doté de quelques qualités (autres que ses yeux à se damner, ses pommettes saillantes, son sourire de lover, ses abdos en tablette de chocolat et son torse imberbe), il se comportait surtout comme un mec bien trop gâté par la vie et légèrement paranoïaque. En me remémorant sa façon de me traiter, je sentis une sourde colère s'infiltrer dans mes veines, que même la pensée de son physique avantageux ne réussit pas à dissoudre. J'aurais vraiment dû le remettre à sa place.

Ça y était, mes divagations reprenaient. Un peu d'exercice ne me ferait pas de mal et me permettrait d'évacuer la tension. Je rouvris les paupières et rejoignis le bord du bassin en quelques brasses, récupérai un masque de plongée que j'avais trouvé dans un coffre cet après-midi-là, l'enfilai et plongeai. Tant pis pour mes cheveux lissés. Une piscine pour moi toute seule, c'était la première fois que ça m'arrivait. Et quelle piscine ! Je me bouchai le nez d'une main et descendis toucher le fond du bout des orteils. Je remontai en me chronométrant. J'avais 12 ans et j'étais aux commandes d'un sous-marin. Je repris ma respiration et repartis vers le fond, m'imaginant que je pratiquais la natation synchronisée toute seule ou que j'étais une sirène. Je m'amusais à observer le salon depuis le plafond de verre en saluant des amis imaginaires. Je me tortillais dans un aquarium géant et on venait admirer le plus incroyable spécimen des fonds marins (moi).

Je m'apprêtais à remercier mon fidèle public (les coussins du canapé) après une roulade gracieuse, quand je distinguai une ombre se faufiler contre le mur de la cuisine. Toujours en apnée, j'ajustai mon masque et aperçus un homme immense, vêtu de sombre et coiffé d'un bonnet de laine noire avancer furtivement dans le salon. C'était qui celui-là encore ? Un autre invité surprise ? Le cousin par alliance de la coiffeuse du chien ? La notion de solitude n'était assurément pas la même pour tout le monde. Il y avait presque autant de va-et-vient dans cette maison que chez moi, sauf que chez moi, au moins, on était prévenu.

Je remontai à la surface, repris mon souffle et replongeai dans la foulée pour observer le type. C'est là que je le vis. Je me tétanisai. Dans sa main droite, il tenait quelque chose qui ressemblait à la crosse d'un revolver. Je clignai des yeux. C'était bien une arme. J'ouvris la bouche, bus la tasse et rejoignis le bord du bassin rapidement mais sans geste brusque, de peur d'être repérée. Comment était-il entré ? Comment devais-je réagir ? Est-ce que c'était le même homme que cet après-midi ? Je bondis hors de la piscine, m'écorchai de nouveau le genou, étouffai un cri de douleur et enfilai à la hâte le peignoir de bain de Lindsay et une paire de tongs, tout en cherchant du regard un objet contondant qui puisse me permettre de me défendre si besoin. La seule chose que je trouvai était un tuba d'enfant estampillé Hello Kitty. Génial. « *Fais gaffe ou je te défonce le crâne à coup de tuba et je t'incruste l'image d'un chat mauve et rose sur le front, mon pote* ». Pour sûr, il serait terrorisé. À moins que… je ne pourrais pas m'en servir pour frapper mon agresseur s'il avait la mauvaise idée de venir me chercher ici, mais si je le laissais dans la manche de mon peignoir, je pourrais peut-être faire croire qu'il s'agissait d'une arme. Si je parvenais à me convaincre, je réussirais à convaincre mon assaillant.

Le mieux, ce serait que je n'ai pas besoin de jouer la *James Bond Girl*, ou que je trouve un objet plus propice pour me défendre. Pourquoi n'avais-je pas avoué la vérité à Chris et Thelma, tout à l'heure ? Est-ce qu'ils risquaient quelque chose, eux aussi ? Je jetai un coup d'œil par-dessus le toit-terrasse. Les lumières étaient éteintes dans les maisons d'amis où ils étaient censés passer la nuit. J'espérais qu'ils avaient fermé à clé. Pour ma part, deux options s'offraient à moi : rester ici avec un tuba en guise de nunchaku, en croisant les doigts pour que mon agresseur ne monte pas sur la terrasse voir si j'y étais, ou me carapater ailleurs et prier pour trouver quelque chose d'un peu moins ridicule si je devais me défendre.

En me penchant au bord de la piscine, j'avais une vue plus ou moins dégagée sur le salon. Je m'accroupis et observai, en tremblant, les allées et venues du gangster. Après être entré dans une pièce qui devait être le bureau de monsieur Hamilton, il se dirigea vers l'étage. Il allait tout fouiller. J'avais donc la quasi-certitude qu'il monterait ici en ressortant de la maison. Je pris mon courage et mon tuba à deux mains et m'engageai dans les escaliers extérieurs en prenant garde de ne pas glisser. Avec l'assurance d'un veau qui vient au monde, je contournai la demeure et jetai un œil par la baie vitrée : le voyou redescendait d'un pas tranquille, il ne m'avait pas vue. Son revolver avait disparu, remplacé par un téléphone portable. Était-il en train d'appeler ses complices à la rescousse ? Je devais me cacher, et vite. Je tentai d'allier rapidité et discrétion, et me propulsai derrière un buisson pour ramper jusqu'à la petite maison occupée par madame Roberts. Verrouillée. Je continuai vers la porte de Chris. Elle était fermée à clé, elle aussi. Quelque part, c'était rassurant, le sale type ne pourrait pas entrer non plus.

Pour moi, à contrario, c'était angoissant. Les battements de mon cœur avaient redoublé d'intensité. Mes marges de manœuvre paraissaient assez limitées. Je pouvais sortir dans la rue et aller sonner à la première maison que je croiserais en hurlant, mais imaginons qu'un complice l'attende à l'extérieur ? Rester en planque derrière un palmier n'était sûrement pas la solution idéale. Le vieux camping-car était certainement cadenassé également. Cependant, il représentait mon ultime espoir. Je me levai d'un bond et me faufilai jusqu'à la porte qui, heureusement, se trouvait du côté du mur en pierres entourant la propriété. Avec précaution, je fis pivoter la poignée. Alléluia. C'était ouvert. Je me catapultai à l'intérieur, refermai sans bruit, et me rapprochai du pare-brise, en prenant soin de rester cachée derrière le fauteuil du conducteur. D'ici, je pouvais surveiller la maison. Je repris mon souffle.

Quelques secondes plus tard, l'homme sortit et se dirigea vers l'escalier qui menait à la terrasse, laissant la porte d'entrée entr'ouverte.

Le chien en profita pour jaillir à son tour. Désemparée, je le vis renifler comme s'il cherchait des champignons, pour finalement se pointer devant le camping-car. Le fin limier avait trouvé la truffe, et c'était moi ! Il geignit et gratta avec acharnement. Il allait me faire repérer ce con ! J'entrebâillai la porte et l'attrapai par le collier pour l'aider à grimper dans l'habitacle. Il me fit la fête, me lécha les orteils, vrilla trois fois sur lui-même, se roula en boule et se mit à ronfler aussi sec. Je repris mon poste d'observation juste à temps pour voir l'homme redescendre de la terrasse et s'approcher de la maison où dormaient Chris et la petite Cassandra. Mon cœur battait la chamade et j'avais les jambes en coton. La nausée me gagna, j'inspirai et expirai avec méthode pour éloigner l'envie de vomir. Il jeta un coup d'œil par la fenêtre, puis fit demi-tour et s'avança vers ma cachette. La terreur comprimait ma poitrine, j'arrivai à peine à respirer. Je croisai les doigts et élaborai un plan d'action : s'il entrait dans le camping-car, j'escaladerais le siège passager, déverrouillerais la porte, bondirais à l'extérieur et me mettrais à crier en espérant réveiller Chris. En dernier recours, j'assommerais le malfrat à coups de tuba en plastique. Pas terrible, mais je n'avais pas mieux. Le sale type s'arrêta à quelques mètres de la portière droite, ressortit son téléphone de sa poche et, enfin, sans accorder la moindre attention au camping-car, s'engagea en direction du portail. Je l'avais échappé belle. J'étais paralysée d'angoisse. Allait-il revenir ? Je devais prévenir Chris et sa grand-mère, la police, Veronica et Priotto, aussi, sûrement.

Mais auparavant, je devais calmer mes nerfs au bord de la crise. Je tremblais comme une feuille.

Je traversai le camping-car à quatre pattes, dégageai le chien qui considéra mon geste comme une invitation à jouer et me mordilla les cheveux, tirai le rideau qui séparait la chambre du coin salon et m'effondrai sur un matelas double dont les draps sentaient l'adoucissant au lilas. J'allais patienter quelques minutes pour m'assurer de ne pas croiser le sale type. J'en profiterais pour me remettre de mes émotions, afin de ne pas faire paniquer mes hôtes avec des propos totalement décousus. J'avais besoin d'analyser calmement la situation. Le chien grimpa sur le lit en renâclant devant la hauteur, posa sa tête sur mes cuisses et se rendormit en émettant de petits bruits de succion. Réconfortée par sa chaleur, je fermai les yeux un instant.

10.
-La vérité si je mens-

Mon frère Gérald devait encore vérifier le démarrage d'un moteur dans le salon. La tête sous l'oreiller, je ruminai de frustration. J'avais l'impression que mon matelas était attaché sur la remorque d'un tracteur en pleine récolte. J'allais le tuer. À moins que… j'ouvris un œil. Oh putain ! Je n'étais pas dans mon lit de petite fille, mais dans celui du camping-car où j'avais dû tomber d'épuisement la veille, et à présent, il roulait à vive allure.

Christian leva le museau vers moi, dégringola du sommier et se mit à chigner en tournant en rond. Sa vessie devait être, tout comme la mienne, sur le point d'exploser. Je me contorsionnai pour l'attraper et essayai de le garder contre moi en réfléchissant.

Qui avait pris le volant ? Pourquoi m'étais-je endormie ? Dans quelle galère m'étais-je encore fourrée ?

Le chien, qui se fichait pas mal de mes discussions avec moi-même, s'agita, battit frénétiquement de la queue, se débattit, me lécha la figure et profita finalement d'un geste de recul de ma part pour s'échapper et traverser le rideau de séparation. J'arrêtai de respirer.

La voix enfantine de Cassandra brisa le silence, me rassurant sur l'identité des occupants du camping-car. Au moins, ce n'était pas le gars de la veille. Même si au final, je me demandai si Chris n'était pas plus dangereux, une fois en colère.

— Chris ! Chris ? C'était prévu, qu'on emmène Dumbo avec nous ?

— Qu'est-ce que tu dis, Princesse ?

— Le chien de Lindsay. Il est là, avec moi. Il vient de renverser mon verre de lait.

— Quoi ? Comment ça se fait ? C'est quoi cette histoire ?

— Bah je tenais mon verre et il m'a sauté dessus, alors le verre il est tombé, mais c'est pas grave, je vais essuyer !

J'en aurais presque ri si la situation n'avait pas été aussi catastrophique. Le surfeur allait tomber en syncope. Je ne savais pas de quelle façon réagir. Est-ce que c'était le moment de me montrer ? Est-ce que je n'allais pas tous les effrayer et causer un accident ? Le camping-car fit une légère embardée et s'immobilisa dans un crissement de pneus. Une portière claqua, et la porte côté séjour s'ouvrit en grinçant.

— C'est pas vrai ! Comment est-il arrivé là ? enragea Chris.

C'était l'heure d'entrer en scène, j'avais le trac. Je me mis debout et toussotai en apparaissant dans leur champ de vision, les mains en l'air en signe d'apaisement. Moteur, on tourne !

— Pas d'affolement ! C'est… hum… C'est moi qui l'ai fait entrer. Bonjour tout le monde, saluai-je sur le ton enjoué de la fille qui venait de faire une bonne surprise. Je n'aurais pas été plus ridicule si j'avais balancé des cotillons en criant « *Joyeuses Pâques* ».

Chris sursauta et se cogna la tête contre l'angle d'un placard accroché en hauteur.

— Aïe ! Merde ! Qu'est-ce que tu fiches ici ? hurla-t-il, au comble de la fureur.

Une sourde colère traversa ses prunelles. Je remballai mon allégresse feinte et ouvris les vannes à coups de gros sanglots. *« Pleure, tu pisseras moins, mon petit robinet »*, me répétait continuellement ma grand-mère… Si seulement elle pouvait avoir raison, ça m'éviterait, de me faire pipi dessus en prime.

— J'ai… j'ai eu un énorme problème, bégayai-je. Quelqu'un est venu, et… je ne vous ai pas dit toute la vérité, hier soir, mais je crois que je suis en danger.

Chris regarda Cassandra, leva les yeux au ciel puis enfouit une main nerveuse dans sa tignasse.

— OK, Éléonore, soupira-t-il avec un mouvement du menton pour désigner sa sœur. Ce n'est pas le bon endroit pour s'expliquer. Suis-moi.

— Attends…

— Quoi encore ? articula-t-il en prenant sur lui pour ne pas exploser devant Cassie.

Je grimaçai et soulevai les épaules.

— Je peux utiliser les toilettes, d'abord ?

Il poussa un grognement exaspéré, m'indiqua la porte des w.c., et se rua hors du camping-car. Cassandra m'offrit un sourire compatissant auquel je répondis par un clin d'œil avant de m'engouffrer dans les toilettes.

Ma vessie soulagée, je retrouvai Chris sur le bord de la route. J'étais toujours vêtue du peignoir, et en utilisant le miroir des w.c. pour vérifier la tête que j'avais, je m'étais fait peur. Mes cheveux étaient la veille encore parfaitement lissés pour ressembler à Lindsay Hamilton, mais entre le plongeon dans l'eau chlorée et la nuit sans les sécher, ils avaient sacrément morflé. Tina Turner pouvait aller se rhabiller. J'avais dormi avec mes lentilles de contact et si j'avais joué dans *The walking dead*, je n'aurais pas eu besoin de passer par la case maquillage, j'avais les yeux d'un zombie qui venait de se faire exploser à coups de bâton de dynamite. Le mascara sophistiqué et certifié waterproof avait laissé de longues traînées noirâtres sur mes joues. Désormais, je pouvais être embauchée pour interpréter la doublure d'*Edward aux mains d'argent* dans sa version fin de soirée très arrosée. Ce n'était pas mes charmes qui calmeraient le surfeur.

Le chien avait profité de la porte ouverte pour aller faire ses besoins à l'extérieur et reniflait à présent les roues tout en marquant son territoire. Madame Roberts, dehors elle aussi, se précipita vers moi et me tapota le haut du dos, ce qui me fit culpabiliser davantage.

— C'est une sacrée surprise, Ellie ! Passager clandestin d'un camping-car, c'est innovant ! plaisanta-t-elle, la mine ravie et le pouce en l'air, en clignant de l'œil. Tu vois ! Je t'avais promis que tu allais vivre de grandes aventures !

Je regardai mes pieds, au comble de la gêne.

— Je suis navrée…

— Tout va bien, me réconforta-t-elle. Il n'y a pas mort d'homme. Je vais aller m'occuper de Cassie pendant que vous devisez. Chris, ordonna-t-elle à son petit-fils, essaie de ne pas t'énerver, s'il te plaît, et d'écouter, pour une fois.

Comme un brave garçon docile, Chris leva les bras en l'air et afficha un sourire angélique. Son visage se referma en même temps que la porte. Pour l'obéissance, on repasserait. Il réussit ensuite l'exploit de vociférer à voix basse, c'est-à-dire qu'il avait beau chuchoter, tout dans ses expressions et sa gestuelle me crachait son courroux et sa haine.

— Je croyais que tu ne devais nous poser aucun problème, tu peux m'expliquer ? Et ne me sors pas un nouveau mensonge. Qu'est-ce que tu fiches dans notre camping-car ? Est-ce que ça faisait partie de ta mission ? Et comment as-tu pu t'attirer autant d'ennuis en moins de 24 heures ? T'es quoi en fait, une espèce de paratonnerre à emmerdes ?

Je scrutai avec concentration les traces que ma tong avait créées dans la terre sableuse à force d'allers et retours de mon pied stressé, puis relevai mon visage baigné de larmes vers lui. J'essuyai mes yeux avec la manche de mon peignoir, laissant une longue coulée de mascara noir sur le blanc immaculé du coton, et j'essayai de structurer mes pensées pour les formuler de la façon la plus cohérente possible.

— Ça fait beaucoup de questions, entamai-je, timidement. Pour commencer, je ne crois pas que les problèmes me concernaient moi, mais plutôt Lindsay. Quelqu'un est entré dans la maison, hier. Il me cherchait. Enfin, il cherchait Lindsay. Je nageais quand je l'ai vu arriver.

— Un homme qui venait voir Lindsay ? Un ami, un amant ?

— À priori, non. Il tenait un revolver, j'en ai donc déduit qu'il n'était pas là pour une visite de courtoisie. À moins qu'elle ait des mœurs très…

— Un revolver ?

— Oui, un revolver. Un pistolet, une arme quoi… Et comme lui ou un autre m'avait déjà rendu une visite sans courtoisie dans l'après-midi, j'en conclus que si c'était un ami de Lindsay, elle a certainement dû le décevoir, et pas qu'un peu.

— Dans l'après-midi ? Quand je t'ai surprise à embrasser le trottoir ?

— Oui. Je n'ai pas voulu vous inquiéter, tu m'avais averti que tu ne souhaitais pas être mêlé aux histoires de Lindsay, donc j'ai préféré me taire. De toute façon, vous étiez supposés partir avec ta fiancée, alors, je me suis dit que je gèrerais quand vous ne seriez plus là…

— Avec ma fiancée ? Quelle fiancée ?

— Bah, ta fiancée, ou ta petite copine, je ne sais pas trop, enfin Wendy ! Je t'ai entendu signaler à ta grand-mère qu'elle venait vous chercher.

Le regard de Chris, jusque-là ombrageux, s'éclaira tout à coup, de façon presque imperceptible, mais suffisamment pour que même le chien se sente plus léger et vienne se frotter contre ses jambes.

— Oh, Wendy ! Bon, écoute, Éléonore, déclara-t-il en passant à nouveau la main dans ses boucles folles, l'air soudain las. Tu dois crever de faim, et il serait peut-être judicieux que tu sois un peu mieux vêtue pour qu'on discute. Quant à moi, j'avais justement besoin d'une pause. Je te propose qu'on s'arrête en ville. On pourra réfléchir à la façon de te ramener à Los Angeles, d'accord ?

— Ça me va, soufflai-je à mi-voix. J'avais un peu peur que tu m'abandonnes sur le bord de la route, pour tout te dire…

***

La serveuse attendait notre commande en tapotant son carnet, et mon regard parcourut les menus pour la dixième fois sans que je parvienne à choisir. Tout les mets à la carte avaient l'air parfaitement succulents et mon ventre gargouillait comme si je n'avais pas mangé depuis des semaines. Mais c'était Chris qui allait devoir régler l'addition, dans la mesure où j'étais partie sans rien, et je n'avais pas spécialement envie de lui être redevable.

Vêtue d'une robe bariolée que Thelma Roberts m'avait cédée jusqu'à ce qu'on aille en ville à la recherche d'une tenue plus appropriée (ou en tout cas plus sobre), j'espérais que quelqu'un prenne une décision à ma place. Chris, installé avec sa grand-mère sur la banquette face à la mienne, gardait les yeux rivés sur Cassandra. Il attendait manifestement qu'elle s'éloigne pour ouvrir les hostilités. La petite réclama un verre de lait et des œufs brouillés, puis récupéra le téléphone que son frère avait promis de lui prêter et fila s'asseoir à une autre table pour regarder un dessin animé. Je me demandais à quelle sauce j'allais être mangée. Me renverrait-il en auto-stop jusqu'à la villa des Hamilton ? Ou déciderait-il de me lâcher au commissariat le plus proche habillée d'un écriteau : « *Cette fille n'attire que des ennuis* » ? Je ressassais ce qui m'était arrivé depuis la veille, sans réussir à relativiser.

Thelma me sourit avec bienveillance et orchestra l'opération *« commande de petit-déjeuner ».*

— Nous allons prendre ce menu XXL en trois exemplaires, et le même en médium dans une gamelle, si vous avez. Oh, et puis mettez-moi un supplément bacon, tant pis pour mon cholestérol, on n'a qu'une vie ! Et du café. Beaucoup de café. Je crois que nous allons en avoir besoin.

Elle remercia la serveuse, reposa la carte et embrassa le *diner* désert du regard en soupirant d'aise. Si je n'avais pas été dans un tel état de stress, moi aussi, j'aurais été ravie de me retrouver ici. On se serait cru dans un film américain. Une dizaine de tables en argent chromé, chacune entourée de deux bancs en cuir orange bronze à paillettes, formaient trois rangées parfaitement parallèles. Des lampes colorées descendaient du plafond comme des morceaux d'arc-en-ciel et de vieux panneaux publicitaires pour du coca-cola, des glaces ou des hot-dogs habillaient les murs. Dans le fond de la pièce, un imposant juke-box partageait la vedette avec une statue d'Elvis Presley. Une musique des années 50 finissait de créer une ambiance vintage agréable. Derrière le comptoir, la serveuse, boudinée dans une petite robe rose sur laquelle était épinglé un badge mentionnant qu'elle s'appelait Sidney, mastiquait un chewing-gum avec la détermination d'une vache qui digère de l'herbe. Christian me ramena sur terre en m'intimant de tout leur expliquer.

Je ne me fis pas prier et leur racontai tout ce que j'avais vu, entendu et ressenti. De l'accent slave au bonnet du géant, jusqu'à mon réveil dans le camping-car et ma frousse à l'idée d'avoir été enlevée. À la fin de mon monologue, Christian avait glissé la main dans ses cheveux une dizaine de fois, et son expression était passée du courroux à l'affolement. Il se mit à marmonner sans que je réussisse à déterminer s'il nous parlait ou s'il conversait avec lui-même :

— C'est clair qu'il en avait après Lindsay. Dans quoi est-elle allée se fourrer cette fois ?

— Je suis sûre qu'elle est en sécurité, à l'heure qu'il est, dis-je pour les tranquilliser, sans toutefois trop en dévoiler.

Je n'avais pas eu loisir de décider ce que j'allais divulguer de ma mission officieuse.

— Es-tu persuadée qu'il s'agissait du même type l'après-midi et le soir ? questionna Madame Roberts qui avait conservé un calme que je lui enviais.

— Je ne peux pas l'affirmer. L'après-midi, il portait des gants et le soir non. Je suis désolée de m'être endormie et de vous causer des soucis… Je ne savais pas que vous prendriez le camping-car…

— Elle se figurait que ma fiancée Wendy viendrait nous chercher, précisa Chris à l'adresse de sa grand-mère, en appuyant sur le mot « *fiancée* ».

Les sourcils finement ciselés de la septuagénaire s'arquèrent en signe d'incompréhension, puis sa bouche s'arrondit pour former un « *Oh* » de stupéfaction. Enfin, elle éclata de rire. Je ne comprenais pas la raison de son hilarité, mais je n'étais pas contre un peu de légèreté, fût-elle à mes dépens.

— Si je résume, poursuivit-elle, Lindsay est en sécurité quelque part, et toi, en danger dans la maison. Cependant, personne n'est au courant que tu es partie avec nous. Nous n'avons pas 36 000 solutions, Chris. Ou nous allons voir la police immédiatement et nous devrons rester à leur disposition, gâchant ainsi nos vacances avec Cassie, ou nous prenons Ellie avec nous. Je vais juste avertir ton père et sa ravissante épouse du fait que quelqu'un s'est introduit chez eux, libres à eux de régler ça comme ils l'entendront.

Cela paraissait si simple dans sa bouche que je ressentis une immense bouffée d'amour envers elle. Mais une ombre traversa le regard de son petit-fils et je compris que ça n'allait pas être aussi facile.

— Attends, comment ça, l'emmener avec nous ? Nous ne savons pas qui elle est. Nous sommes censés passer nos vacances tous les trois, pas accompagnés d'une fausse actrice médiocre déguisée en femme vénale et cet horrible chien fou ! Est-ce que la petite frappe qui l'aurait soi-disant agressée existe réellement, ou est-ce que c'est une manière pour elle de s'incruster dans notre road-trip ? Ni toi ni moi ne l'avons vu, je te signale. Qui sait si dans les faits, elle n'est pas investie d'une autre mission pour laquelle elle doit nous approcher et nous garder à l'œil ! Je ne veux pas qu'on prenne de décision à la légère, s'il te plaît.

Dans le fond, il n'avait pas tout à fait tort. Si j'avais été dans sa situation, j'aurais très certainement réagi comme lui. Néanmoins, il n'était pas obligé de me traiter comme si j'étais sa pire ennemie.

— Oh eh ! Je suis là, je vous signale ! Je vous suis reconnaissante de vous soucier de moi, madame Roberts, remerciai-je la vieille dame. Quant à toi, fulminai-je à l'encontre du sale prétentieux, la fausse actrice médiocre te saurait gré de ne pas essayer de la cerner, tu n'es carrément pas doué. Je ne suis pas vénale, d'ailleurs, je te rendrai chaque centime engagé pour moi. Je ne suis pas non plus du genre à m'incruster, ça, non. Et enfin, qui a dit que j'avais envie de passer des vacances avec un beau gosse dont les muscles ont remplacé le cerveau ? Personne, surtout pas moi. Plutôt repartir seule et en peignoir retrouver le type d'hier soir que de rester une minute de plus en ta présence, sale petit bourgeois étriqué et snobinard.

Une sourde colère s'était diffusée en moi tout au long de ma diatribe. Maintenant que j'avais fini, je me rendis compte que je ne pouvais pas me contenter d'attendre sagement mon omelette et mes toasts, et bon appétit tout le monde. Même si le gargouillis retentissant de mon ventre affamé avait ponctué mon discours.

Je me levai et quittai la table sans m'émouvoir de la bouche ouverte de madame Roberts et du sourire en coin de son petit-fils.

— Excusez-moi, j'ai besoin de souffler.

La vieille dame réagit avant même que j'aie atteint la porte. Sa voix vibra sous le coup de la colère.

— Qu'est-ce qui t'a pris ? Tu as été insultant, ça ne te ressemble pas. Tu sais ce qu'il te reste à faire.

— Ah non, Gran', certainement pas. Je pense ce que j'ai dit.

— Elle a raison, tu n'es pas doué pour cerner les gens. Moi si. Va t'excuser.

Je n'écoutai pas la suite, ne voulant pas qu'il se figure que je l'espionnais, ce qui était le cas, mais il n'avait pas besoin d'en être averti. Je sortis dans la rue et me laissai couler contre un mur à quelques mètres de l'entrée du restaurant. Je devais réfléchir posément à la situation. J'étais dans un bled perdu je ne sais où, dans un pays que je ne connaissais pas, sans papiers d'identité, sans argent, sans téléphone, sans moyen de locomotion, sans endroit où dormir et sans vêtements. Mon seul espoir résidait dans la décision d'un mec qui me haïssait au plus haut point et qui venait de m'insulter copieusement. Je n'aurais peut-être pas dû essayer de cogiter, c'était encore pire. Ma dernière option consistait à devenir SDF le temps d'économiser suffisamment pour rentrer à Los Angeles où m'attendait un gars qui voulait la peau de mon double apparemment maléfique. J'examinai la rue. Un vieux matou hirsute agonisait sur un banc. Une femme âgée d'au moins 200 ans avançait à pas lents, traînant un cabas à roulettes qui couinait et allait presque plus vite qu'elle.

Fin du spectacle.

Ce n'était pas en mendiant ici que j'allais faire fortune. Mes perspectives étaient de plus en plus réjouissantes. Pour parfaire le tableau idyllique, j'avais mal aux yeux, j'allais sûrement attraper une conjonctivite si je n'enlevais pas ces lentilles de contact rapidement. Je les retirai du bout de l'index et les balançai dans la rue avec rage. Elles restèrent collées sur mon doigt.

Plus pathétique, tu meurs.

La porte du restaurant s'ouvrit dans un bruit de carillon et Chris apparut dans mon champ de vision. Je baissai le regard et malaxai le plastique de mes lentilles. Au moins, je pouvais toucher un truc pour me déstresser.

Il s'accroupit à mes côtés, dos contre le mur. Nos mains se frôlèrent et je retirai la mienne, gênée. Je devais oublier qu'il était l'acteur qui avait été mon tout premier fantasme d'ado, et me rappeler ses derniers propos pour penser à le détester.

— Tu es nettement plus jolie, avec tes yeux bleus. J'ai hâte de voir ta vraie couleur de cheveux.

Je ripostai du tac au tac en lui lançant un regard noir :

— Tu es nettement plus sympa quand tu ne m'insultes pas. J'ai hâte de voir ta vraie personnalité.

Contre toute attente, alors que je me préparai mentalement à subir un nouvel assaut verbal, il éclata de rire. Un rire entier, fort et généreux. J'aimais écouter les gens rire, cela donnait de réelles indications sur leur façon d'être en général. Gilles, par exemple, riait souvent, sauf que ça n'atteignait jamais tout à fait ses yeux. Il cherchait en permanence à déceler ce que les autres pouvaient bien songer de lui. Marie-Lou riait à gorge déployée, sans se soucier de faire du bruit ou de se faire remarquer. Ses éclats de rire étaient presque toujours ponctués de grognements de cochon qui la faisait s'esclaffer encore plus. Le top de la discrétion. Chris possédait un rire communicatif, un rire qui réchauffait et, si je ne lui en avais pas autant voulu, j'aurais volontiers ri avec lui.

— Tu n'as strictement rien à voir avec Lindsay, en définitive, nota-t-il. Tu es loin de te comporter comme une plante verte sous anxiolytiques.

— Si c'est un compliment, merci, ronchonnai-je pour la forme.

— Ça l'est. Écoute, Éléonore. J'ai été virulent, et je m'en excuse. Je n'aurais pas dû t'accabler ainsi, je suis navré si je t'ai blessée. À ma décharge, je ne sais toujours pas qui tu es vraiment et si on peut te faire confiance… En revanche, je ne suis pas du genre à laisser tomber les gens qui ont besoin d'aide. Nous allons trouver une solution. Tu veux bien rentrer t'asseoir avec moi pour qu'on y réfléchisse ensemble ?

Je levai un regard sceptique. J'aurais pu parier mon peignoir que sa grand-mère l'avait forcé à me rejoindre.

— Je tiens à préciser que je ne te demande pas ça seulement parce que Gran' va me faire passer un sale quart d'heure si tu ne reviens pas manger ton petit-déjeuner, grimaça-t-il avec une mine de petit garçon qui quémande le pardon. C'est surtout à cause des gargouillis de ton ventre. Ils s'entendent jusque dans le Connecticut, les agriculteurs s'inquiètent pour leurs récoltes, ils croient que l'orage gronde. On signe une trêve ?

Je m'empêchai de rire devant son trait d'humour et esquissai un sourire reconnaissant.

— Je ne suis pas spécialement en position de jouer les difficiles. Je ne sais même pas où on se trouve ni à combien de kilomètres de Los Angeles on est. Et je ne suis pas persuadée que faire de l'auto-stop en peignoir soit véritablement recommandé.

— Je préfèrerais que tu ne testes pas, en effet. Granny m'en tiendrait pour unique responsable et je crois qu'elle s'y connaît en poupées vaudou. Ton menu est servi, on y va ?

Il se releva d'un coup de reins souple, se pencha vers moi et me tendit la main pour m'aider à me remettre debout. Je lui offris ma main qui ne tenait pas les lentilles anti-stress. Il la garda dans la sienne quelques secondes, pendant lesquelles je sentis une douce chaleur se propager dans mon corps. Je me refusai d'analyser quoi que ce soit avant d'avoir avalé mon menu XXL.

11.
-La vie est belle-

— But it feels like hooooome …

À l'arrière du camping-car, Cassandra et moi nous époumonions sur l'album de Pink. Même Dumbo (j'avais décidé d'appeler le chien comme ça moi aussi, par solidarité) se rendait compte à quel point on chantait faux et se tenait les oreilles à deux pattes. On s'en fichait. On était à fond, et on faisait rire Chris et sa grand-mère qui reprenaient les refrains en chœur avec nous.

Depuis le petit-déjeuner de la veille et notre altercation suivie d'une pseudo-trêve, je les accompagnais dans leur périple.

Madame Roberts avait essayé d'appeler son fils au Japon, mais Lindsay et lui demeuraient injoignables, et personne n'avait le numéro de Veronica. Il avait donc été décidé que, pour plus de sécurité, j'allais rester avec eux jusqu'à ce qu'on ait une autre solution. Si je n'étais pas à l'aise avec l'idée de m'incruster dans leur road-trip, j'avais néanmoins été soulagée de ne pas avoir à retourner seule dans la propriété. Le souvenir de l'homme au pistolet suffisait à me coller des sueurs froides, je n'étais pas pressée de rentrer.

De mon côté, je n'avais pas osé contacter l'agence de Priotto, et je n'avais rien raconté à mes hôtes à propos de ma mission officieuse. J'avais besoin de réfléchir à une option qui me permette de garder mon emploi et surtout ce qui m'avait été promis par l'agent de casting à mon retour. Tant que personne ne découvrait que j'étais partie de la résidence des Hamilton à Los Angeles, je pouvais certainement trouver un moyen de sauver les apparences. Je l'espérais. En tout cas, depuis deux jours, j'avais laissé tomber les lentilles marron, et sans maquillage ni fioritures, je ressemblais nettement moins à Lindsay Hamilton, ce que Thelma m'avait d'ailleurs fait remarquer avec un sourire de connivence que je n'avais pas vraiment réussi à décrypter.

Moi qui comptais profiter de ce job d'été pour découvrir ce que ça faisait de vivre seule et de traîner sans but précis, j'avais tout faux. Nous séjournions à quatre plus le chien dans un camping-car tout confort, mais exigu. Je dormais dans un lit-couchette à quelques mètres seulement de Chris qui occupait le lit juste en face du mien, tandis que sa grand-mère et sa sœur partageaient le lit double au sol. Je n'étais tout à fait isolée que lorsque je prenais ma douche. Bizarrement, pour une fois, je ne m'en plaignais pas et j'appréciais même la situation. La compagnie de mes acolytes de voyage était divertissante. J'avais beau ne pas être foncièrement à l'aise avec les enfants, le courant passait curieusement bien avec la petite Cassie. Du haut de ses 8 ans, elle était mature, maligne, drôle. Elle riait à mes blagues et moi aux siennes. Elle me faisait penser à moi au même âge, et son imagination était incroyable.

Madame Roberts, qui m'avait ordonné de l'appeler Thelma, me rappelait ma propre grand-mère en bien plus délurée. Cette femme m'étonnait chaque minute un peu plus. À l'image de son look décalé et assumé, elle était extravertie, spontanée, et gaie. Un vrai boute-en-train. Elle n'avait pas sa langue dans sa poche et ses réparties me faisaient mourir de rire. Elle racontait constamment des anecdotes hilarantes et semblait avoir vécu une vie passionnante, que j'avais hâte de découvrir mieux. Même Dumbo, si on pardonnait son goût prononcé pour le mâchouillage de sous-vêtements (et de tout ce qui traînait, en fait), était plutôt calme et rigolo. Ses épais sourcils marron clair se dressaient en permanence au-dessus de ses gros yeux globuleux et le rendaient aussi ridicule qu'attachant. Ses oreilles récupéraient toutes les brindilles et herbes qui passaient et ses poils blanc et marron foncé traînaient aussi bas que son ventre, mais son air de cabot martyrisé me plaisait bien. Cassandra et moi nous amusions à prendre une voix zozotante pour parler en son nom, ce qui créait des conversations épiques qui nous faisaient mal aux zygomatiques tant nous riions.

En revanche, puisqu'il fallait bien une exception à la règle, Chris faisait dangereusement baisser la moyenne sympathie du petit groupe avec ses sautes d'humeur à répétition. Je ressentais toujours un léger pincement au cœur quand je m'attardais sur le fait que je vivais (provisoirement) avec l'ancien comédien dont j'étais fan, mais l'homme avec qui je partageais mon espace vital me rendait dingue. Je ne parvenais pas à le cerner. C'était un grand frère protecteur et un petit-fils attentif, alors qu'il demeurait froid, distant, et bougon vis-à-vis de moi. Parfois, je sentais qu'il m'observait, et dès que nos regards se croisaient, il se dérobait ou m'envoyait une petite pique bien sentie. Il s'éclipsait aussi régulièrement pour répondre au téléphone, et ses conversations s'éternisaient généralement. Je supposais qu'il bavardait avec sa petite copine, ce qui pouvait être une hypothèse justifiant sa gêne à mon encontre. Je n'en avais toutefois aucune preuve formelle dans la mesure où nos seules discussions consistaient en des échanges de banalités teintées de méfiance.

— On y est ! Ellie, on est arrivés ! Trop cool ! rugit Cassandra en tapotant de l'index le carreau du camping-car.

La veille, nous avions passé l'après-midi et la nuit à Bakersfield. Nous nous étions accordé un quartier libre entre filles pour m'acheter quelques sous-vêtements, chaussures et fringues passe-partout (ainsi qu'une laisse pour le chien !) dans un minuscule magasin miteux du centre-ville, ce qui nous avait permis à toutes les trois de faire plus ample connaissance. Pendant ce temps, Chris nous avait abandonnées pour régler une histoire de boulot.

Nous venions d'atteindre la première étape de leur road-trip : le parc national de Yosemite. Cassandra, toute fière, m'avait appris la veille que c'était elle qui avait choisi leur circuit cette année, en pointant la carte de Californie du bout de l'index, les yeux fermés. Les adultes avaient consenti non seulement à la technique aléatoire de sa prise de décisions, mais aussi à l'ordre plutôt anarchique des lieux à visiter. Apparemment, nous risquions de parcourir des kilomètres pour rien. Thelma, philosophe, certifiait que ce qui comptait, c'était le voyage, pas la destination. Encore des pensées de riches, à mon humble avis. Chez moi, on avait plutôt tendance à comparer le rapport temps et tarif de chaque itinéraire, juste pour nous rendre au salon de l'agriculture situé à moins de 80 kilomètres de la ferme.

Je devais cependant avouer que j'étais presque aussi impatiente d'arriver que la petite fille. Yosemite, je l'avais aperçu sur papier glacé dans les guides touristiques collectionnés par mes parents. C'était leur grande passion. Depuis dix ans déjà, dès qu'ils le pouvaient, ils s'enfermaient tous les deux dans la cuisine et ils triaient, classaient, listaient et préparaient le grand voyage symbolisant leur passage à la retraite… s'ils en avaient une un jour. Ils rêvaient de débuter par une croisière, mais ils cumulaient néanmoins des informations sur tous les jolis spots du monde, et Yosemite en faisait partie. Nous leur offrions avec mes frères et sœurs une multitude d'ouvrages à chaque fête, ce qui les comblait de joie. J'espérais sincèrement qu'ils pourraient un jour entreprendre ce voyage.

Nous passâmes le barrage des rangers, apposâmes une vignette sur le pare-brise pour avoir le droit de séjourner dans le parc, et écoutâmes religieusement les recommandations d'usage. Sur le chemin qu'il nous restait à parcourir jusqu'à l'emplacement réservé pour les camping-cars, je ne savais plus où poser les yeux tellement le paysage était merveilleux. Des rochers imposants sur la gauche, un précipice impressionnant sur la droite, une cascade qui se faufilait entre les cailloux…

— Nom d'une poule aux œufs carrés ! Regardez, ce sont des faons ! m'enflammai-je en repérant toute une tribu d'adorables Bambi qui gambadaient dans un pré aux abords d'un lac.

Chris enclencha le clignotant et se gara un peu plus loin, puis se tourna vers nous.

— Vous voulez les voir de plus près ?

— Oui !

Cassandra et moi avions rugi à l'unisson, avec le même enthousiasme spontané et enfantin. (OK, c'était faux, j'avais crié plus fort qu'elle.)

Nous descendîmes du véhicule sans Dumbo, malgré ses protestations bruyantes, regardâmes à droite et à gauche avant de traverser et gambadâmes vers le pré. Chris portait un appareil photo en bandoulière et mitraillait la scène. La petite main de Cassandra calée dans la mienne, je m'approchai à distance raisonnable des animaux.

— Plus près, Ellie ! me chuchota la fillette.

— Je ne sais pas si on a le droit, je ne veux pas les effrayer !

— Ils sont habitués à recevoir de la visite, à mon avis, murmura Chris. Il posa sa main dans mon dos et me poussa légèrement pour que j'avance davantage. Ce geste pourtant anodin provoqua un frisson le long de ma colonne vertébrale. Il la retira rapidement, s'éloigna et se remit à photographier les alentours.

Les couleurs du ciel, de l'herbe et du lac, combinés à une cascade en arrière-plan dans les chutes de laquelle le soleil faisait apparaître par moments un arc-en-ciel créaient un tableau merveilleux. Ma gorge me piqua. Ressentir tant d'émotion face à un paysage ne m'était jamais arrivé. Un faon leva le nez et se dirigea vers nous. Je retins mon souffle. Il nous frôla et je contins un cri d'admiration. Je n'étais pas une fan inconditionnelle des promenades en pleine nature, j'en avais déjà largement fait le tour dans mon coin de campagne, mais personne ne pouvait rester insensible devant tant de beauté. J'avais la sensation d'être une aventurière qui découvrait une terre jusqu'à présent inexplorée.

Chris continuait de prendre des photos de Cassie et Thelma au milieu de ce décor somptueux. Je supposais qu'il apprécierait de se voir sur certains clichés et avançai d'un pas vers lui.

— Tu me le prêtes ?

Il leva un regard de défi dans ma direction. C'était incroyable, il était perpétuellement sur la défensive. Je n'allais pas lui arracher son joujou des mains et m'enfuir avec lui !

— Pourquoi ?

— Tu n'as pas envie d'apparaître sur les photos aux côtés de ta grand-mère et de ta sœur ?

Il laissa l'appareil pendre sur son torse et esquissa un pâle sourire.

— Je n'aime pas être pris en photo.

— Oh, d'accord. Tu ne crois pas que Cassie sera heureuse de retomber sur ces clichés dans quelques années ?

Les yeux dans le vague, il parut réfléchir à ma proposition. Ce n'était pourtant pas compliqué, soit il voulait, soit il ne voulait pas, pas besoin d'en faire un sujet de dissertation. Je ne lui avais pas suggéré de poser nu pour un calendrier, non plus. À moins qu'il ne pense aux paparazzi; c'était vrai qu'il avait dû y être confronté plus d'une fois.

— C'est ton appareil photo, un numérique de surcroît, tentai-je. Si les photos ne te plaisent pas, libre à toi de les effacer… Je ne compte pas te le piquer dans ton sommeil, rassure-toi, et puis de toute façon, j'en ferais quoi ?

Ses traits se détendirent et son sourire s'élargit.

— Tu pourrais bien baver sur l'écran devant ma musculature de rêve ! plaisanta-t-il en gonflant ses pectoraux. Après tout, tu m'as avoué que j'étais… comment déjà ? Un beau gosse dont les muscles ont remplacé le cerveau ?

J'ouvris la bouche et aperçus une sorte de satisfaction puérile éclairer son visage. Il avait de la mémoire, le bougre !

— Tu sais t'en servir ? me demanda-t-il.

— Si tu parles de l'appareil photo, oui, répliquai-je du tac au tac. De mon cerveau aussi, d'ailleurs.

Il enleva la bandoulière de son cou et la passa autour du mien en conservant une moue rieuse, puis se dirigea vers sa grand-mère et sa sœur. Je m'éloignai en attendant qu'il m'oublie et, quand j'estimai qu'il avait retrouvé son air spontané, je les mitraillai. Thelma portait une robe dorée que lui aurait envié l'Esmeralda de Quasimodo et qui tranchait sur le vert de l'herbe, Cassie gesticulait sans arrêt et risquait d'être floue sur la grande majorité des photos et Chris était… ma foi, il était Chris. Un beau blond aux boucles folles et à l'allure de surfeur californien, à la musculature parfaite et au bronzage caramel bien plus naturel que le mien. Je réussis quelques clichés et lui rendis l'appareil, fière de moi.

Nous restâmes là une vingtaine de minutes à contempler le paysage et les animaux qui s'amusaient sans se soucier de nous, comme si nous faisions partie du décor. Chacun dans notre bulle, nous communiions avec la nature. Je me sentais bien. J'aurais aimé partagé ça avec mes parents, j'imaginais que ma mère aurait pleuré d'émotion et que mon père aurait posé son menton sur son épaule et ses mains calleuses autour de sa taille pour lui montrer qu'il était là, avec elle. Soudain, ils me manquèrent. J'espérais qu'ils allaient bien et qu'ils avaient réussi à me pardonner pour l'histoire de la grange. J'étais sûre que oui. J'avais été à l'origine de bien d'autres débâcles depuis mon enfance, et ils ne m'en avaient jamais tenu rigueur. J'étais leur petit robinet, aussi émotive qu'enjouée. Je reniflai.

La main de Chris se posa doucement sur mon épaule. La parenthèse avait assez duré, il était l'heure d'y aller. Je n'avais pas vu le temps passer, et nous devions rejoindre l'emplacement réservé. Nous rebroussâmes chemin, remplis de gratitude envers la vie d'avoir pu assister à un tel spectacle.

***

— Je suis en train de faire une overdose de chamallows, grogna

Thelma en se massant l'estomac.

— Et moi donc, m'exclamai-je en riant. Après les trois hot-dogs et les deux épis de maïs, j'aurais dû agir comme avec Dumbo et me priver de dessert, je crois que je vais être malade !

Installées sur une grande couverture au milieu de la clairière, près de la rivière qui courait d'un côté à l'autre du parc de Yosemite, nous terminions notre repas. La nuit était tombée, les quelques vacanciers qui avaient dîné comme nous sur l'aire de pique-nique avaient commencé à regagner leur tente ou leur caravane, nous étions pratiquement les derniers. La soirée avait été magique. Chris et sa sœur s'étaient occupés du barbecue de main de maître. Mon ventre était plein de tout ce dont on s'était empiffré et que je ne voyais habituellement que dans les films. Tout avait un goût de première fois.

— N'importe quoi, s'emporta Cassandra. Les chamallows, c'est la vie. C'est tout petit et doux, ça ne peut pas faire de mal. Bon, allez, c'est l'heure de découvrir votre avenir, décida-t-elle en sortant sa boule à neige de son sac à dos.

— Tu lis l'avenir dans les boules à neige ? questionnai-je.

— Oui. Le cristal, c'est démodé, répliqua-t-elle du tac au tac.

Quand je disais que cette gamine était géniale ! Un vrai rayon de soleil ! Elle caressa le poitrail de Dumbo qui, allongé sur le dos et les pattes en l'air, grogna d'extase, et continua ses explications.

— En fait, elle a des pouvoirs magiques, parce que le dragon, là, dans la boule, a bu un peu d'eau pour ne pas cracher de feu. Il a avalé des paillettes, et maintenant, il est ensorcelé.

L'imagination des enfants n'avait aucune limite.

— Ah bon ? Montre ? J'étais sûre que c'était un sapin.

— Un sapin ! se désola-t-elle en levant les yeux au ciel. N'importe quoi ! C'est mon dragon qui me souffle à l'oreille tout ce que je veux savoir sur le futur.

— Wahou, c'est extraordinaire, ça !

Elle haussa les épaules, la mine boudeuse.

— Ne fais pas semblant d'y croire. Tu as le droit d'être une moldue[4], c'est pas grave.

— Hé ! Je ne suis pas une moldue ! me récriai-je, vexée. J'attends juste mon courrier pour Poudlard[5] ! Bon, où as-tu trouvé cette boule de dragon magique ?

Je la vis hésiter une seconde.

— Elle était à Lindsay. Elle m'a dit qu'elle les collectionnait quand elle était petite. Maintenant, elle est grande et elle préfère les bijoux qui brillent alors elle a tout rangé dans un carton. Quand on grandit, on arrête de croire aux choses magiques et on devient triste et sérieux, c'est trop nul. Moi, je ne veux pas grandir.

— Moi non plus, fis-je remarquer en soupirant.

La bonne humeur de Cassie revint comme par enchantement.

J'avais noté que Thelma avait tiqué à l'évocation de Lindsay. Je m'interrogeais sur le quotidien de Cassandra, entre sa grand-mère et son frère présents à mi-temps, son père continuellement absent et cette belle-mère que personne ne semblait apprécier. Elle devait quand même être gentille puisque Cassie avait l'air de considérer ce cadeau comme un véritable trésor. À moins que ce ne soit le seul que Lindsay lui ait offert… La curiosité me rongeait, mais ça ne me concernait pas, tout comme les innombrables appels de Chris, apparemment. L'ambiance aurait été absolument parfaite, si seulement le seul mec de la troupe, qui s'était pourtant déridé en début de repas, ne nous avait pas faussé compagnie à trois reprises ce soir pour répondre au téléphone. Il aurait dû se le faire greffer sur l'oreille. Réflexion faite, il aurait plutôt dî le jeter dans l'eau, car à chaque fois que la sonnerie retentissait, son air enjoué s'effaçait pour laisser place à un masque de sérieux, parfois même de tristesse. Il s'éloignait prestement en prenant l'appel et filait s'isoler. J'avais dans l'idée qu'il était en froid avec sa petite amie Wendy,

4 ceux qui ignorent l'existence du monde des sorciers dans *Harry Potter*

5 l'école des sorciers dans *Harry Potter (d'ailleurs j'attends ma lettre moi aussi)*

mais je n'osais évidemment pas aborder le sujet. Je ne voulais pas passer pour la commère de service.

— Granny, tu vas te baigner dans une piscine et rajeunir de 20 ans, tu ne seras plus jamais vieille, et tu te transformeras en fée, présagea Cassie en caressant du bout des doigts sa boule, dont le dragon avait honnêtement des allures de Grinch, selon moi. Je refusais toutefois de briser ses illusions.

— Génial, ma puce, j'ai hâte.

— Toi, Ellie, tu vas vivre dans une grande maison en bois au milieu de la forêt avec 7 enfants, 4 chats et 3 chiens de compagnie, et tu deviendras une championne de natation synchronisée.

— Eh bien ! J'aurais dû te rencontrer il y a 10 ans, ça m'aurait évité de perdre du temps à faire autre chose que nager !

Cassie fit les gros yeux, dans lesquels je lus que j'étais décidément un cas désespéré.

— Ellie, enfin ! Y'a 10 ans, je n'étais même pas née. Hé, vous avez vu l'étoile filante ?

— Non, répondit Thelma, tu es sûre que ce n'était pas un avion ?

Cassie en était sûre et certaine, *juré craché et que son nez se transforme dans la seconde en citrouille si elle s'était trompée*, alors nous nous allongeâmes sur le dos pour essayer d'en apercevoir une à notre tour. Nous scrutâmes le ciel étoilé, si beau au-dessus du rocher d'El Capitan, et le calme s'imposa dans la clairière. La lune était presque pleine, une douce lumière se reflétait sur la rivière et nous éclairait délicatement.

Les yeux de Cassandra se fermaient par intermittence, elle commença à somnoler, et la fatigue me gagna aussi, mais nous devions attendre Chris pour qu'il nous aide à récupérer la glacière et le reste de nos affaires. Je m'allongeai sur le ventre, posai un coude au sol et ma main sous mon menton.

— Dites-moi, Thelma, vous faites souvent ce genre de voyages ?

Elle s'assit en tailleur, couvrit la petite fille avec un gilet et pivota vers moi.

— Chaque été depuis 7 ans. C'est notre road-trip annuel, loin de l'effervescence et du tumulte de Los Angeles. C'est notre façon de garder le lien avec la nature tout en accentuant celui de notre famille. C'est moins confortable que les hôtels de luxe, mais on engrange tellement plus de souvenirs !

— Comment avez-vous eu cette superbe idée ?

Malgré la pénombre, j'aperçus un voile de tristesse passer dans ses yeux dorés.

— L'année où la maman de Chris et de Cassie est décédée a été terrible pour nous tous. Chacun a dû faire son deuil à sa manière. Edward s'est enfermé dans une bulle et s'est lancé à corps perdu dans le travail. Il était déjà accro avant, il s'est transformé en junkie du boulot. On ne le voyait plus. C'était juste avant que Lindsay ne lui mette le grappin dessus, ajoute-t-elle en grinçant des dents. Cassie était bébé, Chris sortait tout juste de l'adolescence, et nous avions besoin, lui comme moi, de nous éloigner des journalistes et des paparazzi. Et puis un jour, Chris est arrivé chez moi complètement extatique. Depuis des semaines, je n'avais pas vu ne serait-ce que l'ombre d'un sourire sur son visage. Là, il rayonnait. Un ami lui avait présenté Wendy, et il a considéré avec justesse que c'était la solution pour qu'on se retrouve sans avoir à nous cacher. Depuis, chaque été, on visite du pays, on découvre de nouveaux paysages, et on se crée des souvenirs.

Je m'étouffai avec ma salive.

— Wendy ? Il la connaît depuis tellement de temps ? Pourquoi n'est-elle pas venue avec vous, finalement, cette année ?

Thelma m'offrit un regard circonspect, accompagné d'un sourire en coin.

— Ellie, qui penses-tu que Wendy soit ?

— Euh… Sa petite-amie, pourquoi ?

La vieille dame éclata de rire.

— Tu en es toujours là ? Chérie, il n'est pas forcément bon d'écouter les conversations des autres, surtout quand on a ton imagination ! Tu devrais écrire des histoires, tu sais ? Wendy n'est pas une fille… c'est le nom qu'on a donné au camping-car ! Tu ne nous as donc pas entendus la mentionner ?

— Oh !

J'éclatai de rire moi aussi, pour cacher mon embarras. Mes joues me chauffaient et avaient certainement pris une belle couleur pivoine. J'avais sans conteste la naïveté d'un poussin qui cassait son œuf. Du coup, toute ma théorie sur les longues discussions téléphoniques de Chris et de sa copine tombait à l'eau. J'aurais fait un bien mauvais détective !

— Franchement, repris-je pour me justifier, vous avez un problème avec les prénoms dans cette famille ! Entre le chien qui s'appelle comme le fils, et le camping-car qui porte un prénom de fée…

— On cherche le quiproquo, en effet !

— Eh bien, il y a de l'ambiance ici ! Pourquoi vous riez ?

Chris, en surgissant de nulle part, me fit sursauter. Le souvenir de l'homme qui m'avait menacée, même s'il s'était estompé, continuait de planer comme une ombre dans mon cerveau.

— Tu ne comprendrais pas, mon chéri. Ce sont des histoires de filles, répondit Thelma en souriant. On rentre ? Tu vas devoir porter Cassie, elle vient de rejoindre les bras de Morphée !

12.
-Psychose-

Des branches qui craquaient sous le poids de quelqu'un ou quelque chose me réveillèrent au beau milieu de la nuit. Immédiatement, une alarme s'alluma dans mon cerveau. Et s'il s'agissait du malfaiteur de l'autre soir qui m'avait retrouvée ?

J'écoutai attentivement, mais le silence avait repris sa place. Je me morigénai intérieurement, j'avais dû rêver et mon imagination s'était mise en branle. J'avais sûrement mélangé les restes d'un cauchemar avec les ronflements de Thelma. Je plaquai mon visage sous mon oreiller pour me rendormir, mais j'entendis un nouveau bruit. Cette fois, je n'inventais rien. Je me redressai pour mieux me concentrer sur les sons. Quelqu'un se tenait dehors, c'était évident. Quelqu'un qui rôdait autour du camping-car. De Wendy. Quand j'y pensais, qu'est-ce que j'avais pu être bête ! À ma décharge, Chris n'avait pas démenti quand j'avais évoqué sa fiancée, la première fois. Peut-être s'était-il dit qu'au moins, je n'essaierais pas de le draguer si je le croyais en couple. Il avait certainement remarqué que je n'étais pas insensible à son physique attrayant. Pourtant, sa meilleure parade pour que je ne m'intéresse pas à lui demeurait ce mur d'indifférence qu'il avait érigé entre nous, même si je restais persuadée qu'il jouait un rôle avec moi. Parfois, il se comportait avec douceur, humour, ou avait un geste bienveillant à mon égard, et la seconde d'après, il se métamorphosait en Mister Hyde et en rajoutait dans le cynisme et le dénigrement. Il soufflait le chaud et le froid à longueur de temps. Peut-être souffrait-il d'un trouble bipolaire ?

Un nouveau craquement résonna. Cette fois, je ne tins plus. Je devais aller constater par moi-même si c'était un touriste éméché qui cherchait sa tente ou le truand qui avait réussi à me retrouver. Je n'arriverais de toute façon pas à refermer les yeux de la nuit.

Tout doucement, je descendis de ma couchette en hauteur, pénétrai dans le salon, et fouillai la pièce plongée dans la pénombre à la recherche de quelque chose qui me permettrait de me défendre si un assaillant était effectivement tapi dans l'obscurité. Dumbo ronflait, recroquevillé sur le banc où il n'avait absolument pas le droit de grimper, une chaussette dépassant de sa gueule. Sacré chien de garde ! Je m'approchai de la fenêtre et me pris le pied dans sa gamelle d'eau, provoquant l'inondation du bas de mon pyjama et le réveil du chien. Naturellement, il se mit à aboyer comme s'il avait la mort aux trousses, en se réfugiant dans mes jambes. Oh merde ! Ça s'agita dehors. J'ouvris en grand la porte du camping-car et me précipitai à l'extérieur, juste à temps pour apercevoir une ombre immense se faufiler au milieu des séquoias. Pas de doute, quelqu'un rôdait. Était-ce l'homme au pistolet ou un ours ? Je tremblai de tous mes membres. Ma nuit était fichue, je ne pouvais pas aller me recoucher maintenant, au risque de me tourner et de me retourner sur mon matelas et de troubler le sommeil des trois autres occupants de la chambre. J'avais déjà eu de la chance que le raffut et les aboiements ne les aient pas réveillés.

Je me versai un grand verre d'eau, le bus d'une traite et sortis à pas feutrés dans le parc, accompagnée de mon fidèle Dumbo qui se mit aussitôt à marquer son territoire sur toutes les feuilles du périmètre. Notre emplacement était à la fois en retrait et dégagé : si quelqu'un revenait, je le verrais avant que lui ne puisse me repérer. Je m'installai à une table en bois fixée au sol, sur un des deux bancs qui se faisaient face, et soupirai doucement.

Cela faisait longtemps que je ne m'étais pas retrouvée toute seule à cogiter, ce qui n'était pas pour déplaire à mon cerveau qui avait l'habitude de partir dans tous les sens dès lors que je lui en laissais la liberté. C'était l'occasion de dresser mentalement le bilan de ces derniers jours. Comme je n'avais plus de téléphone, j'ignorais tout de ce qui se passait chez moi, en France, ce qui n'était peut-être pas plus mal, bien qu'assez anxiogène à la fois. J'avais complètement fichu en l'air l'opportunité de travail qui m'avait été servie sur un plateau d'argent par Priotto. Il me suffisait de rester dans la villa et de chiller, et j'étais partie en vrille. Toutefois, ce n'était pas entièrement ma faute, alors peut-être que je serais quand même payée à minima, ou que, *ni vu ni connu j't'embrouille*, j'arriverais à laisser entendre que ma mission s'était déroulée sans encombre. Après tout, j'étais comédienne ! À contrario, je vivais des instants merveilleux ici. Tout n'était pas si sombre, somme toute.

Un grincement de porte me fit tressaillir. Chris, depuis le seuil du camping-car, se pencha vers l'extérieur en fronçant les yeux. Il m'aperçut et vint s'asseoir sur le banc en face du mien.

— Insomnie ?

— Non, moi, c'est Éléonore…

Il pouffa de rire. Rares étaient les gens réactifs à mon sens de l'humour que l'on qualifiait de décalé et bizarrement, le fait qu'il ait apprécié ma vanne ridicule me toucha plus que de raison.

— Et sinon, pourquoi es-tu là ?

— Quelqu'un rôdait autour du camping-car. Ma maladresse a provoqué sa fuite…

— J'ai entendu le chien aboyer. Tu as vu quelque chose ?

— Je n'ai pas réussi à distinguer autre chose qu'une ombre. Si c'était un homme, il était très grand.

— Comme le gars dont tu nous as parlé ?

— Possible, mais je ne peux pas le certifier. Je suis néanmoins inquiète.

— Tu es sûre que ton imagination ne t'a pas joué des tours ? On est dans un parc, c'était peut-être un ours… ils traînent souvent autour des lieux qui peuvent contenir à manger. On a beau avoir enfermé toute la nourriture dans les casiers, ils reniflent les odeurs.

— J'ai envisagé cette option. Une chose est certaine, quelqu'un était bel et bien là… et si l'homme de l'autre soir m'avait retrouvée ? Ce serait entièrement ma faute. Vous auriez sûrement dû me laisser repartir à Los Angeles pour régler ça avec la police… je suis un vrai aimant à emmerdes, je suis désolée…

Je pensais avoir réussi à oublier l'intrusion du sale type, mais ma mémoire l'avait gardée dans un coin de mon cerveau et le contrecoup se pointa à coups de larmes silencieuses. Chris se passa la main dans les cheveux. J'avais remarqué qu'il faisait ça quand il réfléchissait ou qu'il était nerveux. Surtout en ma présence.

— Allez, Ellie, calme-toi. Tu n'es pas un aimant à emmerdes… Tu sais, on ne t'a pas attendue pour avoir notre lot de poisses et ennuis en tous genres, essaya-t-il de plaisanter. Habituellement on loue les services d'un garde du corps. Si ça peut te rassurer, je lui passerai un coup de fil demain.

Un garde du corps ? Wahou. Je n'avais pas envisagé, en les voyant sillonner les routes dans ce camping-car vintage, qu'ils puissent en avoir besoin. En tout cas, pour la première fois, Chris m'avait appelé par mon diminutif. C'était une petite victoire, mais une victoire quand même.

— Pourquoi n'est-il pas venu avec vous, votre garde du corps ?

— Il est en congé. Et les vacances en camping-car, c'est sacré pour Granny, Cassie et moi. Lorsqu'on est à Los Angeles, même si on reste discret, nos moindres faits et gestes sont observés. Nos vies sont inintéressantes pour la plupart des gens, ce qui n'empêche pas certaines personnes peu scrupuleuses de traquer le moindre faux pas. Ça s'est calmé ces dernières années, mais nous devons continuellement faire attention. Nos vacances, c'est un peu le seul moment qui nous permet d'accéder à la normalité. Quand on voyage dans ces conditions, on est une famille Tout le Monde, à quelques petites exceptions près.

— Pourquoi êtes-vous surveillés ainsi ?

— Mon père est un producteur plutôt connu dans l'univers de

la série télévisée, Lindsay une actrice de seconde zone qui se met facilement sur le devant de la scène. Et… C'est comme ça, voilà. On a beau se faire tout petit, certains aiment bien agiter le bâton dans la fourmilière. Ce type, si ce n'était pas un ours, est donc sûrement inoffensif pour notre sécurité, moins pour notre image. S'il suppose que tu es Lindsay, te savoir avec nous en road-trip va attiser sa curiosité et il ne va plus nous lâcher d'une semelle, tu vois ?

— Je suis persuadée que ce n'était pas un journaliste.

— Parce que tu en côtoies beaucoup ? Ah, j'avais oublié. Ellie Lobster, grande actrice parisienne ! ajouta-t-il avec une moue de dédain.

— Non, m'agaçai-je soudain, et ce n'est pas la peine de me dénigrer. Je n'ai pas encore trouvé le rôle qui propulsera ma carrière, mais je suis sûre que ça viendra.

Un long silence ponctua ma déclaration, puis Chris poursuivit, plus doucement.

— Pardon, ça m'a échappé, et c'était méchant. Qu'est-ce qui te fait tant envie dans l'idée d'être actrice ?

— C'est un rêve de gosse. Sortir de mon trou paumé, découvrir autre chose que cet univers qui m'a toujours oppressée…

— Tu peux développer ?

Je soupirai. Je n'avais pas envie d'étaler le désastre de ma vie privée devant un comédien qui avait connu la célébrité. Pourtant, j'eus tout à coup l'impression que ce soir, je pouvais inverser la tendance de nos rapports conflictuels. Je voulais qu'il me fasse confiance. Pour cela, je devais faire tomber le masque. Me montrer sous mon vrai jour, et être honnête avec lui.

— Je vis dans un bled de 80 habitants. Un quart du village est ma famille proche. Je suis la fille numéro 2 et l'enfant numéro 4 d'une fratrie qui compte 3 filles et 2 garçons. Je n'ai jamais été qu'un numéro, et jamais le numéro 1. Alors, depuis que je suis gamine, je rêve de gloire. Je rêve de la première place. Je rêve qu'on me connaisse pour moi et non pour la ferme de mes parents ou par rapport à ma famille.

— On a tous un rôle à jouer dans une famille…

— Sûrement. Mais je n'ai jamais vraiment trouvé le mien. J'ai toujours été la fille de, la petite fille de, la sœur de. Une des filles de la dernière ferme du bout de la rue. Une Cascouille parmi les Cascouille… Pour moi, la seule façon de m'en tirer, c'était de viser la lune et d'y atterrir. Alors j'ai tout tenté… sauf qu'il y a systématiquement eu meilleur que moi. Adam en géographie, Bérengère à la danse, Mathilde au chant, Julie au basket… Je me suis acharnée, je me suis surtout dispersée. Jamais assez longtemps pour réussir, finalement.

— C'est peut-être l'échec qui te fait peur ?

— C'est ce que me répète souvent Marie-Lou, ma petite sœur. Elle dit qu'en me sabotant ou en abandonnant, je n'ai pas à m'y confronter. N'empêche que je le prends de plein fouet à chaque fois quand même.

— Tu n'as peut-être simplement pas trouvé ta voie, tu es encore jeune…

— Je crois que j'ai tout testé. Je me suis essayée au piano, à la guitare et même à la batterie. Je me suis mise à la natation, au tennis et à l'athlétisme. J'ai écrit des chansons, des poèmes et des théories pompeuses sur le féminisme. J'ai été bohème, gothique et j'ai porté des dreads. J'ai joué à l'intello de service et à la semeuse de troubles… J'ai entrepris tellement de cursus que je pourrais prétendre à un doctorat ès faculté. J'ai interprété tellement de personnalités différentes que j'ai du mal à savoir qui je suis véritablement… Je ne perds pas espoir, je suis une éternelle optimiste, c'est le rôle que j'incarne le mieux. Et je veux être quelqu'un, pas juste un numéro dans la fratrie.

— Et donc la comédie ?

— Oui. Marilyn Monroe a déclaré : *« J'ai toujours pensé que je n'étais personne. Et le meilleur moyen pour moi d'être quelqu'un, et bien c'est d'être quelqu'un d'autre »*. Je pense comme elle, cette femme est mon modèle, en quelque sorte. Jouer un rôle a toujours été une seconde nature chez moi. C'était ma manière d'exister, à la maison. Je créais des spectacles que personne à part ma petite sœur ne regardait vraiment, mais je me façonnais des rôles. Je passais des heures à peaufiner des fiches personnages et à les interpréter.

— Comment ça ?

— C'est un peu la honte... tu promets de ne pas te moquer, d'accord ?

— Promis juré, acquiesça-t-il.

— Par exemple, j'écrivais la description complète d'une centenaire aigrie. Une fois que j'avais couché en détail sur le papier les expressions de son visage, son caractère et sa façon de se comporter, je me promenais pendant plusieurs jours d'affilée le dos voûté, un manche à balai cassé en guise de canne à la main. Je récitai des répliques inventées spécialement pour elle à tous les membres de ma famille. Je refusais de répondre s'ils ne m'appelaient pas du nom de mon personnage du moment. Ils étaient bien obligés de participer à mon délire s'ils voulaient que je les aide. Je me souviens que mon prénom éphémère était noté au feutre effaçable sur le frigo de la cuisine.

Chris m'observait, un sourire flottant au coin de ses lèvres.

— Tu es incroyable !

— Ouais... Mes frères et sœurs ont tendance à dire que je suis maboule, fatigante ou carrément chiante, mais incroyable, ça me va aussi !

— Et donc, ton envie de faire carrière ?

— Ça remonte au collège, quand j'ai démarré les cours de théâtre. Au départ, ça a été un pur hasard. Je m'inscrivais à tous les clubs et dans toutes les associations afin de ne pas avoir à rentrer trop vite à la ferme après l'école. Ça me permettait de côtoyer plein de personnes différentes, de mes camarades aux profs, et de rajouter des caractéristiques aux personnages que j'inventais. J'ai une quinzaine de cahiers à la maison, dont les pages sont noircies par mes annotations.

— Ah oui quand même !

— Ce n'était pas une passion très chère, du coup, ça convenait à mes parents. Bref, les cours de théâtre m'ont enchantée. Ils m'ont aidée à sortir les émotions que je ressentais, et en fin de compte, à trouver ma vocation. C'est devenu une idée fixe. Mon seul talent.

Une boule obstrua tout à coup ma gorge. Je devais sûrement passer pour une fille pathétique et totalement azimutée. Chris me sourit franchement pour la première fois depuis… pour la première fois, en fait.

— Tu plaisantes ! Je suis convaincu que tu as bien d'autres talents ! En outre, je ne suis pas d'accord avec toi. Être acteur, ce n'est pas seulement jouer des rôles. Les inconvénients sont nombreux, c'est dur, c'est décourageant, c'est aussi et souvent se perdre soi-même. Tu citais Marilyn Monroe tout à l'heure, je crois que c'est elle qui a dit : *« Vouloir être quelqu'un d'autre, c'est gâcher la personne que vous êtes ».*

— Tu m'as l'air bien amer concernant ce métier… Pourquoi ?

Chris regarda un instant dans le vide, comme s'il menait une lutte intérieure et qu'il ne savait pas s'il pouvait se confier et jusqu'à quel point. Finalement, après un haussement d'épaules, il m'expliqua :

— Parce que j'ai côtoyé cet univers de près. De trop près, pour tout t'avouer. Tu vois les paillettes, la reconnaissance du public, la gloire parfois. Sauf que tout ça, c'est la partie visible de l'iceberg, c'est… illusoire. C'est un monde de faux-semblants, où personne n'est sincère, pas même avec lui-même. Tout n'est qu'apparence. Et quand bien même tu restes vrai, ça peut vite déraper. Les *success-stories* ne sont pas monnaie courante, et pour ceux qui réussissent, combien sont pleinement heureux ? Peu. Les histoires de drogue, d'alcool, la jalousie, les coups de poignard dans le dos, c'est le quotidien de tous ces acteurs qui te font rêver. C'est un microcosme centré sur lui-même. Et surtout, si tu atteins le sommet, la chute en est forcément d'autant plus vertigineuse. Comme Icare qui s'approche du soleil, tu vois ? On peut facilement se brûler les ailes. Si on entre dans ce monde-là, on n'en sort pas indemne.

— Et toi, tu en es sorti comment ?

Je me mordis la langue. Je n'aurais pas dû poser cette question. C'était déjà suffisamment compliqué entre nous quand il n'était pas au courant que je le *connaissais*. Mais voilà, c'était dit, et je ne pouvais plus faire machine arrière. Il me fixa de ses prunelles claires.

— Comment tu sais ?

— Ta tête me semblait familière, soufflai-je en haussant les épaules comme si cela n'avait pas d'importance, mais c'est ta grand-mère qui m'a mise sur la piste, un jour où elle t'a appelé Orsini. Ta série passait en France…

Il émit un faible sourire.

— Pour répondre à ta question, je m'en suis sorti, c'est déjà ça. Avec des hauts et des bas. J'ai commencé jeune, et j'ai eu la chance d'être bien entouré. Mon père était le producteur de *Happy Family*, ma mère l'actrice principale… bizarrement, ces années-là ont été les plus normales de mon enfance. Je voyais mes parents bien plus souvent que lorsque je ne jouais pas. Ce qui m'a le moins plu, ce sont les fans, ces gens qui pensent te connaître par cœur. Ceux qui veulent t'approcher, te toucher, se frayer un chemin jusqu'à ce toi… qui n'est pas tout à fait toi, juste l'image que tu représentes. Je n'ai jamais désiré en faire mon métier. Je trouvais simplement sympa de passer mes journées avec ma mère. Désormais… J'en subis surtout les inconvénients. Et encore, moi, j'ai eu de la chance.

Chris se leva, fit quelques pas en direction du camping-car, et je crus qu'il allait clore la discussion. Pourtant, il revint s'asseoir à côté de moi. Nos bras et nos jambes se frôlèrent et je ressentis un pincement du côté du cœur.

— C'est une carrière pour laquelle on devrait être préparé psychologiquement, compléta-t-il. Et que je hais, maintenant. Il faut être solide, rester entier, savoir qui on est au fond de soi… Réfléchis bien avant de t'engager.

— J'ai eu le temps d'y réfléchir. J'ai passé tellement de castings… Je crois que de mon côté, c'est le métier qui ne veut pas de moi.

— Je pense que c'est un mal pour un bien, Ellie. Sincèrement. Du coup, pour gagner ta vie, tu traverses la moitié de la planète pour garder des chiens ?

— Pas tout à fait non. Écoute, il est temps de mettre cartes sur table. Je vais t'expliquer pourquoi je suis ici. Je crois que ça te permettrait de me faire plus confiance…

Il leva les bras au ciel.

— Alleluia ! Je désespérais que tu me racontes !

— Il te suffisait d'être sympa avec moi…

Il haussa les épaules et m'adressa un sourire contrit.

Pendant la demi-heure qui suivit, je lui livrai les détails de ma mission. J'évitai juste de mentionner Gilles et les ruines de sa grange, ça n'avait aucun rapport avec l'histoire, et je m'étais déjà assez ridiculisée comme ça.

Chris m'écouta sans m'interrompre une seule fois, en faisant osciller son menton. Il grinça des dents à l'évocation de Lindsay, mais il resta muet. Quand je terminai mon récit, il posa sa main sur la mienne et je sentis un délicieux frisson courir le long de ma colonne vertébrale.

— Merci de m'avoir fait confiance, Ellie Lobster. Je suis touché, et les choses sont un peu plus claires à présent.

— Merci à toi pour cette discussion. Tu te rends compte qu'on a réussi l'exploit de ne pas s'engueuler une seule fois ?

Il émit un rire bref.

— Il faut croire qu'on commence à s'apprivoiser…

— Du coup, tu vas me raconter tes sessions de surf ? enchainai-je en plaisantant.

— Je ne peux pas en dire grand-chose. J'aime les sports extrêmes, et le surf fait partie de mes passions.

La conversation prit une tournure plus légère. Chris me parla des plus beaux spots qu'il avait découverts, on évoqua la France qu'il connaissait un peu, on se lança quelques piques amicales. Quand il n'était pas sur la défensive, il s'avérait être intéressant, modeste, drôle et vif d'esprit. Nous bavardâmes jusqu'à une heure avancée de la nuit, et nous nous retrouvâmes à bâiller à tour de rôle.

— On va se coucher ? suggéra-t-il alors que mes paupières devenaient lourdes. Demain, Cassandra va être une pile électrique dès que les premiers rayons de soleil viendront lui chatouiller le bout du nez. On a besoin d'être en forme pour la randonnée ! Quant au rôdeur, le parc est bien trop peuplé pour que quelqu'un tente quoi que ce soit en journée. Je vais réclamer aux rangers qu'ils fassent un tour de garde supplémentaire.

Un frisson me parcourut, mais je hochai la tête bravement. Tout paraissait plus simple quand on n'avait pas à prendre de décision soi-même.

13.
-Fight-Club-

À cause de la ferme, des vaches à traire, des récoltes ou du manque d'argent, nous n'étions jamais partis en vacances en famille. J'avais découvert quelques destinations lors de voyages scolaires ou de courts séjours entre copines, mais ce que je vivais lors de ce road-trip était totalement nouveau pour moi.

Ces derniers jours avaient été époustouflants. Le matin, nous faisions quelques randonnées accessibles à tous, en tout cas aux petites jambes de Cassandra et à l'arthrose de Thelma. Nous avions déambulé au milieu des séquoias géants, contemplé des cascades fabuleuses, et même rencontré un ours qui se promenait comme s'il était seul dans la forêt. Un moment à la fois terrifiant et exaltant. Nous avions également loué de grandes bouées pour nous baigner sur la rivière qui longeait El Capitan. Je ne me lassais pas du paysage, et j'aurais aimé que cela dure plus longtemps, sauf que ce n'était pas dans les plans du reste de la tribu, et que je n'avais pas spécialement mon mot à dire. Dans mon malheur, j'avais eu de la chance de tomber sur eux. Je m'étais énormément rapprochée de Thelma et de la petite Cassandra.

Mes rapports avec Chris avaient également gagné en sérénité. Si nous n'avions pas totalement conservé la complicité partagée l'autre nuit, nos révélations avaient fait évoluer notre relation de façon positive. Je découvrais cet homme sous un nouveau jour. Il m'apparaissait plus ouvert, plus tolérant, plus bienveillant envers moi. Cependant, il s'échappait encore régulièrement pour répondre au téléphone. Son comportement changeait systématiquement quand la vibration d'un appel entrant résonnait dans sa poche, mais lorsqu'il revenait, il était moins sur la défensive. Coïncidence ?

Aucune idée. Toutefois, le lendemain de notre discussion, il m'avait offert un petit cahier en papier recyclé qu'il avait acheté au minuscule magasin du parc, en me faisant promettre de reprendre la rédaction de mes fiches personnages. Cette attention avait failli me mettre les larmes aux yeux (OK, j'avais pleuré et m'en étais sortie par une pirouette en assurant que j'avais coupé des oignons, ce que personne n'avait cru, évidemment). Ce cadeau spontané m'avait apporté une nouvelle preuve que Chris pouvait être un véritable amour, quand il le souhaitait. Dommage qu'il soit aussi ours à d'autres moments.

Depuis que j'avais ce cahier, je passais mon temps libre à décrire les paysages que nous avions traversés ainsi que les aventures qui m'étaient arrivées. Dès que je trouvais un moment toute seule, je noircissais des pages complètes, en cherchant les mots les plus percutants, les verbes les plus précis. Je m'éclatais et regrettais d'avoir arrêté, quelques années auparavant.

Pour l'heure, nous étions affalées sur des bouées au milieu du lac, Thelma et moi, tandis que Cassandra jouait à s'éclabousser avec des petits copains rencontrés la veille. Le chien se dorait la pilule au soleil dans son panier, et Chris avait disparu de notre champ de vision. J'en profitai pour tenter d'en apprendre plus.

— Il reçoit beaucoup d'appels, Chris, non ?

J'étais la reine pour tourner autour du pot et attendre que le couvercle se dévisse tout seul.

— Oh, ça, oui, approuva la vieille femme en trempant ses orteils dans l'eau fraiche.

— Euh…, c'est par rapport à son travail, c'est ça ?

— Ça en fait partie.

Je laissai le silence s'installer, irritée. Je n'en apprendrais pas plus, donc. La mamie bavarde était finalement plus forte que je ne le pensais pour garder les informations. On n'entendit plus que les cris des enfants qui s'amusaient dans l'eau. Je bouillonnais intérieurement. Ils racontaient invariablement des tas d'anecdotes,

Thelma n'était pas avare pour s'exprimer sur son passé, je lui avais moi-même dévoilé ma mission secrète, mais dès qu'il s'agissait de la vie privée de Chris, c'était motus et bouche cousue. À croire qu'un truc clochait sérieusement. Il était agent double, fugitif échappé d'une prison, membre anonyme d'une confrérie secrète et absolument illégale ? Il appartenait au *Fight-club*, et avait bien retenu la première règle, celle qui stipulait qu'on ne devait pas parler du *Fight-club* ? Mon imagination fertile s'en donnait à cœur joie et je me prenais pour une détective privée. En tout cas, vu la tête qu'il faisait à chaque appel reçu, il ne s'agissait pas d'amis, ou alors il valait mieux qu'il en change. Il prenait garde à déguerpir le plus vite et le plus loin possible dès qu'il acceptait une communication, et cela me paraissait de plus en plus louche. Chacun avait le droit à son petit jardin secret, mais la curiosité me rongeait et me faisait établir les pires hypothèses, sauf que rien ne me convenait. Peut-être qu'en réalité, il était juste devenu plombier ou assureur et qu'il avait honte de son travail.

Thelma se mit à chantonner, puis éclata de rire.

— Ellie, arrête de ruminer, ça te brouille le teint. Si tu veux savoir quelque chose concernant Chris, il vaut mieux que tu questionnes le principal intéressé. J'ai beau être une vraie pie, je ne commère pas sur les autres, et encore moins sur mon petit-fils…

Je levai les yeux au ciel et me mordillai les lèvres.

— Bien sûr, enfin… comme vous l'avez peut-être remarqué, Chris commence tout juste à se détendre en ma présence, alors, je n'ai pas envie de faire de faux pas ou de mettre les pieds dans le plat…

— Je m'en suis rendu compte, oui, et d'ailleurs, ça me fait prodigieusement plaisir. Il était temps ! J'étais sûre que vous alliez bien vous entendre, je l'ai senti dès le premier jour. Je ne pensais simplement pas que vous seriez aussi empotés l'un que l'autre. Deux beaux jeunes gens qui se dévisagent l'air de rien… à mon époque, l'affaire aurait été emballée depuis belle lurette !

— Oh ! Thelma, non, vous n'y êtes pas du tout ! Qu'allez-vous imaginer ?

— Taratata, déclama-t-elle comme si elle interprétait Scarlett dans *Autant en emporte le vent.* Je n'imagine rien, j'ai des yeux, je m'en sers, voilà tout. Je vais peut-être un peu trop vite en besogne, pourtant je ressens cette tension dans l'air quand vous vous trouvez en présence l'un de l'autre… N'en parlons plus pour le moment, je suis sûre que le sujet reviendra sur le tapis !

— Vous passez trop de temps le nez dans vos cartes, Thelma ! Ça vous est monté à la tête !

— Oui, c'est ça, ma biche. Trouve des parades pour ne pas te confier à Granny. En attendant, par rapport à ton interrogation, je ne suis pas une super indic' concernant la vie privée ou professionnelle de mon petit-fils. Depuis le décès de Cathy, il déploie énormément d'efforts, souvent trop même, pour me protéger, comme si j'étais une pauvre petite chose fragile. Je m'entendais tellement bien avec sa mère… je la considérais comme ma fille. Et ç'a été dur pour moi.

Je me redressai, abasourdie.

— Cathy n'était pas votre fille ?

— Pas du tout. Je suis la grand-mère paternelle de Chris et Cassie. La maman d'Edward.

— Oh ! J'avais supposé l'inverse ! Peut-être parce que vous ne portez pas le nom de Hamilton…

— Je ne m'appelle pas Orsini non plus !

— J'ai cru qu'Orsini était un nom de scène, comme Lobster pour moi, et que vous, vous aviez récupéré votre nom de jeune fille, ou quelque chose comme ça…

— Eh non ! Il s'agit de mon vrai nom. Ceci dit, j'ai porté un nom de scène, pendant un temps… J'en ai même utilisé plusieurs !

— Plusieurs ?

— Le premier, c'était à Coney Island. Je lisais l'avenir pour quelques pennies aux badauds du parc d'attractions. C'était une belle époque. Tu es déjà allée là-bas ?

Je fis signe que non.

— C'est un endroit magique. En tout cas, en ce temps-là, il l'était assurément. J'ai appris à tirer les cartes dans une tribu d'Indiens, avec Plume de Feu, la doyenne. Elle avait un don, un vrai. Et puis je suis partie à New York quand mon indien a voulu déterminer mon avenir à ma place. J'étais belle et rebelle, je refusais qu'on m'emprisonne. J'ai fui et je me suis retrouvée sous une tente à Coney Island, près du célèbre Nathan, le vendeur de hot-dogs. C'est son arrière-petit-fils qui a pris la relève, aux dernières nouvelles. Tu dois absolument me promettre d'y goûter, un jour. C'est une tuerie ! Enfin, bref. Je tirais les cartes pour gagner de l'argent, et puis un soir, un monsieur est entré et il a déclaré que c'était à son tour de me lire l'avenir. Il m'a assuré que ma carrière était toute tracée, si je le voulais, mais plutôt sur les planches, à Broadway. Je n'avais rien à perdre et tout à vivre, alors je l'ai suivi. C'était assez exaltant d'être actrice. D'ailleurs, j'ai même rencontré ton idole, Marylin…

J'écarquillai les yeux de stupeur, et des frissons parcoururent ma colonne vertébrale.

— Attendez, vous me balancez ça, comme ça, sur une bouée gonflable ?

Elle émit un petit rire en balayant l'air de sa main, comme pour signaler que ça lui était sorti de la tête. Il me semblait que si j'avais eu la chance de croiser Marilyn Monroe, même entre des toilettes publiques et un lavabo, ç'aurait été la première chose que j'aurais dite en guise de présentation. *« Bonjour, moi c'est Ellie et j'ai donné du papier toilette à Marilyn parce qu'elle n'en avait pas dans sa cabine »*…

— J'ai juste été invitée à l'anniversaire de ce brave John Fitzgerald Kennedy par l'intermédiaire d'un ami. C'était en mai 1962, si mes souvenirs sont bons.

Je faillis défaillir d'admiration.

— La fois où elle a chanté son fameux *« Happy birthday, Mister*

President » ? Vous y étiez ? Oh nom d'un petit cochon en bois ! Elle était comment ?

— Je ne l'ai pas vraiment côtoyée, tu sais. Ce n'était pas une femme très heureuse. Tous les hommes se traînaient à ses pieds, mais pas pour les raisons qu'elle espérait, elle. Elle avait cette mélancolie dans le regard dès lors qu'elle présumait qu'on ne l'observait plus… Avoir la reconnaissance de tous ne sert à rien si on n'a pas l'amour du seul qui compte véritablement.

— Donc, vous avez tourné des films ?

— J'ai interprété quelques rôles, mais j'ai surtout été doublure. Les coulisses, les paillettes… Ça m'a amusée un temps, mais je n'aurais pas pu continuer toute ma vie. J'ai arrêté ma courte carrière quand j'ai rencontré le père d'Edward. Et puis nous avons divorcé, je me suis remariée… et ainsi de suite.

— Ainsi de suite ?

La vieille femme pouffa derrière sa main, le regard soudain plus pétillant.

— J'ai de tout temps aimé profiter de ce que l'existence avait de bon à offrir. Je suis une épicurienne, et j'ai été ce qu'on appelle communément une croqueuse d'hommes ! Je le suis toujours, d'ailleurs, même si je n'ai malheureusement pas conservé ma souplesse d'antan, ajoute-t-elle avec un clin d'œil. Je ne suis pas une cougar, n'allons pas jusque-là, pourtant mes amants ont facilement dix ou quinze ans de moins que moi… je les apprécie en forme !

Je souris béatement, épatée par la vie incroyable de ma mamie d'adoption. La septuagénaire se perdit quelques instants dans ses souvenirs puis raccrocha le fil de ses pensées à haute voix.

— C'est à cause de Mike Roberts, mon époux numéro 4, dont j'ai gardé le nom puisque j'ai arrêté toutes ces conneries de mariage après son décès, qu'Edward s'est lancé dans les séries. Il a commencé comme stagiaire sur un plateau de tournage où Mike était producteur. Il était tout jeune, et il y a rencontré Cathy, employée en tant qu'assistante. Il est tombé sous le charme immédiatement. Comment lui résister ? Cathy était d'une beauté à couper le souffle, une magnifique femme qui ne se rendait pas compte du regard que les hommes portaient sur elle. Un peu comme Marylin à ses débuts ! C'est lui qui a fait d'elle une actrice.

— Comment ça ? questionnai-je, ma curiosité attisée.

— Cathy gravitait dans ce monde et passait des castings sans jamais décrocher de rôle sérieux. Edward était jeune et inexpérimenté, mais il a très vite décelé le potentiel de Cathy, et son envie de réussir. Elle avait à peine 19 ans et elle avait atterri en Californie depuis moins d'un an. Elle avait quitté le sud de la France et toute sa famille, persuadée qu'elle pouvait réaliser son rêve ici. Ils ont en quelque sorte uni leurs forces. À force d'acharnement, Edward est devenu producteur, mais je crois que s'il s'est engagé dans cette voie, c'était surtout pour offrir un rôle à Cathy. C'était son unique objectif. Il l'aimait tant…

— Wahou ! C'est romantique !

— Les débuts, oui. C'est aussi ce qui a provoqué tout ce malheur… Enfin, on ne peut pas modifier le passé, n'est-ce pas ? Et puis ils ont vécu de belles années…

— Tout ce malheur ? Comment ça ?

— Granny, Ellie ? J'ai perdu mon ballon ! sanglota Cassandra depuis la plage, nous interrompant pile au moment où j'allais apprendre quelque chose.

— On arrive ma chérie, répondit Thelma en battant des pieds pour se rapprocher du bord. Fin des potins, plaisanta-t-elle en me faisant un clin d'œil, et j'eus le sentiment qu'elle était soulagée de s'être arrêtée là.

Durant la demi-heure suivante, nous cherchâmes le ballon acheté la veille après que Dumbo eut déchiqueté le précédent. Ce chien devait avoir du papier de verre en guise de papilles gustatives. Cassie finit par s'asseoir sur un tronc d'arbre couché au sol, en proie à un gros chagrin. Je m'approchai d'elle et lui caressai délicatement les cheveux.

— Allons, Cassandra, je comprends que ça te cause de la peine, chérie. Mais c'était juste un ballon. Peut-être qu'un des enfants a cru qu'il s'agissait du sien et est parti avec. Il s'en rendra compte et le ramènera demain.

— C'est du vol, alors ? renifla la fillette.

— Pas forcément, s'il a confondu avec son propre ballon. Tout le monde les achète dans le même magasin, tu sais, ils se ressemblent tous…

— Moi, je pense que c'est Peter qui me l'a pris. Il n'arrêtait pas de m'embêter pour que je le lui donne, et moi, j'ai dit non. J'ai vu qu'il avait disparu après son départ.

— S'il l'a réellement volé, Cassie, crois-moi, il sera puni.

— Par son papa et sa maman ?

— Oui, ou par le destin.

— Le destin ? Comment il va le punir ?

Quand j'avais une dizaine d'années, j'avais emprunté la perruque de mon oncle Maurice pendant sa sieste dominicale. Je comptais l'utiliser pour me faire une barbe, étant donné que je créais à ce moment-là le personnage de Didier, barbier mélomane à la pilosité prononcée. La chevelure étant trop épaisse, je l'avais shampouinée, démêlée et taillée. À son réveil, mon oncle avait vu rouge, alors que franchement, j'estimais que mon œuvre lui avait offert un petit coup de jeune. Il ne l'avait pas entendu de cette oreille. Furieux, il était allé rapporter à maman que j'étais une voleuse et avait affirmé que j'allais sûrement devenir une criminelle, selon l'adage « *Qui vole un œuf vole un bœuf.* » J'avais moyennement apprécié la punition (écrire une lettre d'excuse sans stipuler que je considérais lui avoir rendu service), mais l'expression m'avait tellement plu que je l'avais notée en son honneur dans mon cahier. Quant à l'oncle Maurice, il ne m'avait pas adressé la parole pendant des semaines après cet incident, jusqu'à ce qu'il se rachète une perruque encore plus laide. Je m'étais bien gardée de lui avouer qu'elle me faisait penser à un écureuil écrasé par un tracteur.

Et j'allais aussi éviter de raconter cette histoire à Cassie.

Je me raclai la gorge, un sourire amusé sur les lèvres.

— Peut-être que Peter essaiera de voler une chose plus grosse et qu'il se fera prendre. Tu sais ce qu'on dit : qui vole un œuf vole un bœuf.

— Bah il n'a pas volé un œuf, il a volé mon ballon !

— C'est une expression… ça signifie que parfois, si on commence à faire une petite bêtise, on est tenté d'en faire de plus grosses, et… bon, laisse tomber. C'était nul, comme exemple. Attends, je réfléchis à autre chose.

Cassie fronça les sourcils, méditant sur mes paroles, puis elle recouvra son air malicieux.

— Ça va, je crois que j'ai compris. Tu ne sais vraiment pas comment parler aux enfants, mais je t'aime bien quand même, Ellie. Tu veux jouer au foot avec moi ? J'ai toujours mon gros ballon en cuir.

J'acceptai et elle me sauta au cou.

— Tu as raison Cassie. Je ne sais pas trop parler aux enfants, mais toi, je t'aime bien, moi aussi. Allons jouer au foot.

— Chris, pourquoi tu rigoles ? questionna Cassie en regardant derrière mon dos. Viens, on va jouer au foot !

Je fis volte-face et découvris son frère à quelques centimètres de nous, qui m'observait avec une expression amusée. Il n'avait sûrement pas loupé une miette de notre échange et n'avait pas manqué non plus mon exemple à côté de la plaque. Je cherchai un argument pour le convaincre qu'il avait mal compris mon explication foireuse, mais il se pencha vers moi et me glissa dans le creux de l'oreille :

— Tu ne sais effectivement pas parler aux gosses, Ellie Lobster, mais moi aussi, je crois que je t'aime bien.

Mon cœur rata un battement et je me pris le ballon de foot en plein dans l'arcade sourcilière.

14.
-La rançon-

Quand Chris nous rejoignit peu avant le dîner, il avait l'air préoccupé. Soit, c'était son expression quasi habituelle, mais cette fois, on aurait dit qu'il était dans un état proche de la gastro[6]. Même sa grand-mère le regarda de biais, une lueur d'inquiétude dans les yeux. Seule Cassandra ne se rendit compte de rien et babilla sans se soucier de l'ambiance. Cette gamine était un rayon de soleil, doublé d'une pile électrique qui se rechargeait d'elle-même. Nous avions passé l'après-midi à faire du vélo et j'étais exténuée. Elle, au contraire, sautillait d'un pied sur l'autre, virevoltait, faisait la roue, avant d'envoyer la balle à Dumbo qui jappait en pirouettant de bonheur, ses longs poils balayant la poussière. Ces deux-là s'étaient en fin de compte adaptés l'un à l'autre et étaient devenus inséparables. C'était d'ailleurs Cassandra qui s'occupait de son éducation bien mieux que j'étais censée le faire !

— Vous préférez quoi ? s'enquit-elle en s'immobilisant quelques secondes près de nous. Vous retrouver coincé au milieu de la forêt et être obligé de manger du serpent pour survivre ou devoir vous essuyer les fesses avec des feuilles ?

— Manger du serpent, bien sûr, répondit sa grand-mère en relevant les yeux de son jeu de cartes. Bien cuit, c'est délicieux. Je me rappelle, la première fois que j'en ai goûté, c'était… pfiiiiou ! En 1960, je crois. Je sortais avec mon bel indien navajo, à l'époque. C'était juste avant que je m'envole pour Broadway et que j'y

---

6 L'auteure tient à expliquer ce *trait d'humour. L'état proche de l'Ohio* chanté par Isabelle Adjani aurait pu semer le doute étant donné la situation géographique, elle a préféré le modifier. Elle assume.

rencontre ton grand-père… Enfin, personne n'a envie de connaître cette histoire… Surtout pas les oreilles chastes. Cassie, tu files à la douche ?

— Oh bah, je me suis déjà lavée hier… et moi je veux bien écouter l'histoire de l'indien navajo !

La mamie claqua la langue puis sourit avec malice.

— Tu préfères quoi, prendre ta douche deux jours d'affilée ou qu'un ours vienne te renifler les aisselles ? Parce que je te préviens que j'ai toute une famille d'ours dans mon répertoire…

— OK, j'y vais… même si je sais que tu n'as pas le numéro d'un ours dans ton téléphone pour du vrai, Gran'. Les ours s'appellent en grimpant dans les arbres.

— Tu ne me crois pas capable de monter dans un arbre ? Allez, fonce, et n'oublie pas de frotter derrière les genoux !

— Ça marche !

Sitôt la fillette enfermée dans la salle de bains, la mamie rebelle nous ordonna de l'attendre à l'extérieur, immédiatement. Nous nous regardâmes, interloqués, et filâmes devant le camping-car où elle nous retrouva avec un plateau sur lequel trônaient trois verres et une bouteille de Moscato. Nous n'avions pas échangé un mot avec Chris, qui paraissait fort occupé à fixer l'écran éteint de son téléphone.

— Bien, décréta Thelma, l'air autoritaire. Vu la tête de 6 pieds de long que tu tires depuis que tu es arrivé, j'ai pensé qu'un apéro avec une bouteille de Barefoot n'allait pas nous être inutile. De toute façon, le vin blanc pétillant est toujours une bonne idée, même si on n'a rien à se dire, non ?

Elle nous servit un verre rempli à ras bord à chacun et avala trois gorgées en quelques secondes.

— Alors ? s'enquit-elle, les yeux rivés sur son petit-fils.

— Alors, il y a un souci, confessa Chris, en trempant à son tour ses lèvres dans le breuvage sucré. Je ne sais pas trop comment vous présenter ça… apparemment, Lindsay a disparu.

Un hoquet de surprise m'échappa.

— Disparue comment ? Où ? Au Japon ? demandai-je, un brin angoissée.

— Non. Elle n'est, semble-t-il, jamais arrivée au Japon.

— Je vous assure, Veronica… amorçai-je, la boule au ventre.

Chris m'interrompit d'un geste de la main et lâcha une nouvelle bombe.

— Il n'a jamais été prévu qu'elle aille rejoindre mon père. Il lui avait formellement interdit de venir et avait stipulé qu'il ne la recevrait pas si elle se décidait à pointer le bout de son nez retouché.

Je fronçai les sourcils, déboussolée.

— Oh… pourtant, c'est la raison pour laquelle j'ai été engagée !

— Tu t'es fait avoir.

— Où est-elle alors ?

— C'est là que ça se complique. D'après un coup de fil anonyme que mon père a reçu, elle a été enlevée. Une grosse rançon a été demandée.

— Quoi ? C'est affreux !

Ma gorge se noua, et le souvenir de l'homme qui s'était introduit dans la maison me frappa de plein fouet. Serait-il possible qu'il l'ait retrouvée ?

— Ah merde. Ça, ça craint, pesta Thelma en terminant son verre d'une traite et en se servant à nouveau. John est sur le coup ?

— Bien sûr. Il est en ce moment en train de visualiser les vidéos des caméras de surveillance.

— Il n'a aucune idée de l'endroit où elle est ? se renseigna la mamie.

— Qui est John, et… qu'est-ce que c'est que cette histoire de caméras ? bredouillai-je, complètement perdue.

— John est le garde du corps de la famille, me répondit Chris. Celui dont je t'ai parlé l'autre soir. Quant aux caméras, on en a une qui donne sur l'entrée, une qui filme le salon et une dernière qui enregistre ce qui se passe juste après le portail d'entrée.

— Oh, j'étais bien filmée, alors ?

— Oui. C'est une obligation pour les assurances, étant donné ce que mon père possède dans la maison. Tu n'étais pas au courant ?

— Non. Heureusement que je ne me suis pas servie dans le bar, tentai-je de plaisanter, même si je n'en menais pas large. Priotto aurait quand même pu me prévenir ! Dans ce cas, on va voir l'homme qui est venu ?

— Très certainement, oui. Et John va aussi te voir toi, et penser qu'il s'agit de Lindsay… cela ne concordera donc pas avec la chronologie des évènements.

— Oh là là, merde ! En effet !

— Je l'appellerai demain, une fois qu'il aura visionné les bandes, et je lui expliquerai la situation, annonça Chris. En attendant, je suppose qu'on ferait mieux de changer un peu nos plans.

— C'est évident, assura la septuagénaire. Mais tu as déjà suffisamment à gérer avec ton travail. Je vais m'occuper de John, si tu préfères. D'ailleurs, pourquoi ne m'a-t-il pas appelée ?

La mine sombre et le visage fermé, elle rumina en marmonnant dans sa barbe.

— Tu n'as pas de réseau, ici, Gran. Il a essayé de te joindre à plusieurs reprises, il est tombé directement sur ton répondeur. Il n'y a que mon téléphone qui fonctionne, grâce à mon boitier wifi. De toute façon, demain, en sortant du parc, on aura du réseau. Je te laisserai gérer, si tu veux.

— On rentre, alors ?

Mes deux interlocuteurs me dévisagèrent comme si je venais de leur confier que j'étais folle amoureuse de Donald Trump et que je partais à Vegas pour l'épouser sur-le-champ.

— Tu plaisantes, j'espère ? s'interloqua Thelma, ses yeux bleus reflétant son incompréhension. De une, ce n'est pas nous qui allons pouvoir aider à la récupérer. De deux, si ça s'ébruite, la maison va être plus surveillée qu'Alcatraz en son temps, et de trois, d'ici demain, il y aura certainement plus de journalistes dans la rue qu'à la remise des oscars. Et pas la plus fine fleur du journalisme, si tu vois ce que je veux dire. Cela va surtout attirer les charognards en manque de potins. Ce n'est absolument pas le moment de rentrer au bercail.

— Je rajouterais que si John se trouve dans l'obligation de fournir les bandes vidéo à la police, tu risques de devenir non seulement un témoin, mais surtout le suspect numéro 1. Et ton portrait-robot circulera rapidement… je suppose que tu n'as pas eu le temps de verrouiller ton profil Facebook, et que tes papiers d'identité sont dans la chambre de mon père et de Lindsay, n'est-ce pas ?

Thelma opina de la tête, convaincue. Je baissai la mienne, vaincue.

— Oh la boulette.

— Voilà.

— Il serait peut-être judicieux que je me rende ? bredouillai-je, en proie à une montée d'angoisse.

— Ce sont les coupables qui se rendent, Ellie.

— Oui, bon, que j'aille faire une déposition ?

— Pour le moment, la police n'a pas été avertie, mon père préfère essayer de gérer en interne. Je ne crois pas qu'il ait envie de payer, de toute façon.

— Non ?

— Non. Sauf si John lui certifie que c'est son dernier recours.

— La pauvre Lindsay, mon Dieu…

Chris grinça des dents. Je vis une veine pulser sur sa tempe et ses yeux s'assombrir.

— La « *pauvre* » Lindsay ? s'agaça-t-il en mimant les guillemets. Elle est plutôt du genre à s'être collée elle-même dans le pétrin !

— Comment pourrait-elle s'enlever elle-même ?

— Tu es décidément un bisounours, Éléonore, me balança-t-il sur un ton acerbe.

— J'imagine que ce n'est pas un compliment ?

— Dans ce cas précis, pas tout à fait, non. Comme je te l'ai déjà expliqué, Lindsay est très douée pour se mettre dans des galères indescriptibles. Elle est aussi très forte pour s'en sortir, ou plutôt pour réclamer aux autres de la dégager du bourbier. Clairement je ne m'inquiète pas pour elle. Si elle a effectivement été enlevée, crois-moi, je plains plutôt ses ravisseurs qui vont vite en avoir assez de ses caprices de diva.

La tirade de Chris avait été prononcée d'un ton si sec et cassant que j'en eus la chair de poule. Je découvrais un nouveau trait de sa personnalité. Il n'avait donc aucune empathie ? Cette femme vivait peut-être actuellement un véritable cauchemar et, lui, il plaignait ses bourreaux ? J'en vins presque à le soupçonner de jouer un rôle dans cette affaire. Après tout, si j'y réfléchissais, il avait paru très désagréablement surpris de me trouver sur le pas de la porte. Il avait même eu un mouvement de recul et la première chose qu'il m'avait demandée, c'était ce que je fichais là. Je me faisais sûrement des films, mais peut-être que je partageais le camping-car d'un criminel. Si je prenais en considération le nombre d'appels qu'il recevait chaque jour, c'était tout à fait envisageable, et la raison qui faisait qu'il ne parlait jamais de son métier. Les rouages de mon cerveau se mirent en branle. Je ne craignais rien tant que Thelma et Cassandra étaient dans les parages, mais je ferais bien de me méfier de Chris, et d'enquêter. Ou alors, je divaguais totalement, c'était mon genre. J'étais perdue.

J'ingurgitai le fond de mon verre cul sec et remarquai que Chris et sa grand-mère avaient les yeux braqués sur moi et l'air soucieux. Accaparée par mes pensées, je n'avais pas repéré qu'ils s'étaient tus.

— Ça va, mon poussin ? Tu es toute pâle, s'inquiéta la septuagénaire en passant une main devant mes yeux et en touchant mon front.

Je ravalai ma salive et essuyai mes mains moites sur mon short en jean.

— Eh bien… excusez-moi, j'ai beau ne pas connaître Lindsay, c'est quand même un choc ! Ce n'est pas le genre d'affaires qui arrive dans mon minuscule village, vous voyez ? Et ça fait beaucoup en peu de temps pour une petite campagnarde comme moi…

— Tu es sûre que c'est la seule chose qui t'inquiète ? m'interrogea Chris, des rides creusant son front. Tu n'as rien à nous dire ?

— Qu'est-ce que tu espères que je vous dise de plus ?

C'était à mon tour de ne plus rien comprendre. En tout cas, Chris avait repris son air suffisant.

— Je me demande juste si tu n'en sais pas plus que ce que tu veux bien nous laisser entendre.

Le comble ! Il suggérait que je puisse être mêlée à la disparition de sa belle-mère, à présent ? La moutarde me monta au nez.

— Je te signale que c'est moi qui ai failli être enlevée le jour où je suis arrivée ici. Enfin, la moi qui ai été repérée comme étant Lindsay. Cela signifie que Lindsay a logiquement été kidnappée après ma venue, non ?

— Pas forcément, raisonna Chris. Elle n'a pas qu'un seul détracteur, cette nana-là, et elle est parfois sa pire ennemie d'ailleurs…

J'avais deviné que Chris ne portait pas sa belle-mère dans son cœur, mais j'étais franchement loin du compte. Je m'apercevais à présent qu'il ne la supportait vraiment pas, voire même qu'il lui vouait une véritable haine. Était-ce parce qu'elle avait donné son nom à un chien ? Qu'est-ce qui avait pu se passer pour provoquer pareille hostilité ?

Nous nous fixâmes tous les deux sans qu'aucun de nous ne se décide à baisser le regard. C'était un bras de fer optique. On se serait cru dans une partie de « *Le premier de nous deux qui rira aura une tapette* », sauf que nous n'avions pas envie de rire. La méfiance et la suspicion s'affichaient dans nos prunelles.

— J'ai une idée, rugit la mamie, nous sortant de notre face-à-face.

Vous deux, arrêtez de vous mater du coin de l'œil immédiatement, nous avertit-elle. Vous avez faux sur toute la ligne. Aucun de vous deux n'a quelque chose à voir dans cette histoire, c'est bien compris ? Je me porte garante pour vous deux.

Nous clignâmes des yeux et baissâmes la tête comme deux gamins surpris à se disputer pour des peccadilles.

— OK, marmonnâmes-nous en même temps.

— C'est quoi ton plan ? questionna Chris, nerveux.

Je craignais que son idée de génie consiste à nous offrir une tournée générale de Moscato, cela aurait bien été son genre.

— On va retrouver Lindsay et prouver que cet enlèvement est un fake.

Finalement, c'était pire que ce que je pensais. Elle se croyait dans un remake de *Scooby Doo*.

— Et comment va-t-on faire ça ? ripostai-je, cynique. On donne son peignoir à renifler à Dumbo pour qu'il traverse la moitié du globe en cavalant sur ses petites pattes de chien obèse jusqu'à s'arrêter en jappant de ravissement devant la porte de Lindsay ?

Thelma éclata de rire.

— Ah, j'adore, Ellie, bien trouvé ! Très drôle ! Mais non, on va juste suivre sa piste.

— Vous lui avez mis une puce, on peut la suivre par GPS ?

— Tu as raison, Gran', acquiesça Chris avec vigueur. John m'a dit qu'il partait pour Sacramento. On va aller à sa rencontre !

15.
-Les hommes préfèrent les blondes-

Nous avions quitté Yosemite au petit matin et Chris avait roulé quasiment non-stop jusqu'à Sacramento, où nous nous étions installés sur un terrain accueillant les vans, caravanes et autres camping-cars.

Puisque j'étais assise à côté de lui, j'avais essayé de poser quelques questions sur Lindsay. Il s'était refermé comme une huitre et avait passé la quasi-totalité du trajet aussi muet que mon frère Gérald avant qu'il ne boive son second café de la journée. L'ambiance s'en était ressentie dans l'habitacle. Même Dumbo n'avait pas aboyé une seule fois. Il n'avait même pas cherché à voler une chaussette ou à attraper sa queue pendant les quatre heures qu'avait duré notre voyage. Il avait dû sentir que le conducteur n'était pas d'humeur à l'écouter batifoler avec lui-même. Comme quoi, mine de rien, je progressais dans l'éducation du chien.

À l'arrière, c'était la journée nationale de la voyance. Cassandra avait caressé sa boule à neige, révélant à un Dumbo médusé les scores du football américain sur les deux prochaines saisons. La septuagénaire avait mélangé et tiré les cartes de son jeu de tarot comme si nos vies en dépendaient. Elle ne s'était arrêtée que pour griffonner quelques mots-clés sur une feuille, puis avait recommencé le même manège plusieurs fois d'affilée.

L'endroit où nous allions passer la nuit ne ressemblait en rien à l'idée que je me faisais d'un accueil pour camping-cars. Les emplacements étaient séparés les uns des autres par des rangées de petits arbustes fleuris, chacun portait un nom d'État américain gravé sur de jolies pancartes en bois. Près de la zone où nous avions garé Wendy, un joli jardin au calme permettait aux clients de s'installer pour manger, lire ou se reposer à l'ombre d'un palmier. C'était Derek, le propriétaire âgé d'une trentaine d'années, qui s'en occupait seul, avec talent. Il nous avait présenté son domaine avec une lueur de fierté dans le regard, et nous avait gentiment proposé de boire un thé en sa compagnie sur l'une des tables du jardinet. J'avais immédiatement accepté tandis que les autres avaient préféré vaquer à leurs occupations.

Derek vouait une véritable passion à l'horticulture, mais il avait repris les rênes de ce terrain au décès de ses parents. Il mettait de l'argent de côté depuis dix ans pour aller étudier d'autres espèces de fleurs à travers le monde, et pourrait bientôt s'offrir son rêve. Je l'écoutais religieusement.

Chris, qui m'avait suggéré de faire profil bas, à cause du fait que je ressemblais à Lindsay, qu'on ne connaissait pas ni les gens ni leurs intentions et qu'il valait mieux se méfier de tout le monde, blablabla, m'observait de loin en montrant sa mauvaise humeur. Tant pis pour lui, j'avais choisi de me moquer de ses grands conseils avisés. Après tout, il avait gardé le silence pendant presque 4 heures, et moi, j'avais besoin de bavarder, de communiquer, et de rencontrer de nouvelles personnes.

— Vous vous êtes disputés avec ton copain ? me questionna Derek en me servant une seconde tasse de thé.

— Oh non, pas du tout. Ce n'est pas mon copain.

— Est-ce que lui, il est au courant du fait que vous n'êtes pas en couple ?

— Euh, oui, bien sûr, pourquoi tu dis ça ?

— Parce que j'ai l'impression qu'il va me péter les rotules et les donner à manger à votre chien, quand il me fixe comme ça. Ce n'est plus un regard noir qu'il me lance, c'est un avis de tempête. Remarque, si ce ne sont que mes rotules, ça me va, mais je crains qu'il ne s'arrête pas là. Non, mais vise un peu. Il crève de jalousie !

Je relevai la tête et croisai l'œillade assassine de Chris juste avant qu'il ne rentre dans le camping-car en claquant la porte.

— Tu te trompes, crois-moi. Il est bougon de nature, et son travail accapare son temps et ses pensées, c'est tout.

— Si tu le dis… Par contre, son visage ne m'est pas inconnu. Il n'est pas présentateur télé, ou un truc de ce style ?

Je déglutis. C'était peut-être pour ça que Chris ne voulait pas que je sois sociable !

— Non, il paraît qu'il a de faux airs d'un joueur de foot américain, mais tu sais, moi, je n'y connais rien du tout, alors… en tout cas, ce n'est pas quelqu'un de célèbre. Il est vendeur de chaussures.

— C'est ça qui le mine ?

— Ah ! Non, c'est parce qu'un stock de baskets qu'il attendait avant qu'on parte en vacances s'est perdu sur la route, du coup, il est sur les nerfs. Bon, je vais aller voir si ma tante n'a besoin de rien. À plus tard peut-être ?

Chris avait raison. La meilleure façon de n'éveiller aucun soupçon, c'était de se faire tout petit et de n'échanger avec personne. C'était terriblement agaçant, en fait, d'être reconnu à tout bout de champ !

Je filai prendre une douche. Quand je ressortis, j'entendis la septuagénaire babiller.

Discrètement, je m'approchai de la porte entrebâillée.

— Oui, j'ai réussi à le convaincre avec subtilité, tu me connais !

Silence. Thelma hocha la tête, puis marcha de long en large entre le camping-car et le poteau indiquant que nous étions installés sur l'emplacement Oregon.

— Je ne dis rien pour le moment. Dépêche-toi.

Avec qui bavardait-elle ? Les questions envahirent mon cerveau. Tout le monde me semblait suspect, en ce moment. Était-ce à propos de l'enlèvement de Lindsay ?

— Tu me manques aussi, mon lapinou, soupira la vieille dame.

Cette conversation prenait un tout autre aspect, preuve que mon imagination me jouait des tours. La mamie rebelle avait un amoureux ?

— Si tu savais ce que j'ai envie de te faire… bien sûr, sans mon dentier, tu aimes ça non ? Je vais te…

Je me bouchai les oreilles, choquée. Je ne voulais pas me représenter ce que cette septuagénaire allait proposer, avec ou sans dents. Cette image risquait de me hanter. Mais à choisir, je préférais qu'elle nous cache un amant fougueux plutôt que la femme de son fils découpée en morceaux dans une marmite de la cuisine.

Je refermai tout doucement la porte, attendis quelques secondes et sortis, l'air de rien. Thelma leva les yeux, m'aperçut, et son visage vira au cramoisi.

— Je te laisse, mon grand. À tout de suite.

Elle raccrocha et papillonna des cils.

— Coucou, articulai-je avec une bonne humeur feinte.

— Coucou Ellie ! Tout va bien ? J'étais en conversation avec Chris, il voulait savoir si on avait besoin de quelque chose, il ne devrait pas tarder.

Je relevai la tête et vis Chris marcher à moins de 50 mètres de nous, le téléphone vissé sur l'oreille.

— Et bien, il n'a pas traîné, observai-je, avec un sourire narquois.

La vieille femme marmonna et décida que c'était l'heure de prendre l'apéritif. Et qu'il soit seulement 10 heures du matin ne l'empêcha pas de sortir une bouteille de blanc du réfrigérateur.

****

Le hasard du calendrier faisait que nous étions arrivés en ville le 4 juillet. Si, reculés dans le fond du parc de Yosemite, nous avions pu échapper aux signes annonciateurs de l'évènement, en retrouvant la civilisation, ça nous avait sauté aux yeux. Toutes les maisons, et même les camping-cars, affichaient fièrement un drapeau américain. Les passants étaient maquillés et habillés de bleu, de blanc et de rouge. Cassandra, extatique, nous avait tannés depuis le déjeuner pour aller admirer le feu d'artifice dans le vieux quartier.

Chris avait lutté, usant de divers arguments, que la petite négociatrice en herbe avait contrés avec brio. Thelma avait finalement tranché, en affirmant, philosophe, que le meilleur moyen de ne pas se faire remarquer, c'était de se fondre dans la foule. Elle avait donc proposé qu'on aille se balader dans la vieille ville et qu'on achète de quoi parader chez Evangeline's, une échoppe de déguisements située dans le vieux Sacramento. Elle avait ajouté qu'on pourrait ensuite manger des sandwichs près du Tower Bridge, un bel emplacement pour participer à la liesse collective. On en avait à priori pour un quart d'heure à pieds, ç'aurait été dommage de louper ça, n'est-ce pas ? Chris avait marmonné dans sa barbe et moi, j'avais eu envie d'embrasser sa grand-mère pour avoir tenu tête à son petit-fils.

« *Chez Evangeline's* » n'était pas juste un modeste magasin de déguisements, comme je l'avais supposé. Il s'agissait objectivement d'une véritable jungle des farces et attrapes. Nous flânâmes dans une immense maison sur trois étages, dont chaque salle représentait un monde différent. Cassie et sa mamie étaient occupées à remplir un panier de mille et une petites merveilles aux couleurs de l'Amérique ou non d'ailleurs. Lunettes, chapeaux, chaussettes… elles allaient dévaliser la boutique ! De mon côté, je déambulais dans les diverses pièces et admirais les costumes.

Chris me suivait de loin, la mine renfrognée. Il avait peur que je m'échappe ?

— Ellie ! s'égosilla Cassandra. Regarde cette tenue de bal, elle est magnifique ! Tu aurais l'air d'une princesse dedans !

Je la retrouvai dans la salle à la thématique des années 50, où j'eus plutôt l'impression d'atterrir dans une échoppe vintage que dans un rayon déguisements. Les chaussures, les robes, les chapeaux, les masques… tout était splendide. Je poussai des cris d'admiration et ne pus m'empêcher de toucher les étoffes de qualité. Conditionné par notre humeur joviale, Chris se dérida un peu et s'amusa avec sa sœur. Je continuai à arpenter les rayonnages. Il devait y avoir au moins 500 perruques différentes, ici. J'essayai une chevelure blonde et me regardai dans le miroir. Ah, enfin, la vraie moi ! Ça faisait du bien de ne plus me voir avec cette tignasse brune que j'en étais arrivée à haïr !

— Eh bien ! Comment dit ton amie Marilyn, déjà ? Ah, je sais… les hommes préfèrent les blondes ! Aurais-je donc l'authentique Éléonore en face de moi ? me demanda un Chris à la tête de loup.

— Je n'ai pas le droit de parler au loup, raisonnai-je, troublée. J'ai déjà un ours mal léché qui m'accompagne, ça suffit comme ça !

— Ouh ! Le loup est touché ! plaisanta-t-il en portant les deux mains à son cœur. C'est un reproche ?

— Un constat. Même Derek, qui ne nous a pas vus plus de quelques minutes, s'en est aperçu.

— Derek me dénigrait pour mieux te draguer, mon enfant.

— C'est faux ! Ceci dit, c'est rigolo, parce que de son côté, il a cru qu'on était ensemble et que tu étais jaloux.

Je m'en voulus immédiatement de lui avoir avoué ça, et observai sa réaction du coin de l'œil. Il ôta son masque, me dévoilant sa légère fossette qui s'accentuait quand il souriait, et son regard s'attarda sur mon visage quelques secondes pendant lesquelles je cessai de respirer.

— Eh bien, je… hésita-t-il.

— Chris ! Viens voir ! Y'a toute une salle sur les diseuses de bonne aventure ! Je peux acheter un foulard ? Ou des créoles ?

— Sauvé par le gong, ricana-t-il en s'éloignant, me laissant éberluée.

Nous sortîmes du magasin et enfilâmes nos achats, en continuant de nous extasier sur cette boutique hors du commun. Avec nos chapeaux et nos énormes lunettes, nous ressemblions à des grands fans de la célébration du 4 juillet et, au milieu de tous les autres patriotes, nous passions inaperçus.

Le vieux quartier de Sacramento était adorable. J'avais le sentiment, en découvrant les échoppes, la vieille école et le bateau à aube, d'avoir été propulsée dans une autre époque. La chaleur était suffocante, pourtant j'appréciai chaque minute de cette échappée qui résonnait en moi comme une récréation improvisée.

Le fleuve que nous devions longer pour arriver au lieu de pique-nique était saturé de canots de plaisance, eux-mêmes surchargés d'Américains qui dansaient, criaient, riaient et buvaient sans se soucier de leurs voisins. La cacophonie était insupportable. Nous pressâmes le pas, pour le plus grand plaisir de Cassie qui pouvait courir, et au désespoir de Dumbo dont la langue allait finir par racler le sol. Enfin, Thelma s'arrêta, satisfaite de son spot. Je balayai le paysage d'un regard appréciateur. D'ici, nous avions une vue dégagée sur un pont immense qui semblait peint en or. Chris nous expliqua que c'étaient les habitants vivant à moins de 35 miles du pont qui avaient voté pour sélectionner cette nouvelle couleur en 2002. J'approuvais leur choix. Il était sublime.

Pour patienter, nous mangeâmes en comparant nos soirées du 4 juillet pour eux, et du 14 juillet pour moi. Je m'avouai vite vaincue à plate couture. J'étais jalouse, les défilés avec distribution de bonbons et de cadeaux semblaient bien plus drôles ici !

La foule devint rapidement plus dense, plus compacte, et plus bruyante. Des applaudissements se firent entendre. Le ciel était bien noir à présent, et le feu d'artifice démarra sous les acclamations joyeuses du public.

Je n'en ai jamais vu un aussi incroyable. Il était tiré au-dessus du pont en or, ce qui ajoutait au charme, mais ce n'était pas le seul élément qui me ravit. C'était un bouquet final à chaque instant, je me demandais même ce qu'ils allaient réussir à trouver pour conclure ce spectacle tant ça sautait, brillait et explosait de partout.

J'en prenais plein les yeux, tandis que les vibrations retentissaient dans tout mon corps. Je me tournai vers Chris, un sourire jusqu'aux oreilles accroché sur la figure. Il m'observait, une lueur nouvelle dans le regard. Mon cœur bondit dans ma poitrine, et cette fois, ce n'étaient pas les bruits extérieurs qui me procuraient cette sensation.

Mes joues se réchauffèrent et je détournai le regard vers les autres spectateurs. Ils s'étaient déplacés en famille, parfois entre amis, et, quel que soit l'âge, tout le monde avait la même expression radieuse sur le visage. À part un type, pile dans ma ligne de mire, qui nous fixait, la mine sombre et le sourire à l'envers.

— Chris, haletai-je en attrapant sa main pour qu'il me prête attention, sans cesser de regarder l'homme pour ne pas le perdre des yeux. Chris !

— Oui ? Ça va ?

— Le gars, en face, là, tu le vois ? Celui habillé en noir… c'est celui que j'ai aperçu dans la villa, le premier soir…

Le bouquet final éclata, provoquant des « *wahou* » d'admiration qui ajoutèrent au bruit ambiant. Chris fut obligé de se rapprocher de moi pour m'entendre.

— Je n'ai rien compris, qu'est-ce qu'il y a ?

Pendant que je me répétais, l'homme, qui s'était certainement senti démasqué, fit demi-tour et se fondit dans la foule.

— Le type de la villa ! Il est là ! Regarde, il s'en va !

Chris se redressa d'un bond.

— Il est où ?

— Trop tard. Il s'est enfui, sanglotai-je en tremblant.

Chris enroula un bras protecteur autour de mes épaules et caressa doucement mon dos de son autre main.

— OK, calme-toi, Ellie. On va rester groupés, et attendre que les badauds s'en aillent pour suivre le mouvement, d'accord ? Tout va bien se passer. Je te le promets.

16.
-Bodyguard-

De retour au camping-car, après vingt minutes de marche durant lesquelles j'avais passé mon temps à jeter des coups d'œil derrière nous pour vérifier que nous n'étions pas suivis, et à presser le pas et le reste du groupe, je réussis enfin à me calmer et à respirer normalement.

Nous nous partageâmes les tâches. Chris s'occupa de coucher Cassandra et Thelma de déboucher une bouteille de vin, pendant que j'amenais une assiette de gâteaux sur la petite table en fer forgé et aux chaises assorties, sous l'arbre où nous avions bu un thé avec Derek en fin de matinée. La cartomancienne me retrouva la première, et je lus sur ses traits qu'elle était perturbée. Elle qui semblait en permanence d'humeur égale et enjouée était bougonne ce soir. Elle s'inquiétait sans doute pour sa sécurité et celle de ses petits-enfants. Dire que tout ça, c'était à cause de moi… J'étais dans mes petits souliers, et n'osais imaginer ce qui aurait pu se passer si je n'avais pas repéré le sale type. J'étais sans conteste un chat noir… Quand Chris nous retrouva, ma décision était prise.

— J'ai bien réfléchi, et je crois que le mieux, ce serait que je reparte à Los Angeles. Je ne peux pas vous entraîner avec moi, il faut qu'on pense à Cassandra.

— Ellie, on a déjà abordé le sujet, ce n'est pas sûr pour toi, là-bas, rétorqua Chris sur un ton autoritaire.

— Concrètement, qu'est-ce que je risque de plus qu'ici ? Cela n'a pas empêché ce malfrat de me retrouver. Personne n'est au courant que Lindsay a peut-être été enlevée. Sauf qu'ici, je vous mets vous aussi en danger.

— C'est non, Éléonore, se désola Chris. Tu as approuvé notre plan, l'autre jour. On ne peut pas faire machine arrière maintenant.

— Et bien j'ai changé d'avis. Je refuse d'être tenue pour responsable s'il vous arrive quelque chose. Je suis une grande fille, je vais gérer. Je vais aller rencontrer votre garde du corps, le renseigner sur l'homme en noir et voir avec lui s'il est nécessaire que je me rende à la police.

— Cela ne servirait à rien, chérie, m'assura Thelma. Il sait parfaitement qui c'est.

— Comment ça ? questionna Chris en fronçant les yeux.

— Eh bien, il se pourrait que… bon, allez, j'avais prévu de tout vous avouer à un moment ou à un autre, de toute façon. John sait très bien qui était dans la maison puisque c'était lui. Et c'était sûrement lui que tu as aperçu au feu d'artifice. Donc on se calme, nous ne courons aucun danger.

Chris dévisagea sa grand-mère, perplexe.

— Qu'est-ce que c'est que cette histoire ? Comment peux-tu en être certaine ?

— C'est lui qui me l'a dit, le soir même. On s'était donné rendez-vous. Il a été étonné de voir de la lumière dans la maison, elle était censée être vide, alors il a effectué un petit tour de garde avant de me rejoindre.

— Il était en congé, pourquoi vous étiez-vous donné rendez-vous ?

— On avait des choses à se dire, minauda-t-elle, les pommettes soudain roses.

— Des choses à vous dire ? À quel propos ? se renfrogna Chris. Qu'est-ce que c'est que ces secrets ?

— Bon. Je croyais que tu avais compris, depuis le temps… tu manques terriblement de clairvoyance, mon petit. John et moi… On est comme qui dirait amis et plus si affinités.

— Quoi ?

— Rhoooo… Je ne vais pas te faire un dessin, quand même, s'enflamma Thelma. On couche ensemble !

Chris se passa plusieurs fois la main dans les cheveux, le regard rempli d'incompréhension, comme s'il tombait des nues, lui aussi.

— Avec John ?

— Non, avec Lindsay !

Les pupilles de Chris parurent sur le point de sauter de leurs orbites. J'avais devant moi la représentation humaine du loup de *Tex Avery*.

— Quoi ? suffoqua-t-il.

— Je plaisante, mon canard ! Bien sûr que oui, avec John, enfin !

Un long silence ponctua sa déclaration. Même si j'étais surprise, je jugeai que cette discussion appartenait à Thelma et à son petit-fils. Il s'ébouriffa les cheveux.

— Pourquoi tu ne m'as rien dit ? s'étonna-t-il.

— Parce que j'ai le droit à mon petit jardin secret, moi aussi. Et puisqu'on en est aux confidences...

Elle fit une pause et se mordilla la lèvre. Je me demandai si elle jouait la comédie et nous offrait un silence de suspense. Si c'était ça, l'effet était réussi. Nous étions suspendus à ses lèvres. Elle soupira et lâcha sans presque prendre le temps de respirer :

— Je savais aussi qu'Ellie avait trouvé refuge dans le camping-car et s'y était endormie. John l'avait repérée.

Elle nous aurait appris qu'elle pratiquait la pole dance aérienne pendant que nous dormions, que nous ne l'aurions pas dévisagée autrement. Bouche bée, j'étais incapable de répliquer quoi que ce soit, et Chris ressemblait à un poisson dans son bocal. Il réagit finalement en premier.

— C'est insensé ! explosa-t-il. Pourquoi ne l'as-tu pas réveillée ?

— Ça me semble évident, non ? pérora la vieille femme. Vu la façon dont vous vous étiez dévorés du regard le premier jour, j'étais persuadée que je devais tenter quelque chose pour vous réunir... Vous mettez bien plus de temps que je l'avais escompté, mais ça ne devrait plus tarder, désormais.

Un fou rire nerveux fermenta dans ma gorge. On était en train de vivre un épisode de *la quatrième dimension en direct*, non ? Une caméra était cachée quelque part ? Les yeux de Chris virèrent à l'orage, ses phalanges blanchirent à force de se serrer les unes contre les autres.

— Je rêve. Comment as-tu deviné qu'Ellie allait se réfugier dans le camping-car et y passer la nuit ? s'informa-t-il, en conservant un ton calme, comme s'il assimilait les évènements sans les réaliser vraiment.

— Je te rappelle que je sais lire l'avenir dans les cartes, jeune homme ! souligna-t-elle, l'air courroucé.

J'ouvris la bouche de stupéfaction, Chris fronça les sourcils.

— Ça va, je blague, admit-elle en pouffant. Les têtes que vous avez tirées ! J'aurais bien aimé que ce soit le cas. Concrètement, ça, ç'a été un gros coup de chance. Moi, j'avais planifié de donner un coup de pouce à la providence en ordonnant à John de débrancher quelques fils dans le moteur de Wendy pour que nous n'ayons pas à nous en aller comme prévu. Finalement, quand à 5 heures du mat, après avoir batifolé avec mon bel étalon, on a remarqué qu'Ellie dormait encore alors qu'on devait partir une demi-heure plus tard, j'ai modifié mes plans et croisé les doigts pour qu'elle ne se réveille pas quand on démarrerait. J'ai juste monté le son de la radio pour que tu ne l'entendes pas ronfler.

— Je ne ronfle pas, m'insurgeai-je, avant de réaliser que ce n'était pas le plus important dans cette histoire.

La septuagénaire nous avait menés en bateau, nous avait manipulés, et avait orchestré son plan sans rien laisser paraître. Elle était peut-être bien folle à lier, en définitive. Ou pas du tout, au contraire. Présentement, elle ressemblait à une collégienne qui avait fait une bêtise et qui n'en saisissait pas concrètement la gravité. Moi, j'étais décontenancée. Et soulagée, aussi. Soit, elle avait agi de façon immature, sans se soucier des conséquences. Toutefois, ses confessions signifiaient également que personne ne nous souhaitait du mal. Et ça, c'était une excellente nouvelle.

— Est-ce que ce John est celui qui m'a fait tomber dans la rue ?

— Ah non, mon lapin. Ça, ce n'était pas lui. Il a une hypothèse à son sujet, qu'il n'a pas voulu développer.

Chris paraissait aussi estomaqué que moi.

— Allons, ne boudez pas, implora Thelma. Avouez que mon idée était géniale, non ? Et que ça vous a sacrément rapprochés, d'ailleurs ?

— Je vois surtout que tu nous as menti, maugréa Chris.

— Je vois surtout que j'ai sûrement perdu mon emploi pour rien, ajoutai-je, renfrognée.

— Pas pour rien, non, proféra une voix grave qui me fit bondir de frayeur sur ma chaise.

Je penchai la tête et aperçus le gangster qui était entré dans la maison, et que j'avais identifié dans la foule tout à l'heure. Il s'avança vers nous à petits pas lents et enleva son bonnet. Des boucles grisonnantes s'échappèrent de tous côtés. Avec cette tignasse volumineuse, il faisait tout de suite bien moins peur. La soixantaine élégante, il portait un costume sombre en tweed et il serait aisément passé pour un professeur d'université cocasse et taciturne. Avec son sourire à l'envers, il me faisait penser à Droopy, le chien « *happy* ».

— Chris, Thelma, salua-t-il avec un petit signe de tête et une courbette devant madame Roberts. Et Ellie, donc, enchanté, je suis John Tucker, se présenta-t-il en me tendant la main.

J'hésitai quelques secondes, puis, encouragée par la septuagénaire, acceptai de le saluer.

— Je suis profondément navré de vous avoir effrayée, et ce, à trois reprises, s'excusa-t-il en esquissant une révérence.

— Trois ?

— C'est moi qui vous ai fait peur à Yosemite, le soir où vous vous êtes précipitée dehors après avoir provoqué un raffut du diable.

— Oh ! Ce n'était donc pas un ours, déduisis-je, en regardant

Chris qui haussa les épaules, l'air dépassé par la situation.

— Non. Je n'arrivais pas à joindre Thelma, et je m'inquiétais. Avec ce qui se passe à Los Angeles…

— Qu'est-ce qui se passe à Los Angeles ?

— Et bien, vous êtes au courant, non ? La disparition mystérieuse de Lindsay…

— Sa disparition n'était pas mystérieuse, à la base. C'est son enlèvement qui pose problème.

— Si vous le voyez comme ça, souffla-t-il.

— Je ne le vois pas *« comme ça »*, raisonnai-je en mimant les guillemets. J'aimerais simplement que les choses soient claires, et qu'on arrête de se la jouer secrets et compagnie, s'il vous plait. J'ai suffisamment d'imagination comme ça, pas la peine d'ajouter de l'eau à mon moulin. Qu'est-ce que vous savez de cette disparition ? Est-ce qu'on ne pourrait pas, je ne sais pas moi, réunir nos versions afin d'établir des hypothèses et de plancher sur la reconstitution du puzzle?

— Vous avez été formée au métier ? s'enquit John.

— À quel métier ?

— Garde du corps, détective, FBI ? …

— Ah non, pas du tout. Par contre, je suis incollable sur les séries policières comme *NCIS* ou *Esprits criminels*. Je les regarde en version originale, sans sous-titrage ! précisai-je, le menton redressé et le regard fier de celle qui a appris l'anglais grâce à la télé.

— Elle est bien cette petite, non ? se rengorgea Thelma en me couvant du regard, comme si c'était elle qui m'avait élevée.

— Tu avais raison, oui. Elle me plaît.

— Oui bah, pas touche, s'agaça-t-elle. Elle est pour Chris, quand il se sera enfin sorti les doigts du…

— Hé, oh ! Ça va ! l'interrompit son petit-fils, qui montrait des signes d'énervement de plus en plus certains. Est-ce qu'on doit vous rappeler qui sont les aînés empreints de sagesse, ici ? Et qui est le professionnel de la sécurité ? Granny, je crois que lorsque toute cette histoire sera résolue, nous devrons parler de ton implication dans ma vie privée. Je n'ai *pas* besoin d'une entremetteuse. Tu as sûrement fait perdre son boulot à Ellie, en agissant de manière inconsidérée sur un coup de tête, juste parce que tu as lu dans mon regard qu'elle était à mon goût physiquement. Tu lui as fait croire qu'elle avait été la cible d'un criminel. Tu l'as emmenée de force avec nous en road-trip. Tu te rends compte, un peu, de la zizanie que tu as semée ?

— Et bien, pour quelqu'un qui souhaitait en parler plus tard, je trouve que tu as déjà pas mal développé, protesta Thelma, la moue boudeuse et les bras croisés en signe d'agacement. Ellie, je te demande pardon, s'excusa-t-elle en m'offrant un sourire contrit. J'ai peut-être été un peu excessive, sur ce coup-là. Tu es une femme, toi, tu peux me comprendre. Six ans qu'il n'a pas ramené une seule fille à la maison. Pas une. Ni même un garçon, d'ailleurs. Personne. Moi, ce que je veux, c'est le bonheur de mes petits trésors, je ne suis pas éternelle, j'aimerais bien connaître ma descendance avant de m'envoler vers un autre monde…

La main sur le cœur, elle papillonna des cils et j'éclatai de rire devant son numéro de grand-mère à l'article de la mort. Chris l'observait et je vis qu'il fournissait de gros efforts pour prendre sur lui. Son pied tapait le sol et tout son corps vibrait de colère contenue.

— Granny, arrête ta comédie, veux-tu ? Tu nous feras gagner du temps. Qu'est-ce que tu ne comprends pas dans *« Ne te mêle pas de ma vie privée »* ? Est-ce qu'être amoureux est un gage de félicité en soi ? Combien de fois as-tu été mariée ? Est-ce que ça ne t'a apporté que de la joie ?

— Ça va, ronchonna-t-elle. Je plaide coupable. Je ne recommencerai plus. Voilà. Tu es content ? De toute façon, étant donné ce que j'ai vu la dernière fois que j'ai tiré les cartes pour toi, je n'ai plus de raison de m'inquiéter, désormais. *Alea jacta est*, comme ils disent à Athènes.

— À Rome, corrigea John.

— Tu veux un rhum ? suggéra sa dulcinée avec un sourire malicieux.

— Non, je veux juste rendre à César ce qui appartient à César.

— Tu préfères un verre de Moscato, du coup ?

Ils échangèrent un regard complice et éclatèrent de rire.

— Non plus, reprit-il. Je te rappelle que je suis en service et sur la piste de Lindsay.

Enfin, nous revenions au sujet de départ. Dieu qu'il était difficile de suivre une conversation avec ces deux-là ! J'attendis que Thelma serve une limonade au garde du corps, et je repris le fil de la discussion.

— Bien, monsieur Tucker. Quelles données pouvez-vous nous fournir par rapport à ce dossier ? Avez-vous réussi à localiser madame Hamilton ?

— Pour tout vous avouer, Edward m'avait demandé de la surveiller, et ce depuis plusieurs semaines. Il s'était aperçu que sa femme trempait dans des affaires louches. Je n'ai pas mis longtemps à me rendre compte qu'il avait raison de se méfier.

— C'est pour cela que mon père ne voulait pas qu'elle le retrouve à Tokyo ? demanda Chris.

— Tout à fait. Ceci étant, elle n'en avait aucunement l'intention. Je suis en contact avec mes anciens collègues du FBI qui la gardent à l'œil depuis plusieurs mois et qui m'ont sollicité pour les épauler. Apparemment, avec Steve Mac Connell, son acolyte, ils sont sur un gros coup. À la base, elle travaillait pour les frères Dourchenktov, les chefs d'un gang influent dans la périphérie de Los Angeles. Elle avait décidé de les doubler et de créer son petit business avec Mac Connell.

— Où sont-ils ? l'interrogeai-je, complètement perdue.

— Je sais qu'ils ont quitté Los Angeles pour Sacramento, le lendemain de votre arrivée à la villa. L'agent Torres les avait en ligne de mire et attendait pour les cueillir. Seulement, les frères

Dourchenktov s'en sont mêlés, et Mac Connell et Lindsay ont fui… Torres et ses hommes ont perdu leur trace. Donc, Lindsay s'est créé une très bonne couverture en inventant cet enlèvement. Les Russes éprouveront plus de difficultés à se rapprocher d'elle et de son complice… je ne connais pas encore tous les tenants et aboutissants, et je ne peux pas tout vous dire, mais j'ai déjà bien avancé.

— C'est un homme à l'accent russe qui m'a alpaguée dans la rue, le jour de mon arrivée. Et il a mentionné un certain Steve. Il m'a aussi rappelé un rendez-vous, le lendemain matin.

— Un des frères Dourchenktov, sans aucun doute, précisa John. Tu as eu de la chance qu'il ne te fasse pas de mal, Sergueï et Alexei ne sont pas réputés pour leur douceur.

Je frissonnai. Moi, Ellie Lobster, j'avais été, sans même le savoir, aux prises avec la mafia russe.

— C'est Dumbo qui m'a sauvée, murmurai-je. Je crois qu'il l'a mordu.

— Comme quoi, ce chien peut être utile, parfois ! s'enchanta le garde du corps.

Dumbo comprit qu'on parlait de lui, et posa une patte implorante sur ma jambe. Je le caressai distraitement. Il prit mon geste de tendresse pour un encouragement, en profita pour essayer de bondir sur mes genoux et se vautra dans l'herbe. Il se rallongea à mes pieds en renâclant, vexé.

— Et moi, quel était mon rôle dans cette histoire ?

— Justement, j'y viens. J'ai été fort étonné le soir de mon rendez-vous avec Thelma, de voir de la lumière dans la maison. Je savais que Lindsay était partie retrouver Steve dans la matinée, je l'avais suivie jusqu'à sa villa de Malibu. Elle croulait sous les bagages et les cartons, je me doutais qu'elle ne reviendrait pas. Tu as dû arriver entre temps. J'ai donc vérifié la propriété avant de rejoindre Thelma et suis tombé sur le contrat dans ta valise.

— Vous avez fouillé mes affaires ?

— Je suis désolé, je n'avais pas d'autre choix. Bref, si j'ai bien compris, tu as été embauchée pour servir de couverture à Lindsay.

— Afin qu'elle retrouve son mari au Japon.

— Ça, c'est ce qu'elle t'a fait croire. C'était plutôt ingénieux de sa part, entre nous. Les Russes et le FBI, en surveillant la fausse Lindsay dans la villa, n'allaient pas voir ailleurs, ce qui laissait à Mac Connell et à Lindsay tout loisir de les devancer.

— Un programme parfait, marmonna la septuagénaire.

— Sauf qu'en te réfugiant dans le camping-car, Ellie, tu as abandonné ton poste. Par la même occasion, sans le savoir, tu as fait échouer leur plan de départ. Les Russes ont compris qu'elle n'était pas restée à demeure. Elle aussi, certainement. Elle doit avoir des indicateurs sur place.

— Veronica, indiquai-je. Elle devait venir récupérer le chien, le lendemain de mon départ improvisé.

— Quand Thelma m'a communiqué son projet de te garder dans le camping-car, j'ai approuvé, parce qu'il valait mieux pour toi que tu ne sois pas dans les parages si les Russes te prenaient pour Lindsay. Je me suis dit que tu serais à l'abri. En tout cas, je tiens à préciser que Thelma n'était au courant de rien concernant l'affaire, j'ai préféré garder ça secret. Le fait que l'enlèvement de Lindsay ait été signalé à Edward change la donne. Ce n'est pas une bonne nouvelle.

— Qu'est-ce que ça peut signifier ? demanda Chris.

— Soit que les Russes ont récupéré la drogue, auquel cas Lindsay et Steve ont besoin d'argent. Soit, plus vraisemblablement, que Lindsay se prépare un alibi tout en essayant de rafler une belle liasse de dollars au passage. Le problème, c'est qu'ils ne pourront pas faire porter le chapeau aux Russes. Ils risquent donc de s'en prendre à toi… Je ne sais pas encore comment, mais je parierais mon bonnet que bientôt, tu te retrouveras en danger.

— Est-ce qu'on peut aider d'une façon ou d'une autre ? interrogea Chris.

— Il s'agit surtout de ne pas trop vous faire remarquer, répondit John. Les Russes ne sont pas au courant pour Ellie. Et vous, vous n'êtes pour le moment pas surveillés. Cependant, il serait judicieux de vous mettre à l'abri quand même. Je pensais à ton loft à Auburn pour quelques jours, le temps que je sécurise le chalet de Mammoth Lakes.

Chris opina.

— En revanche, Ellie pourrait nous être utile. Il faut que je peaufine mon plan et que je communique avec l'agent Torres. Habillée comme Lindsay, elle pourrait nous servir d'appât…

— Tu ne peux pas lui imposer ça, John ! Ce serait lui faire courir un danger, elle n'est pas formée à ça ! tempêta la mamie avec une expression effarée.

— J'y ai bien pensé, Thelma. J'utiliserai ce joker uniquement si nous n'avons aucune autre solution, d'accord ? De toute façon, pour le moment, j'attends les directives. Je ne joue pas tout seul.

— On peut y réfléchir ? se renseigna Chris au moment même où je confirmai à John qu'il pouvait compter sur moi.

Le garde du corps me gratifia d'un sourire reconnaissant, puis reporta son attention sur Chris :

— Oui, bien sûr, on va tous passer une bonne nuit, et on en discute dès que j'ai plus d'informations à vous communiquer, ça vous va ? Moi, je vais retrouver ma chambre d'hôtel.

Il se pencha ensuite vers son amoureuse secrète et lui susurra à l'oreille : *« Ma grenouille, tu penses que tu peux découcher ? »*

Avec sa voix de baryton, autant dire que la notion de murmure était un concept abstrait.

Je dissimulai un éclat de rire derrière une fausse toux pendant que Chris levait les yeux au ciel, désorienté. Thelma, qui semblait rajeunie de 20 ans, couva son admirateur du regard.

— Chris, ça t'ennuie si, euh… si je vais raccompagner John jusqu'à sa chambre ? Je serai de retour avant le lever du soleil, on va juste…

— Je ne veux aucun détail, Gran. Tu as la permission de découcher. File de là, avant que je change d'avis, grogna Chris dont les traits du visage prouvaient qu'il se retenait de rire.

17.
-Chantons sous la pluie-

Une fois que la frêle silhouette de Thelma et la carrure impressionnante de son géant de compagnie se furent dissipés dans l'obscurité, je lâchai un soupir admiratif.

— Ta grand-mère est… abracadabrante.

— Ce n'est pas moi qui vais te contredire, déclara Chris en secouant la tête. Je ne m'attendais pas à toutes ces révélations. Je tiens à m'excuser pour sa façon de se conduire, du reste. Tu n'es pas en colère contre elle ?

Je haussai les épaules. J'étais passée par un large éventail d'émotions, ce soir-là. Je n'avais sûrement pas fini de ressasser les évènements, d'ailleurs. Mais la colère n'en faisait pas partie.

— Pourquoi le serais-je ? Tout ce qu'elle fait, c'est avec le cœur. Cette femme a vécu mille vies et autant d'expériences fantastiques… Tu te rends compte qu'elle a rencontré Marilyn Monroe… et à 75 ans, elle est capable de fomenter des complots !

Chris se tordit les doigts et je vis sa pomme d'Adam se soulever. Il éprouvait plus de difficultés que moi à minimiser le rôle joué par sa grand-mère concernant ma présence en ces lieux, apparemment. Lui qui lui vouait une admiration sans faille avait été ébranlé par ses révélations.

— Par rapport à ta mission, tu ne lui en veux pas ?

— Pas du tout. Ce que je vis en ce moment avec vous, crois-moi, aucun rôle n'aurait pu me l'offrir. Et puis, tu sais, si j'y réfléchis, même si sa décision était irrationnelle, cela prouve aussi son grand cœur. En outre, si j'étais restée à la villa, j'aurais risqué ma vie. Ou pire, j'aurais aidé une criminelle à s'en sortir en lui fournissant une couverture et un alibi. Je préfère que Priotto ne me propose pas de mission à mon retour plutôt que d'avoir trempé, même à mon insu, dans des affaires de drogue.

— J'aime bien ta façon de voir les choses, affirma Chris en me lançant un regard admiratif qui me gonfla le cœur.

— C'est le concept du verre à moitié plein, précisai-je, modeste.

— C'est un très bon concept.

Chris sourit et le silence s'installa dans le jardin. Toutefois, je ne ressentis aucune gêne. L'air était encore chaud, mais bien moins accablant que dans l'après-midi, une légère brise venait nous chatouiller, et même si les secrets dévoilés par Thelma et John m'avaient secouée, je me sentais soulagée. Chris remua sur sa chaise, puis me surprit en abordant un sujet sur lequel je ne pensais pas qu'il voudrait revenir de lui-même.

— Je sais que tu te poses des questions sur moi. Sur ma façon pas forcément tendre de parler de Lindsay, sur mes entretiens téléphoniques… Avoue que tu t'es figuré que j'étais lié à l'enlèvement.

Je déglutis.

— Ça m'a traversé l'esprit, oui. Tu commences à connaître mon imagination ! Mais ma nature optimiste a repris le dessus à chaque fois… Le concept du verre à moitié plein, encore une fois ! Ceci dit, maintenant que j'ai vu comment ta grand-mère joue la comédie, je ne peux que constater que vous êtes de sacrés bons menteurs, dans ta famille…

Chris ricana.

— Elle m'a bluffé aussi, sur ce coup-là. Quand je me remémore notre première rencontre… Dès l'après-midi, elle avait déjà dans l'idée de t'emmener avec nous. Alors que pourtant, je lui avais clairement laissé entendre qu'une copie de Lindsay ne m'intéressait pas.

— Pourquoi détestes-tu autant ta belle-mère ? soufflai-je.

Chris grimaça en signe de dégoût et soupira.

— Rien que le mot *belle-mère* est… Lindsay n'a que trois ans de plus que moi. Je l'ai rencontrée sur un plateau de tournage où elle tenait un rôle de figurante. On a commencé à traîner ensemble… et à s'apprécier. Enfin ça, c'était ce que je croyais.

Je couinai de stupéfaction.

— Avec ta belle-mère ?

— Oui, enfin, à l'époque, ce n'était pas ma belle-mère, c'était ma copine. À cette période, j'étais paumé. Je venais de perdre ma mère, le métier d'acteur ne m'intéressait plus, je ne savais pas quoi faire de ma vie. J'avais été privé de mon adolescence, et Lindsay m'a apporté un peu d'insouciance. On était un genre d'amis améliorés. On allait de soirée en soirée, on buvait pas mal, on flirtait… Mon nom m'ouvrait beaucoup de portes et on en a bien profité. Et puis elle a rencontré mon père. Il était très souvent absent, mais elle a réussi à le séduire. Je n'ai rien vu venir. Je n'étais pas spécialement amoureux d'elle, heureusement, car j'ai rapidement compris qu'elle m'avait utilisé pour approcher le producteur qui avait fait décoller la carrière de ma mère.

— Nom d'une vache sans pis ! C'est affreux !

— Juste avant qu'ils m'annoncent leurs fiançailles, elle est venue me trouver, en larmes. De vraies larmes de crocodile. Elle m'a assuré que tout cela n'était pas prémédité, qu'elle était tombée amoureuse, et qu'elle faisait du bien à mon père. Qu'elle avait réussi à lui faire passer le cap du deuil. Elle m'a demandé de ne pas intervenir dans leur histoire. J'ai accepté. Non pas que j'étais dupe, mais mon père avait effectivement repris un peu goût à la vie. J'ai cru que ça l'aiderait à redevenir comme avant…

— Tu ne lui as jamais avoué que vous aviez couché ensemble ?

— Non. Il supposait qu'on était amis. J'ai laissé les choses en l'état. J'ai acheté un loft à Auburn et ai commencé à y travailler, ne revenant que pour surfer et voir Cassie. Et puis un jour, je suis rentré. Mon père était en déplacement en Europe. Ce jour-là, Lindsay m'a sorti un plan drague du tonnerre.

— Oh la garce ! C'est pas vrai !

— Malheureusement si. Elle a argumenté qu'il n'y avait pas de mal à se faire du bien, que mon père n'en saurait rien.

— C'est glauque ! Tu… as accepté ?

— Bien sûr que non ! Je lui ai demandé de tout déballer à mon père. Je l'ai menacée de le faire moi-même si elle ne lui disait rien.

— Et elle l'a fait ?

— Non. Elle a parié sur le fait que je n'oserais pas lui avouer. Elle avait raison. Mon père et moi, on n'a pas un rapport très fusionnel, et elle était au courant. Du coup, c'est devenu tendu, à la maison. Je me sentais coupable alors que je n'avais rien commis de répréhensible. Je me sentais surtout coupable de n'avoir rien dit. Et puis, la tension s'est transformée en guerre froide. Je l'avais repoussée, et Lindsay n'est pas le genre de personne qui accepte qu'on l'ignore. Elle a une très haute opinion d'elle-même. De fait, elle s'est mise à me détester. Elle a manigancé des plans foireux pour m'encourager à fuir la villa.

— Comment ?

— Par exemple, elle appelait les journalistes quand elle savait où j'allais, ou elle les laissait entrer dans la propriété quand j'y étais. Elle inventait des commérages que les magazines à scandales relayaient comme si c'était vrai, détériorant ainsi mon image auprès du public. C'est à ce moment-là qu'elle a adopté Dumbo et l'a prénommé Christian, pour mieux l'appeler Chris devant moi.

— C'est de là que vient ce nom ! Elle est pathétique !

— Sûrement oui. Mais moi aussi. Parce que je me suis tu. Jusqu'au jour où elle a dépassé les bornes. Elle a mis dans la tête à mon père qu'il était nécessaire pour le bien de leur couple qu'elle adopte Cassandra. Comme mon père est en déplacement la moitié de l'année, c'est Granny et moi qui nous chargeons d'elle, et là, c'était un coup bas. En l'adoptant, cela nous aurait éloignés d'elle. Elle ne s'est jamais souciée de Cassie, elle s'en fiche royalement. Dieu seul sait ce que serait devenue ma petite soeur si elle avait obtenu sa garde. À mon avis, elle l'aurait envoyée en pensionnat. Cette femme ne peut s'occuper que d'elle-même… Son unique talent, c'est de savoir diriger les gens, surtout mon père. Elle le manipule depuis presque 6 ans, et apparemment il a enfin ouvert les yeux. Cela doit être pour assurer ses arrières qu'elle s'est lancée dans cette sordide histoire de drogue. Il n'y a que l'argent qui l'intéresse.

Une lourde bouffée de haine m'envahit. Comment pouvait-on être aussi cruelle ?

— Je suis terriblement navrée, Chris.

— Je m'en suis remis, admit-il tristement en haussant les épaules. Finalement, tout ça a été un mal pour un bien. J'ai vite pu m'apercevoir du caractère de Lindsay, de son côté vénal… ça m'a permis de tomber de moins haut. Ça m'a néanmoins laissé quelques séquelles, notamment avec les femmes…

— Tu as des difficultés à accorder ta confiance… devinai-je.

— C'est le moins qu'on puisse dire. Surtout aux femmes qui côtoient de près ou de loin le monde du cinéma. Je ne suis pas Christian Hamilton, pour elles, juste Chris Orsini, l'ancien acteur qui a eu du succès fut un temps, et dont le père est un producteur qui pourra peut-être les aider à accéder à leurs rêves de gloire.

— C'est plus compliqué pour déceler celles à qui tu plais réellement…

— Tout à fait. Et c'est aussi pour ça que rester dans l'ombre me plaît. Mon métier actuel est aux antipodes du cinéma, et ça me convient parfaitement. J'ai ainsi plus de chances de rencontrer celle qui fera battre mon cœur pour de vraies raisons. Parce que oui, malgré tout cela, je crois toujours…

Il s'arrêta et observa un silence, surpris de s'épancher autant. Je l'encourageai à poursuivre.

— À quoi ?

— En l'amour, le vrai. Celui qui te donne les mains moites, celui qui te fait battre le cœur. Celui qui te donne envie de devenir plus fort, de te transformer pour l'autre. Celui qui unissait mon père et ma mère, par exemple…

C'était tellement beau que les larmes me montèrent aux yeux. Je ne connaissais pas ces sentiments qu'il évoquait, je n'avais jamais été sérieusement amoureuse, et moi aussi, j'aurais aimé connaître tout ça. Chris leva ses yeux gris-bleu ourlés de grands cils sur moi.

Je ne m'étais pas rendu compte que nous étions si proches l'un de l'autre. Mon cœur tambourina dans ma poitrine. Ses yeux s'ancrèrent aux miens. Sa respiration balaya doucement les mèches de cheveux qui tombaient sur mes joues. Nous restâmes silencieux, et l'espace d'un instant, je le vis effleurer mes lèvres du regard. J'eus l'intime conviction qu'il allait m'embrasser et autant me l'avouer, j'en mourais d'envie. Des picotements agitaient mes avant-bras. Tout mon être lui criait de foncer.

Sans nous en apercevoir, nous nous penchâmes l'un vers l'autre et mon cœur prédit que c'était le moment. Toutes les conditions étaient réunies. Nous étions prêts. Je fermai les yeux, et sentis le souffle de Chris contre ma bouche. Mon corps vibra…

Tout à coup, la pluie s'abattit sur moi, sur nous. Nous sursautâmes et nous nous cognâmes front contre menton, et je finis les fesses dans l'herbe. Je hurlai de peur, et puis nous éclatâmes de rire. L'arrosage automatique venait de se déclencher, ruinant le romantisme de l'instant. Trempés, nous courûmes comme des dératés pour nous éloigner de la douche glacée et sauver les restes de notre dessert.

Alors que nous reprenions nos esprits et nous essorions comme nous pouvions, force fut d'admettre que la magie s'était esquivée. À moins que j'aie fantasmé cette scène, Chris avait failli m'embrasser et j'aurais été d'accord, mais ça aurait été une erreur. Après quelques bégaiements ridicules, nous nous saluâmes gauchement et filâmes nous coucher, l'un en face de l'autre dans nos lits. Si proches, et si loin à la fois.

18.
-Jeux d'enfants-

Toute la nuit, je fus assaillie tantôt de cauchemars, tantôt de doux rêves romantiques. La première pensée qui effleura mon cerveau en me réveillant fut que Chris avait failli m'embrasser. Une chaleur intense se répandit dans mon corps, et je maudis ce fichu arrosage automatique qui nous avait interrompus dans notre élan. Juste après, les révélations de Thelma me revinrent en mémoire et régulèrent ma température intérieure. Je frissonnai, même, en me demandant si je serais assez forte pour supporter les suites de cette aventure si je devais servir d'appât.

Le camping-car était vide. Je me douchai, me maquillai légèrement, me pomponnai un peu plus que d'habitude (ça ne mangeait pas de pain que de se montrer à son avantage !) et les retrouvai à l'extérieur.

Chris, en short et torse nu, s'affairait à nettoyer Wendy pour la troisième ou quatrième fois depuis le début de notre road-trip. Il la bichonnait avec une sorte de ferveur qui me rendit presque jalouse. Jalouse. D'un camping-car. Je virais cinglée, non ? Je le contemplai quelques minutes, subjuguée par ses muscles qui se contractaient. Oui, je virai cinglée, donc. Ma septuagénaire préférée, l'air plus en forme que jamais, effectuait des postures de yoga avec une souplesse que je n'avais jamais possédée. L'espace d'un instant, je l'enviai. Pas tant pour sa souplesse, que pour l'expression béate qui détendait ses traits. Sa nuit d'amour lui avait donné des ailes. Cassandra, de son côté, avait enfilé le foulard de diseuse de bonne aventure acheté chez Evangeline's et lisait dans sa boule à neige l'avenir de Dumbo. Elle lui prédisait os de tyrannosaure et gamelle en or qui brille dans un futur proche. Le chien en salivait d'excitation tout en rampant sur le dos pour récupérer quelques caresses au passage, sa queue soulevant la poussière.

Nous allâmes saluer Derek (certains avec plus d'enthousiasme que d'autres), et quittâmes Sacramento. J'avais eu peur que notre fin de soirée puisse modifier notre complicité naissante avec Chris, je fus soulagée de constater qu'il n'en était rien. L'ambiance était bien plus détendue qu'auparavant, et Thelma nous jeta à plusieurs reprises des regards appuyés et convenus, que nous ignorâmes, bien entendu.

En une demi-heure, nous atteignîmes Auburn, ville de 13 000 âmes, qui avait pour slogan : Auburn, pas une pause, une destination. En l'occurrence, pour nous, c'était vrai, dans la mesure où Chris y possédait un petit pied à terre dans la vieille ville, près de son lieu de travail, apparemment. N'obtenant jamais de réponse aux questions que je posais par rapport à son emploi, j'avais cessé de l'interroger. Après tout, il se confierait à moi quand il se sentirait prêt, il s'était déjà bien épanché la veille.

Le camping-car ralentit et Chris actionna l'ouverture automatique d'un portail qui dévoila une cour pavée. Au fond de cette cour, à côté d'une voiture bâchée, trônait une pergola sous laquelle une immense table et un large banc en bois sculpté et agrémenté de coussins colorés donnaient l'impression que les rassemblements étaient ici monnaie courante. Un barbecue, trois transats et un jacuzzi incitaient à la paresse. Je m'y voyais déjà.

Nous sortîmes quelques bagages et pénétrâmes dans un loft hyper moderne, un ancien entrepôt qui, d'après ce que me raconta Thelma, avait servi, au milieu du XIXe siècle, à trier et conserver les divers objets repêchés dans la rivière. Il ne restait rien à présent de l'historique ruée vers l'or, pourtant le bâtiment semblait encore chargé d'histoire. La mamie me précisa que cette ville avait été fondée par l'un de mes concitoyens, un français nommé Claude

Chana dont nous pourrions aller voir la statue si ça m'intéressait. J'avais surtout envie de m'affaler sur un vrai lit et de prendre une longue douche, mais j'acquiesçai en adoptant un air captivé.

Chris s'activa à ouvrir les fenêtres pour aérer, et me dirigea vers une chambre, qui apparemment ne serait que pour moi ces prochaines nuits. J'en aurais versé des larmes de joie. Enfin, un peu d'intimité !

Thelma et Cassandra déposèrent leurs affaires chacune dans une chambre. Elles séjournaient ici régulièrement, c'était une évidence. Cette cohésion familiale me donna des petits coups au cœur. Ils avaient beau appartenir à trois générations différentes, ils s'aimaient et se retrouvaient fréquemment. Je trouvais ça tellement émouvant ! Dans ma famille, à part avec Marie-Lou qui représentait plus une amie qu'une sœur, on vivait les uns sur les autres, mais on ne prenait jamais véritablement le temps de profiter tous ensemble. On avait constamment plus urgent à faire, une réparation à effectuer, de l'argent à gagner ou tout au moins à ne pas perdre, des animaux à gérer. Et on laissait la vie filer. Ma gorge se noua. Quand je rentrerais, il faudrait absolument que je mette en place des moments où on se réunirait tous. Pas forcément des vacances en camping-car, il nous aurait carrément fallu louer la ménagerie d'un cirque tant on était nombreux. Je pensais pour le moins à de vrais repas en famille, à nous amuser, à rire et à nous chamailler gaiement. C'était drôle, parce que je n'avais jamais éprouvé ce besoin jusqu'à présent. J'avais toujours privilégié mes objectifs de richesse et ma course au casting, mais à ce moment précis, je ressentis une envie furieuse de juste serrer ma maman dans mes bras et de m'installer dans le salon pour les écouter critiquer le présentateur télé. J'avais tout mis en œuvre pour les fuir et, maintenant que je me trouvais loin, ils me manquaient.

— Bien, déclara Chris, en me sortant de mes rêveries. Je vais profiter d'être dans le coin pour passer rapidement au bureau et vérifier que tout va bien. Je dois régler quelques détails. J'achèterai le repas pour ce soir en rentrant. Tant que je n'ai pas eu de nouvelle de John, j'aimerais que vous restiez ici. Surtout toi, Éléonore.

Ça y est, on était revenus à mon prénom en entier, j'avais encore dû l'agacer sans m'en rendre compte. Super.

— Oui, Chef, marmonnai-je, mimant un salut militaire.

— Ne le prends pas comme ça, s'il te plaît. C'est pour ta sécurité.

Je scrutai mes chaussures, la mine renfrognée.

— En attendant, suggéra-t-il, que tout le monde fasse comme chez soi. À part toi, gronda-t-il à Dumbo qui tentait de déterrer une plante en pot du bout des griffes. Va dehors, plutôt. À tout à l'heure. Granny, si vous avez besoin de quoi que ce soit, tu m'appelles, d'accord ?

***

Je passai mon après-midi à griffonner à l'ombre de la pergola. Qu'il était doux de ne rien faire ! Cassie barbotait dans le jacuzzi et s'amusait à éclabousser le chien qui jappait tout ce qu'il pouvait en évitant les gerbes d'eau. Thelma faisait la sieste sur un transat. Nous profitions du calme de l'endroit et j'avais l'impression de vivre des vacances en famille.

Thelma fut réveillée par un appel de John. Il lui signala que l'affaire suivait son cours, et que pour le moment, rien ne laissait supposer qu'on avait besoin de moi. J'éprouvai un vif soulagement. Je n'aurais pas à entrer dans la danse dans l'immédiat, nous allions pouvoir passer une bonne soirée. C'est ce que j'imaginais. Cependant, quand Chris revint enfin, il paraissait exténué. Son visage était anxieux. Mon cœur s'emballa. Je supposai qu'il avait réfléchi à notre dérapage (contrôlé par un arrosage automatique) et qu'il s'en voulait, finalement. Il semblait ailleurs, absorbé dans des pensées dont nous étions exclues. Pendant le repas, il ne réagit même pas aux clowneries de sa sœur et participa à la conversation du bout des lèvres, les yeux fixés sur son téléphone. Au moment du dessert, Thelma, qui l'avait observé à la dérobée, entraîna Cassandra dans la cuisine. Elles restèrent absentes de longues minutes. Chris était concentré sur ses mails, et moi, je regardai dans le vide, désœuvrée. J'en étais à me réciter l'alphabet à l'envers pour tuer le temps lorsqu'elles revinrent dans le jardin avec des mini marshmallows plongés dans des tasses de chocolat fumant pour Cassandra, Chris et moi.

— Allez, buvez tant que c'est chaud, nous ordonna Thelma.

Je trempai mes lèvres dans le mug et retins un juron : il y avait une dose de rhum assez forte pour saouler un âne, là-dedans ! Chris manqua de recracher sa gorgée, toussa et adressa son premier vrai sourire de la soirée à sa grand-mère.

— Et bien, tu as trouvé la réserve d'alcool, apparemment !

— Oui. Et on va reprendre du poil de la bête, et toi, abandonner cette mine sinistre. Laisse le boulot à sa place, pose ce téléphone et profite. Ce sont les vacances, après tout. Tiens, si on faisait un jeu ?

Cassandra applaudit et se leva pour effectuer une roue branlante, en mode Cheerleader pas tout à fait au point.

— On joue à quoi ? questionna-t-elle, ravie par l'idée de sa grand-mère.

— Je n'ai aucun jeu de société, ici, souligna Chris, grincheux.

— Et bien on va jouer à *Action ou Vérité*, s'agita Thelma, comme si elle avait quinze ans et un amoureux à embrasser.

Ce jeu me mettait déjà mal à l'aise quand j'étais ado, alors ce soir… je m'apprêtai à feindre une grosse fatigue et à passer mon tour. La fillette en avait apparemment décidé autrement.

— Je commence, s'enflamma-t-elle, euphorique. Ellie, je te désigne. Action ou vérité ?

Bon, allez. Juste un tour ou deux, le minimum syndical pour ne pas paraître impolie, et ensuite, je m'éclipserais.

— Action, marmonnai-je.

— OK ! Alors, tu vas nous montrer comment tu fais la roue !

Les deux autres adultes présents échangèrent un sourire narquois, ne m'imaginant probablement pas capable de relever le défi. Devant leurs yeux ébahis, je repris une gorgée de chocolat au rhum, me levai et leur fis une démonstration de mes talents.

— Wahou ! T'es trop forte ! s'enthousiasma Cassandra, le regard béat d'admiration.

— Merci, exultai-je en saluant mon public. Je me suis entraînée pendant des années, j'ai commencé à ton âge, à peu près ! On m'appelait le paon, à l'époque. Finalement, c'est comme le vélo, ça ne s'oublie pas !

— Ne vous avisez pas de me demander d'essayer, plaisanta Thelma, je risquerais de me dévisser une hanche ou une rotule !

On rit de bon cœur. Ce premier gage avait même extirpé Chris de la réserve distante dans laquelle il s'était enfermé.

— Tu as réussi, applaudit Cassandra. C'est à ton tour, alors. Et tu dois jouer avec Chris !

— OK. Chris, Action ou vérité ?

— Vérité, répondit-il sans hésiter.

— Dois-je en conclure que tu ne sais pas faire la roue ?

— C'est ça, ma question ?

— Pas du tout, non, tu ne t'en sortiras pas comme ça ! Attends, je réfléchis… je n'ai pas d'idée… baragouinai-je en me triturant la cervelle.

— Moi, moi, moi, j'ai une question, cria Cassandra en levant l'index, je peux ?

J'opinai du chef. Autant lui laisser la main.

— Pourquoi est-ce que tu n'as pas d'amoureuse ? chantonna la petite fille.

— Ce n'est pas à toi de m'interroger, s'offusqua Chris en écarquillant les yeux.

— Non, c'est vrai, approuvai-je, mais puisque Cassandra veut savoir, c'est moi qui te la pose, alors. Pourquoi est-ce que tu n'as pas d'amoureuse ? répétai-je sur le même ton chantant que la fillette, provoquant son hilarité.

— Eh bien, parce que je n'ai pas trouvé celle qui fera battre mon cœur et qui aura le courage de vous supporter, toutes les deux, expliqua Chris avec un rictus moqueur, en observant les réactions de sa grand-mère et de sa sœur.

— Vaut mieux entendre ça que d'être mort ! râla Thelma en faisant les gros yeux.

— C'est faux ! s'insurgea Cassandra. Par exemple, Ellie, elle, elle n'est pas partie en courant, pourtant, ça fait déjà 9 dodos qu'elle est avec nous !

Pour être sûre que l'on comprenait bien, elle agita 9 doigts redressés et un pouce rentré sous le nez de Chris, qui me jeta un coup d'œil à la dérobée en rougissant. Chris qui piquait un fard, c'était une grande première ! Mes intestins se contractèrent de satisfaction.

— Ellie, ça n'est pas pareil, rétorqua-t-il. C'était ça ou elle parcourait 200 miles en tongs et en peignoir !

Douche froide pour mes intestins.

— Quand même, insista la petite-fille. Vous vous entendez bien, tous les deux, non ? Vous vous disputez un peu comme des amoureux, mais vous vous regardez aussi…

— Allez, c'est à mon tour, interrompit Chris, qui souhaitait visiblement changer de sujet par tous les moyens. Granny, action ou vérité ?

— Action, naturellement, fanfaronna-t-elle.

****

Thelma avait eu une merveilleuse idée, finalement. Nous avions joué et ri comme des enfants, et cela nous avait fait du bien à tous. Les gages s'étaient succédé dans la bonne humeur, nous forçant à chanter, sautiller, à imiter des animaux ou à caresser Dumbo qui participa à la fête en se roulant de bonheur et en glapissant à intervalles réguliers. La liqueur de Limoncello avait remplacé le chocolat chaud au rhum et mes oreilles me chauffaient. À 23 heures, Thelma emmena Cassandra se brosser les dents et se coucher, et nous souhaita une bonne nuit en insistant sur le *« bonne »*. Elle était impayable. Dumbo suivit le mouvement, sans doute pour réserver sa place sur le canapé. Ne restèrent plus que Chris et moi, confortablement installés sur les innombrables coussins du banc, sous la pergola. Le ciel était dégagé, la lune était pleine et les étoiles scintillaient, nous offrant un merveilleux tableau de la nature. Chacun de nous demeura quelques minutes plongé dans la contemplation du paysage.

— Action ou vérité ? me lança alors Chris, une expression amusée se dessinant sur ses lèvres.

— On n'avait pas fini de jouer ? protestai-je, surprise.

— Je crois qu'on peut attaquer les questions sérieuses, maintenant que Cassie est couchée. On a entamé les confidences, et je suis sûre qu'une multitude d'interrogations te trotte dans la tête. Moi oui, en tout cas. À toi de voir…

Il avait raison. L'occasion était trop belle, d'autant que Chris avait enchaîné les digestifs, lui aussi, et que cela ferait office de sérum de vérité.

— Action, alors.

— Petite joueuse ! Ton gage sera donc de nous resservir un verre de Limoncello. Tu boiras le tien cul sec.

Je criai au scandale.

— Ça fait deux actions, ça, non ?

Il haussa les épaules et me servit un verre rempli à ras bord.

— Puisque mademoiselle est à cheval sur les règles, voilà. Il n'y a plus qu'un gage.

— Le but est de m'enivrer pour m'amener à faire de nouvelles révélations ?

— Ou à te saouler pour la prochaine fois que tu diras *« Action »*, qui sait ? souffla-t-il en me fixant.

J'hallucinai. Après m'avoir ignoré toute la première partie de la soirée, il semblait flirter de nouveau avec moi. J'avais beau être étonnée, la midinette en moi devait avouer que ce revirement de situation n'était pas pour me déplaire. J'acceptai le verre qu'il me tendait et le bus en une gorgée. Je sentis la chaleur du liquide se diffuser dans mon corps, depuis mon œsophage jusque dans mon ventre. Ouh, ça brûlait !

— C'est fait, m'esclaffai-je, bravache. À ton tour ! Action ou vérité ?

— Vérité.

Je tenais là l'occasion en or d'obtenir les réponses aux questions que je me posais par rapport à son travail mystérieux. Je réalisai pourtant que je n'avais pas tant besoin de savoir, finalement. Pas pour le moment, du moins. Peut-être parce que j'étais trop intimidée pour aborder le sujet, ou bien parce que j'avais peur que cela fiche en l'air l'ambiance bon enfant que nous avions réussi à rétablir ce soir-là. J'avais envie de légèreté. Et puis, si Chris dissimulait réellement un lourd secret, il était évident qu'il ne me le dévoilerait pas entre un verre cul sec de Limoncello et une roue sur les pavés. En même temps, moi, j'en avais ingurgité pas mal, de la liqueur citronnée. Et alors que les questions se bousculaient dans ma tête sans que je n'ose en prononcer une seule à voix haute, ma langue prit la liberté de s'exprimer à ma place. Traîtresse.

— Qu'est-ce que tu penses vraiment de moi ?

Chris écarquilla les yeux de surprise et poussa un soupir mi-amusé, mi-angoissé.

— Et bien, tu lances directement les hostilités, toi !

Main en l'air pour le prévenir que j'étais prête à frapper en cas de mauvaise réponse, je fis mine de m'indigner.

— Le terme hostilité est-il d'ores et déjà un indice ? Parce que si c'est ça, oublie ma question !

— Non, il ne l'est pas. Et puisque je n'ai pas le droit de tricher, voilà la vérité. Tu m'as d'abord intrigué, puis agacé, puis franchement énervé. Tu es… enfin je te trouve… exaspérante, horripilante, sans filtre, gaffeuse, maladroite, impertinente… Tu veux systématiquement avoir le dernier mot, tu mens, ton imagination prend invariablement le pas sur ta raison et tu t'inventes n'importe quoi…

— Me voilà rhabillée pour l'hiver ! m'offusquai-je, limite vexée.

— Et en même temps, poursuivit-il sans se soucier de ma mine effarée, tu avais ce quelque chose qui brillait au fond de tes yeux et que j'ai eu envie de découvrir. Cette fragilité que tu tentes de cacher en en faisant des caisses. Cette peur que tu cherches à tout prix à contrôler. Cette force que tu dégages. Cette volonté de t'affirmer et d'avancer en dépit des obstacles. Ces larmes récurrentes qui prouvent l'hypersensibilité qui te caractérise malgré ta façon si positive de voir la vie. Tu as beau jouer la comédie, il y a la vraie toi qui transparaît, ton empathie, ta gentillesse, ta douceur, ta manière de t'occuper des autres, sans te mettre en avant. Je ne sais pas ce qui m'a attiré chez toi en premier, mais depuis notre rencontre devant la maison, je regrette que ce soit le chien et pas moi qui t'ait arraché cette foutue serviette.

— Oh.

— Granny a raison, elle a su lire en moi, avoua-t-il. J'ai été intrigué par ton physique, mais j'ai immédiatement été séduit par ta façon de te comporter. Tes envolées lyriques, ton côté rebelle au cœur tendre, ta grandiloquence feinte pour mieux assurer ta défense… c'est ta personnalité hors du commun qui m'incite tantôt à me rapprocher de toi, tantôt à te fuir autant que je peux. Je ne sais pas me laisser aller. J'ai du mal à faire tomber les barrières que j'ai dressées pour me protéger. Mais depuis que tu es près de moi, je crève d'envie de sortir de ma zone de confort pour te montrer qui je suis vraiment. Sauf que je suis aussi mort de trouille, parce que j'ai peur que ce que je ressens m'explose à la figure quand je ne m'y attendrais pas.

— Oh.

Je venais sans conteste d'hériter du sens de la répartie d'une poule au pot en fin de cuisson. Je déglutis et cachai mon visage dans mes mains. On aurait pu faire chauffer un œuf sur chacune de mes pommettes tellement elles étaient brûlantes. L'espace d'un instant, la déclaration d'amour de Gilles se transposa à la tirade prononcée par Chris. Il n'y avait aucune comparaison possible, cette dernière m'avait procuré bien plus d'effet. Une nuée de papillons s'envola dans mon ventre et mon cœur dansa la rumba. J'avais les mains moites et la gorge sèche.

— *« Oh »* ? me singea-t-il en mimant les guillemets. Juste *« oh »* ? Et deux fois de suite ? C'est tout ce que tu trouves à répondre ? Je t'ai connue plus loquace, Ellie Lobster. Je crois que j'ai joué le jeu. À ton tour. Action ou vérité ?

— Action ? balbutiai-je, en observant sa réaction.

Un air taquin illumina son visage et il ancra son regard dans le mien.

— Je te donne le choix, alors. Embrasse-moi, si tu le veux, ou file te coucher avant que ce ne soit moi qui te saute dessus. Aucun arrosage automatique ne nous interrompra ce soir.

Il ponctua sa déclaration par un frêle sourire qui provoqua des palpitations à des endroits de mon corps où je ne soupçonnais même pas qu'il puisse se passer quoi que ce soit. Quelque chose s'agita en moi. Un mélange de doutes, de questionnements et de désir. Mon visage n'était qu'à quelques centimètres de celui de Chris, qui, comme à son habitude quand il était stressé, avait enfoncé les doigts dans ses cheveux. Son parfum citronné me chatouilla les narines et me chavira le cœur. En quelques dixièmes de secondes, je franchis la distance qui nous séparait et posai une main tremblante sur sa joue. C'était le signal qu'il attendait. Il fondit sur mes lèvres et m'offrit un baiser enflammé, doux et exalté à la fois.

Un artifice d'émotions explosa dans tout mon être tandis que notre étreinte devenait passionnée, intense. Libératrice. Chris caressa mes cheveux, passa ses doigts sur la peau nue de mes épaules, puis m'attrapa par la taille et me bascula sur ses genoux. C'était l'anarchie dans mon cœur qui battait la chamade à un rythme effréné. Nous nous embrassâmes comme si cette première fois devait être la dernière, comme si nos âmes se reconnaissaient, comme si c'était la seule et unique chose à faire. Comme si c'était une évidence.

Au bout de quelques minutes, à moins que ce ne fût des secondes ou des heures, j'avais perdu toute notion du temps, Chris se dégagea avec délicatesse et me prit la main.

— Camping-car ? chuchota-t-il en dessinant le contour de mes lèvres du bout de son index.

Je hochai la tête en signe d'assentiment. Où il voulait, quand il voulait, pourvu qu'il ne me lâche surtout pas, j'avais l'impression que je pourrais me désintégrer dans la seconde si nos corps rompaient le contact.

Sans un mot, nous nous précipitâmes à l'intérieur de notre chambre sur roues et laissâmes nos sens diriger la suite des opérations. Il murmura contre ma bouche, je poussai des soupirs qui me semblaient sortir de quelqu'un d'autre que moi. Il dégrafa mon soutien-gorge d'une main habile, je déboutonnai sa chemise avec des gestes saccadés. L'espace était exigu, et nous finîmes par tomber l'un sur l'autre sur le matelas, hilares. Nous nous écartâmes quelques instants, reprîmes nos souffles, puis nos regards s'accrochèrent de nouveau.

Je lus l'hésitation au fond de ses yeux. Il attendait ma permission. Je souris en guise de réponse.

Je mis mon cerveau sur *off*, et mon imagination ne me fut plus utile qu'à découvrir ce qui pouvait plaire à mon amant.

19.
-Fenêtre sur cour-

— Je cours jusqu'à la supérette pour acheter de quoi vous préparer un petit repas et je reviens ! annonçai-je à Thelma et à Cassandra.

Le supermarché n'était qu'à une centaine de mètres du loft, j'en avais donc pour moins d'un quart d'heure. Je cachai mes cheveux bruns sous une casquette des Lakers empruntée à Chris, enfilai une paire de lunettes de soleil passe-partout et refermai la porte. Pleine d'entrain, je me pressai pour aller acheter de quoi faire saliver mes amis, même si Chris était monté en haut du podium de mes priorités. *« Donne à un homme ce qu'il aime manger, et il aura envie de rester à ta table toute sa vie »* avait coutume de dire ma mère. Elle n'avait pas tout à fait tort puisque ni mon père ni mes frères ne voulaient quitter la maison.

Après la nuit passée dans les bras de Chris, j'avais passé la journée à flotter sur un petit nuage. Je ne m'étais pas attendue à ce qu'il soit un amant aussi attentionné, et je ressentais des papillons dans le ventre à la simple pensée des moments incroyables qu'on avait vécus.

Je ne voulais pas m'emballer, bien sûr, d'autant qu'on n'avait pas eu le temps de bavarder ce matin. Il était parti régler un souci à son travail et il s'était éclipsé alors que je somnolais encore. Mais j'avais ressenti une alchimie inédite. Il fallait préciser qu'à part Gilles, mes expériences se résumaient souvent à des conquêtes anonymes d'un soir, ou en tout cas à de brèves histoires dont je n'étais jamais sortie ni folle amoureuse ni meurtrie non plus. Je ne connaissais ni les firmaments de l'amour ni le fond du gouffre de la rupture. Chris avait sûrement raison. À vouloir me focaliser à tout prix sur ma carrière d'actrice, je m'étais éloignée de la vraie vie et de ce qui comptait réellement.

Il n'y avait pas un chat dans la rue, et je poussai malgré moi un soupir de soulagement. Si Thelma n'avait pas bronché quant au fait que je veuille sortir, je me doutais que Chris, à sa place, aurait certainement tiqué. Lui et sa fichue sécurité ! Il n'avait qu'à rester dans le lit qu'on avait partagé et me laisser utiliser son torse musclé comme un oreiller toute la journée. Là, j'aurais été à l'abri ! L'impression de flotter me gagna de nouveau. Qui, après nos débuts pour le moins électriques, aurait pu imaginer ce qui allait se passer cette nuit ? À part Thelma, évidemment ! Pas moi, c'était certain. Pourtant, on avait tous les deux cette envie vissée au creux des entrailles, et le moins qu'on puisse dire, c'était que ça avait fait des étincelles. Notre jeu au départ innocent d'action ou vérité nous avait aidés à aller au-delà de nos préjugés respectifs pour les transformer en passion.

J'étais peut-être en train de virer fleur bleue ou cul-cul-la-praline, mais j'avais hâte d'être à ce soir pour le retrouver. Partageait-il mon avis sur ces instants incroyables ? Je me doutais qu'il n'allait pas m'embrasser à pleine bouche en franchissant le seuil de la porte, puisque Cassandra et Thelma faisaient partie de l'équation, mais je pourrais voir sur son visage et dans ses gestes s'il regrettait ou non la nuit qu'on avait vécue ensemble. Ce matin-là, ce n'était pas le cas. Il avait déposé une nuée de petits baisers du haut de mon sein jusqu'à mon front en passant par ma clavicule (ouh, un délice !), mon cou, ma bouche, mon nez… alors que j'étais presque endormie. Je ressentis de nouveau ces émotions qui m'avaient galvanisée. Je me sentais une autre femme.

J'arrivai dans la rue du supermarché et tentai de dresser la liste mentale des courses à faire au lieu de rêver à Chris. J'aurais aimé réussir à préparer une spécialité française pour le repas. Je devrais improviser avec les ingrédients que j'allais dénicher. En passant devant un *Starbucks*, je m'observai dans la vitre. Je me trouvai changée. Le monde aussi paraissait plus joli, n'est-ce pas ? Voilà, on m'avait définitivement perdue. Si cet état perdurait, j'allais me mettre à chanter et les oiseaux gazouilleraient pour me répondre.

Je repartis du supermarché ravie de mon butin. J'allais leur concocter un festin dont ils se souviendraient longtemps ! J'avais réussi à dégoter de quoi préparer des ficelles picardes. Une chance, je connaissais cette recette qui me venait de Mamie Jacqueline par cœur. Je l'avais observée la réaliser tellement de fois ! J'avais dans mon sac du lait, de la farine, des œufs, des champignons, et quelque chose qui avait l'air d'être du jambon, même si j'avais eu du mal à faire mon choix, la charcuterie ici n'ayant rien à voir avec celle qu'on pouvait trouver en France. Gilles en aurait eu la nausée !

En repassant devant le *Starbucks,* je me souvins que Thelma m'avait avoué très sérieusement l'autre jour qu'elle aurait échangé n'importe lequel de ses organes contre un Macchiato. Je me mis en tête de lui ramener une petite surprise, et d'en profiter pour en prendre un moi aussi. Bien sûr, je notais sur un bout de papier tout ce que la famille dépensait pour moi, afin de les rembourser quand je le pourrais.

J'étais sur le point de tirer la porte du café lorsque mon regard attrapa une image qui me glaça le sang. Je me reculai sur le trottoir et me figeai. À l'intérieur de la boutique, à une petite table isolée dans le fond, Chris trempait ses lèvres dans un verre cartonné. Mon Chris. Celui qui était censé régler une affaire urgente au boulot. Celui qui n'était pas censé être assis en face d'une nana et la mater avec une lueur d'admiration que je ne lui avais jamais vue auparavant.

Je respirai un grand coup et me morigénai. Je n'allais pas tirer des conclusions hâtives, peut-être qu'ils étaient collègues, ou qu'elle venait lui apporter son café, ou bien qu'elle s'était assise parce qu'elle se figurait qu'il était son rendez-vous Tinder. Si je patientais quelques secondes, il la détromperait, elle se relèverait précipitamment, rouge de confusion, et irait se présenter au petit chauve à lunettes qui bouquinait tout seul à une table plus loin. Celui-ci jetait des coups d'œil vers l'extérieur, c'était sûr, il attendait quelqu'un. Il y avait forcément une explication rationnelle, et on en rirait bien quand je raconterais à Chris tout ce qui m'était passé par la tête en l'apercevant.

Discrètement, je m'approchai de la vitre et regardai à l'intérieur. Je n'espionnais pas, je m'intéressais, nuance. Oui, bon, j'espionnais.

La jeune femme restait assise, invalidant mes thèses de la serveuse et du quiproquo. Je la dévisageai. Elle avait le profil d'un mannequin de haute couture, des cheveux blonds dorés par le soleil ou les salons de luxe, un port de tête altier et un petit nez retroussé parsemé de taches de rousseur.

J'avais toujours regretté de ne pas être née avec des taches de rousseur. Pendant un moment, je me les dessinais au feutre et déambulais dans la maison en disant à qui voulait bien l'entendre (personne) que j'étais Fifi Brindacier. La blonde m'apparut d'autant plus antipathique. D'autant que sa main, posée sur la table, était recouverte par la paume de mon amant d'une nuit. Elle se mit à pleurer. Il se courba en avant et lui caressa l'avant-bras. Elle sourit malgré les larmes qui roulaient sur ses joues.

Je n'allais pas tirer de conclusions hâtives, me répétai-je. Ses confidences s'imposèrent dans mon cerveau. Je croyais qu'il était seul, qu'il préférait se protéger, qu'il n'avait aucune attache ? Est-ce que c'était sa petite-amie ? Était-il en train de la quitter pour moi ? Merde. Il se pourrait que je sois en train de tirer des conclusions hâtives, tout compte fait.

La jeune femme se releva et je me décalai un peu plus, afin de ne pas me faire griller.

Elle tournoya sur elle-même.

« Ouais, super, t'as une taille mannequin, la grâce d'un cygne sur le lac et

ton jean met en valeur ton derrière bombé, qui risquerait de faire pâlir de jalousie Beyoncé si elle le voyait. Ravie pour toi meuf, et lâche mon mec. »

Sans se préoccuper de ma mise en garde mentale, elle s'approcha de Chris, hésita un instant, puis se nicha dans son cou. Il referma ses bras autour d'elle.

Mes yeux s'emplirent de larmes et sans avoir besoin de tirer de conclusion hâtive, je m'enfuis en courant.

***

Devant la porte du loft, je pris quelques minutes pour digérer ce que je venais de voir et me composer un visage serein. Dire que Thelma s'inquiétait de la vie sentimentale de son petit-fils… Quel goujat ! J'étais écœurée, et surtout en colère contre moi. À quoi m'attendais-je, au juste ? À ce qu'il couche avec moi et puis me demande en mariage dans la foulée ? À ce que cette nuit soit le gage que j'étais la seule et unique dans sa vie ? À un remake de Cendrillon avec le camping-car qui se transformerait en carrosse doré ? On parlait de Chris Orsini, l'ancien comédien, celui qui devait encore avoir des fans dans le monde entier. Un beau gosse qui le savait et qui en jouait sûrement plus souvent qu'à son tour.

J'étais mortifiée. Comment ça allait se passer, désormais ? Je refusais qu'il m'approche, qu'il me touche, qu'il me regarde. Ce mec était un vomi de blatte, un ramassis de fumier, un blaireau en putréfaction. J'allais lui arracher les yeux et les testicules aussi, tant que j'y étais. J'allais l'accueillir avec perte et fracas. J'allais le frapper, le mordre, le gifler… J'allais…

La réalité me tomba dessus et je ravalai un sanglot. Je n'allais rien faire. Après tout, cette nuit, il n'avait jamais été question d'exclusivité, de promesse, ni même d'amour. C'était seulement une nuit torride entre deux adultes consentants et légèrement alcoolisés. Il regrettait déjà sûrement de s'être laissé aller. Et moi, je n'étais qu'une nouille qui avait cru que les contes de fées existaient.

J'allais me montrer indifférente, sympathique et sociable, juste ce qu'il fallait. J'allais agir comme si cela ne m'avait aucunement touchée. Il était absolument hors de question que je joue au toutou ou à la femme blessée dans son orgueil.

Je repris mon souffle, tentai de me créer une expression enjouée et pénétrai dans le salon où Cassandra coloriait, une langue passée entre les lèvres pour mieux se concentrer, tandis que Thelma, comme à son habitude, tirait les cartes. Il y en avait une dizaine disposées sur la table basse, et au vu de sa mine ravie, les affinités astrales avaient fait apparaître une intersection elliptique suffisante pour que Mercure soit rétrograde en Pluton, au moins.

— Coucou, je suis rentrée !

— Enfin ! s'écria Thelma, l'air soulagé. J'ai eu peur, j'ai eu l'impression que c'était plus long que prévu ! J'ai failli appeler Chris !

Je tressaillis. Il n'aurait plus manqué que ça !

— Ça lui aurait cassé son coup, tiens, baragouinai-je pour moi-même.

— Pardon ?

— Non rien. Je disais que j'ai dû flâner un peu trop longtemps dans les allées du supermarché. J'ai réussi à trouver tous les ingrédients pour vous mijoter un bon petit plat ! Ne vous occupez pas de moi, je file en cuisine pour tout préparer.

— Tu as besoin d'aide ?

— Non, surtout pas, c'est à moi de vous faire plaisir, restez tranquillement au salon !

Voilà. Au moins, j'allais pouvoir être seule pendant une heure ou deux et faire redescendre doucement la pression. J'aurais ainsi le temps de m'activer et de ne songer à rien d'autre. D'oublier mon cœur meurtri, et de me créer une carapace de protection.

Je me mis aux fourneaux et enchaînai les actions de façon mécanique sans voir l'heure passer. Je venais de refermer la porte du four lorsque j'entendis Cassandra crier de plaisir.

— Mon grand frère préféré d'amour, tu es enfin là ! Ça a été au travail ? Tu vas pouvoir être en vacances ?

— Ton grand frère préféré, ce n'est pas difficile, je suis le seul, je te rappelle !

— Même si j'avais douze frères et sœurs, ce serait toi mon préféré de la vie, promit Cassandra en se jetant à son cou. Alors, c'est bon, c'est fini, ton travail, cette fois ?

— Oui, ma princesse. Nous ne serons plus dérangés, à partir de maintenant.

— On part à Monument Valley ?

— Non, ma chérie, je suis désolé. On a été obligés de changer les plans, on va se rendre dans le chalet de Mammoth Lakes.

— Oh, non… Tu m'avais promis que cette fois, on irait !

Je m'essuyai les mains sur un torchon que je gardais pour serrer autre chose que le cou de ce malotru et pénétrai dans le salon. J'avais décidé, en accord avec moi-même, d'utiliser mon jeu d'actrice et d'interpréter la nana indifférente, froide et distante.

— Vous pouvez y aller, soufflai-je en haussant les épaules. Je ne voudrais pas passer mon temps à modifier vos plans. Je compte prévenir John que je suis prête à le suivre et à l'aider.

Chris eut un mouvement de recul.

— Quoi ?

— Ce n'est pas juste pour Cassie de bouleverser le programme prévu, déclarai-je avec calme. Je serai plus utile si je reste avec John. Et puis j'aurais l'impression de mériter mon salaire, ainsi.

— Qui doit mériter son salaire ? s'enquit Thelma avec sa bonne humeur légendaire en sortant de sa chambre.

— C'est Ellie qui raconte n'importe quoi, Granny, s'agaça Chris en me sondant du regard. On va en discuter calmement…

— Dumbo veut voir les dessins animés, on peut ? interrogea Cassie, qui avait bien compris que les adultes ne lui refusaient rien lorsqu'ils commençaient à hausser le ton entre eux.

— Va, ma princesse, accepta Thelma qui avait dû sentir le

changement d'ambiance.

Chris me montra une mine décontenancée, et tenta de me questionner d'un regard que je m'appliquai à fuir. Il me frôla de la main, je dégageai la mienne comme s'il m'avait brûlé.

— Ellie, s'il te plaît, peut-on se retrouver un instant dehors, tous les deux ? implora-t-il.

— Non.

Je faisais peut-être mon enfant gâtée, mais je ne voulais plus lui adresser la parole. Ses iris s'assombrirent et ses doigts s'aventurèrent dans l'épaisseur de sa crinière. Le regard de Thelma dévia de lui à moi, inquisiteur.

Cassandra nous rejoignit en sautillant, les yeux brillants d'excitation.

— Ellie ? Je ne savais pas que toi aussi, tu faisais de la télé ! T'as une drôle de couleur de cheveux, viens voir !

— S'il te plaît, Cass', on a une conversation de grands… gronda Chris.

— Oui, mais Ellie passe aux informations. Ils disent que c'est une criminelle. Y'a même un numéro à appeler si on la croise dans la rue. C'est quoi, une criminelle ? C'est comme actrice, pour les séries policières ?

OH. MON. DIEU.

Thelma, Chris et moi nous précipitâmes dans le petit salon et nous tournâmes vers l'écran géant qui diffusait en boucle mon image, accompagnée d'un encadré montrant Lindsay Hamilton et d'un bandeau en bas de l'écran indiquant le numéro à contacter pour les éventuels témoins.

Les jambes en coton, je me fis la réflexion que je n'allais pas tenir debout. Je me laissai choir dans le canapé. Où avaient-ils trouvé cette photo de moi ? J'étais hideuse ! Bon, c'est vrai, on s'en fichait, mais quand même.

— Éteignez ça ! beugla Chris au moment même où je hurlai de monter le son.

Dumbo aboya avec vigueur histoire de ne pas être en reste, et Thelma augmenta le volume. Je me retins de tirer la langue à Chris qui allait devenir chauve s'il continuait à malmener ses cheveux, mais je n'avais pas le temps pour ces enfantillages.

Ma tête s'affichait sur l'écran 16/9e et un journaliste à l'air juvénile, micro en main, communiquait à mon sujet. J'étais sûre qu'ils avaient mis leur pauvre stagiaire à peine formé sur ce coup !

« Ellie Lobster est française. D'après nos sources, elle a atterri sur le sol américain le 23 juin. Elle aurait tenté de s'introduire dans la maison du célèbre producteur de séries Edward Hamilton, en se faisant passer pour une fille au pair venue garder la plus jeune fille du producteur, issue de son mariage avec Cathy Hamilton, décédée alors que la petite Cassidy était encore un bébé. »

— C'est archifaux ! vociférai-je.

— En plus je m'appelle Cassandra, pas Cassidy, souligna Cassie avec logique.

— Et je devais m'occuper de Dumbo, affirmai-je.

— On n'est pas en train de jouer au jeu des 7 erreurs les filles, réussit à plaisanter Thelma.

— Non, mais… nous objectâmes d'une même voix.

— Chut ! m'ordonna Chris en m'envoyant un coup de coude dans les côtes.

Il ne perdait rien pour attendre, celui-là.

« Notre reporter spécial en France a essayé de comprendre les motivations de la jeune femme qui rêve depuis toujours d'être actrice. Espérait-elle un rôle dans un film ? Voulait-elle juste approcher le producteur ? L'enlèvement était-il orchestré indépendamment du métier d'Edward Hamilton ? Notre enquête nous a menés vers son village natal, un bourg de quinze maisons à moitié en ruines, dans une campagne profonde où règne une désolation extrême. Nous avons interrogé son ancien fiancé, Gilles Billaud, qui n'a pas mâché ses mots

concernant la femme inculpée d'enlèvement, nous la dévoilant sous son jour le plus sombre. »

Gilles apparut à l'image, perché au volant de son tracteur et vêtu de sa vieille salopette de travail et de cuissardes en caoutchouc. Son bonnet poussiéreux lui mangeait la moitié du visage. On le voyait ruminer, s'agiter dans tous les sens, et s'énerver, sans l'entendre. Ils lui avaient coupé le sifflet. À la place, une voix off offrit une traduction que j'estimai approximative.

— Si je la connais ? On est ensemble depuis toujours. On devait se marier, elle rêvait d'élever les cochons avec moi. Jusqu'au soir où elle est devenue folle à lier. Elle a tapé une crise à propos du vin pas assez cher, qui était finalement à son goût vu qu'elle en a bu 5 verres, a mis le feu à la maison où vit ma famille et s'est enfuie sans laisser d'adresse. Elle a déclaré à sa sœur qu'elle s'envolait en Australie dans un club libertin pour personnes fortunées, mais comment être sûr ? Elle rêvait de gloire, ça, c'est la vérité.

Le choc me coupa la respiration, comme si j'avais reçu un coup de poing dans l'estomac. Mes mains recouvrirent mes oreilles, comme si aucune partie de mon corps ne pouvait supporter d'en écouter davantage. En moins de deux minutes, j'étais passée pour une femme vénale, folle à lier, alcoolique et dangereuse. J'étais refaite. J'étais ravie.

— Ellie, on sait que tout est faux. Les journalistes, ils inventent ce qu'ils veulent, me rassura Thelma. Moi, un jour, un journal a titré son numéro en annonçant que j'étais montée nue sur une scène de festival rock et que… ah non, cette fois-là, c'était la vérité. Attends, je réfléchis à autre chose.

Je n'écoutais plus. Mes yeux s'emplirent de larmes. À l'écran, mes parents repoussaient les caméras et Mamie Jacqueline leva sa canne dans leur direction pour les effrayer. On la vit même essayer de frapper la journaliste.

— C'est ta grand-mère ? Elle me plaît bien, admira Thelma. Tu avais raison, on devrait bien s'entendre, elle et moi.

Enfin, Marie-Lou apparut à l'image.

— Ma sœur n'est pas coupable, s'indigna-t-elle. Pas de manière intentionnelle, en tout cas. Ellie, si tu me vois, appelle-moi, on est fous d'inquiétude à la maison.

Les larmes se mirent à rouler sur mes joues tandis que le journaliste achevait son reportage.

« Edward Hamilton, terrassé par la douleur, n'a pas souhaité s'exprimer à l'antenne. Ellie Lobster, dont les papiers d'identité sont au nom de Éléonore Cascouille, est probablement armée et dangereuse. Si vous la croisez, ne tentez rien par vous-même et prévenez immédiatement la police au numéro qui figure en bas de vos écrans. »

Chris éteignit la télé d'un coup de pouce rageur sur la télécommande. Je l'observai effectuer les 100 pas et se décoiffer encore et encore. Il allait me donner le tournis à force de s'agiter. J'étais prostrée sur le canapé, les bras ballants, la bouche peut-être encore ouverte, apathique. Cette fois, je m'étais vraiment mise dans de beaux draps.

Cassie rompit le silence pesant qui s'était abattu sur la pièce tout en s'asseyant sur mes genoux pour un câlin de réconfort. J'avais changé d'avis, j'aimais les enfants. Enfin celle-là, pour commencer. Dumbo me lécha les orteils, mais je n'aimais toujours pas spécialement les chiens.

— C'est n'importe quoi, ce qu'ils racontent à la télé, assura-t-elle en se blottissant contre moi et en faisant courir ses petits doigts légers sur mon visage dans un massage bienfaisant. On ne doit pas croire ce que les journalistes inventent, c'est Chris qui me l'a appris. Et nous, on sait que tu n'es pas une dangereuse criminelle. En plus, on l'aurait remarqué si t'avais emmené Lindsay avec nous, parce qu'elle ne peut pas s'empêcher de râler tout le temps.

Je souris à travers mes larmes.

— En tout cas, il est clair désormais que tu ne vas aller nulle part, signala Chris, pragmatique.

— Et bien moi, tout ça m'a donné faim, clama Thelma. On les goûte, ces ficelles picardes que tu as mis un temps fou à préparer ? Je m'occupe du vin. Il reste quelques bouteilles de Barefoot au réfrigérateur, c'est le bon moment pour en déboucher une, n'est-ce pas ?

20.
-In the mood for love-

Pendant le repas, nous bavardâmes de tout et de rien dans le but de ne pas effrayer la petite fille qui s'inquiétait de savoir si j'allais rester pour toujours en prison et si elle aurait le droit de venir me voir. Thelma assura le spectacle, exagérant certainement quelques passages de sa vie pour nous amuser, au moins pour tâcher d'alléger l'atmosphère. Elle nous raconta qu'elle avait été la doublure de Julie Andrews dans *My Fair Lady,* au Mark Hellinger Theatre, alors qu'elle avait à peine 16 ans. Pour nous prouver ses dires, elle poussa la chansonnette et s'essaya à quelques pas de danse avant que sa hanche ne lui rappelle qu'elle n'était plus tout à fait de première jeunesse. Elle revint s'asseoir en claudiquant et nous expliqua, avec la philosophie d'un Confucius des temps modernes, que l'âge, c'était dans la tête, et que tant qu'elle pourrait lever le coude, tout irait pour le mieux dans le meilleur des mondes. Une fois la bouteille de Moscato californien sifflée, elle conclut néanmoins qu'elle avait besoin de reposer ses vieux os et s'occupa de coucher sa petite-fille. Juste avant de quitter le salon, elle me serra dans ses bras et me promit qu'il n'y avait pas matière à déprimer. Je la saluai d'un petit signe de tête triste.

L'ambiance s'alourdit quand Chris me retrouva après avoir souhaité une bonne nuit à sa sœur. Un mélange de gêne, de colère et de non-dits flottait dans l'air. Il se rapprocha de moi et je me dérobai lorsqu'il essaya de poser sa main sur la mienne.

— OK, marmonna-t-il d'un ton las en se laissant tomber à mes côtés, me balançant sous le nez son odeur de vacances qui me brisa un peu plus le cœur. On a pas mal d'informations à analyser, je crois. Tu veux qu'on commence par parler de la nuit dernière ?

— Non, pas spécialement. Enfin, ça n'a aucune importance. C'était juste une nuit entre adultes consentants, n'est-ce pas ?

Ça me faisait un mal de chien, mais je devais au moins sauver ce qui restait de mon ego piétiné et de ma dignité estropiée. Chris se mordilla les lèvres, l'air décontenancé. Il était vraiment bon comédien.

— Oh. Bien. Si c'est le sentiment que tu en as, pourquoi pas. En fait, moi…

— Tu sais, l'interrompis-je, il me semble qu'on a de toute façon plus urgent à régler. Je suis suspectée d'un enlèvement, et de fait, si on me repère avec vous, je risque de vous entraîner dans ma chute. On croira que vous êtes mes complices. Si on ne retrouve jamais Lindsay ou s'il lui arrive quelque chose, je finirai derrière les barreaux pour un bout de temps. Je n'ai pas les moyens de payer un avocat, moi. Est-ce que la peine de mort existe toujours en Californie ?

— Ellie, calme-toi, et ne te préoccupe pas de ça. Je gère.

— Tu gères ? fulminai-je en sentant la colère tourbillonner dans le fond de mes tripes et se soulever en moi comme un ouragan. Ta grand-mère couche avec votre garde du corps et a inventé toute une histoire pour qu'on tombe amoureux l'un de l'autre sans que tu captes quoi que ce soit. Ma famille imagine que j'ai enlevé une femme et que je suis en cavale, l'Amérique entière considère que je suis une criminelle, mon portrait, peu flatteur qui plus est, défile sur les avis de recherche à la télévision, je vais avoir un casier judiciaire, mon avenir est fichu, et tu gères ? Tu gères comment ? En faisant pleurer ta petite-amie qui a découvert je ne sais comment qu'on a passé la nuit ensemble avant de finalement te pardonner parce que tu es irrésistible ? C'est comme ça que tu gères ?

— Ma… quoi ?

Je grimaçai d'agacement et bondis sur mes jambes pour lui faire face.

— Je t'ai vu au *Starbucks*, tout à l'heure. Avec la ravissante blonde qui te faisait un câlin… j'étais dehors. Tes grandes théories sur l'amour et tout le bazar me restent donc en travers de la gorge, tu saisis ? Alors, on va juste oublier ce qu'on a vécu la nuit dernière, merci, c'était chouette, ça me fera de super souvenirs à raconter à mes petits-enfants si je sors de prison avant la ménopause.

Chris se passa la main dans les cheveux et me fixa de ses beaux yeux gris-bleu en secouant la tête.

— Ellie, tu sais que les apparences peuvent être trompeuses, non ? Je viens d'écouter un gars expliquer devant les caméras que vous deviez bientôt vous marier et que tu t'étais enfuie après avoir foutu le feu à sa baraque. Moi aussi, je pourrais supposer des choses, tu ne crois pas ?

— C'est faux ! m'insurgeai-je. Enfin, oui, si on regarde juste les faits, j'ai mis le feu à la grange, mais de façon non intentionnelle ! En plus, on n'était pas sur le point de se marier, il m'a demandé en mariage et j'ai refusé !

Un sourire en coin naquit sur le visage de Chris.

— Je te crois, moi. Parce que je sais qu'il y a diverses interprétations possibles et qu'il ne faut pas se fier aux apparences.

Je baissai la tête, légèrement honteuse. Chris me redressa le menton du bout de l'index et planta son regard dans le mien, l'air déterminé.

— Prends une veste et enfile tes chaussures, je t'emmène faire un tour.

— Quoi ? Tu estimes honnêtement que c'est le moment d'aller conter fleurette en observant les étoiles ? Tu te rappelles que je suis recherchée ?

— Il fait nuit noire, personne ne nous verra là où nous allons. J'ai quelque chose à te montrer et des explications à te fournir. Je crois qu'on se doit encore quelques vérités avant de juger si la nuit dernière était une erreur ou juste une douce parenthèse, d'accord ?

Je croisai les bras contre ma poitrine, boudeuse, puis, après un instant de réflexion, acceptai en hochant la tête. Après tout, je n'avais rien à perdre, à part quelques dernières illusions.

Nous montâmes dans la grosse voiture américaine garée dans le fond de la cour, et Chris roula une dizaine de kilomètres sans prononcer un mot. Je me laissai bercer par sa conduite. Rapidement, nous sortîmes de la ville, et quelques minutes plus tard, il stoppa son véhicule sur un parking en terre au milieu de nulle part.

— Si tu m'as amenée ici pour m'informer que tu es le commanditaire de l'enlèvement de Lindsay et que tu vas maintenant me tuer parce que je suis un témoin gênant, fais-le vite, soufflai-je sur le ton de la plaisanterie.

— Ne me dis pas sérieusement que tu penses un truc pareil…

— Je t'ai déjà assuré que non. Ceci dit, tu as bien cru que je pouvais y être mêlée, moi ! Et puis, tous ces coups de téléphone que tu passes chaque jour, tous ces appels que tu reçois, ton humeur changeante… avoue que ça peut paraître louche !

Chris émit un faible soupir.

— Je t'ai justement conduite là parce que ce sera plus facile de t'expliquer.

Il sortit de la voiture, la contourna et m'ouvrit la portière. Il devait être deux heures du matin, mais l'air était encore chaud et les étoiles brillaient. Cela aurait presque pu être romantique. Il me prit par la main et m'entraîna à sa suite vers un pont. Plus on avançait, plus le vent soufflait fort. L'ossature du pont semblait trembler sous chacun de nos pas. Pas rassurée, je me rapprochai de Chris, l'air de rien.

— Voilà le pont de Forest Hill, annonça-t-il à la manière d'un guide touristique. Il s'élève à 730 pieds au-dessus de l'American River. C'est le plus haut pont de Californie, le quatrième plus haut des États-Unis. La journée, le paysage est magnifique. Des dizaines de randonneurs se pressent pour admirer la faune et la flore, pour sillonner les chemins en contrebas. Si tu as déjà le sentiment qu'il bouge un peu, ce n'est rien comparé à la sensation provoquée par le passage d'un poids lourd. Il vibre alors de façon impressionnante.

Nous arrivâmes presque au milieu du pont et je fus saisie de vertige.

— C'est euh, vraiment haut.

— Ça l'est oui. Tu vois ces petites affiches colorées qui sont suspendues ici et là ?

On ne pouvait pas les louper. Il y en avait partout. Elles étaient plastifiées et maintenues sur le pont à l'aide de pinces en plastique, comme on en trouvait sur les jouets pour qu'ils restent accrochés au carton d'emballage. Ce genre de truc bien agaçant quand on avait face à soi un gosse impatient de récupérer sa figurine ou sa voiture. À Noël dernier, j'avais été chargée de libérer (délivrer !) la poupée star de la reine des neiges pour Isaline, ma nièce de 3 ans, qui pleurait pour tenir sa Elsa chérie dans les bras. Au bout de 10 minutes, j'avais cru que j'allais lui trancher la gorge (à la poupée, pas à ma nièce, évidemment !).

Chris éclaira quelques-unes des affiches à l'aide de la lampe de son téléphone. Sur chacune, on trouvait une citation ou un message différent. J'en lus certains à voix basse.

« Tu n'es pas seul ».

« Choisis le bonheur »

« Tu mérites d'être heureux »

« N'abandonne jamais »...

Mon cœur se serra et un sanglot monta dans ma gorge. Ces messages représentaient certainement des paroles visant à sauver ceux qui s'étaient rendus ici dans l'objectif de se jeter dans le vide.

— Tu vois le numéro de téléphone, sous chaque phrase ? chuchota Chris.

Je fis signe que oui en observant les papiers colorés.

— C'est celui de l'association que j'ai créée. Elle est basée à Auburn, pas très loin du loft où nous dormons. Tous les appels sont dispatchés et envoyés vers les lignes des bénévoles ou des employés de l'asso. J'en reçois quelques-uns, surtout pendant les vacances, quand on manque de personnel.

— Nom d'un mouton défrisé ! C'est ça, tous ces coups de fil ? Des gens qui s'apprêtent à se suicider ?

— Pas que, parce que je supervise aussi pas mal d'administratif, mais ça arrive, oui. Ces petits mots sont accrochés sur pratiquement tous les ponts de Californie. Mon association a pour but de centraliser tous les appels. On renvoie vers des bénévoles, et également vers des psychologues, des médecins, des pasteurs parfois. Et puis, pour ceux qui le souhaitent à l'issue des discussions, on gère la prise en charge. Nous sommes en train de développer des lieux d'accueil. Il en existe sept en Californie, et on s'étend petit à petit au Nevada, en Arizona et dans l'Utah.

— Ça fait longtemps que tu as créé cette association ?

Les yeux de Chris se mouillèrent, et il me répondit d'une voix enrouée.

— Sept ans. C'est pour ça que j'ai acheté le loft à Auburn. J'ai signé la première convention quelques mois après que ma mère ait mis fin à ses jours en sautant de ce pont, ici même. Les premiers temps, j'ai fait cavalier seul, c'était mon numéro qui était affiché. Très vite, j'ai contacté le pasteur de la ville, et il a eu la gentillesse de me présenter quelques personnes qui sont devenues des bénévoles. Ça a grandi, au fur et à mesure.

J'ouvris la bouche, hébétée. Mon menton se mit à trembler. Je me rappelai que Marie-Lou avait mentionné un article évoquant le suicide de Cathy Orsini, mais les potins ne m'intéressaient pas plus que ça, et finalement, pour moi, la conclusion était la même. Qu'elle se soit tuée ou qu'elle ait succombé à une maladie, cette actrice était morte, voilà tout. Mais pour une famille, cela changeait tout.

Chris poursuivit ses explications, les lèvres pincées et les poings fermés. Il scruta l'horizon, comme s'il revivait ces moments.

— Nous avons nié toutes les allégations sur le suicide de ma mère. Je ne voulais pas que les journalistes se ruent comme des charognards sur sa fin tragique pour vendre leurs papiers. J'avais honte, aussi, mais ça, je l'ai compris plus tard.

— Honte ?

— Pour moi, c'était un abandon, et j'avais forcément ma part de responsabilité. Ses relations avec mon père s'étaient distendues, et l'arrivée de Cassandra, au lieu de les rassembler, les a cruellement éloignés. Ma mère a fait une sorte de dépression du post-partum. À ce moment-là, elle s'apprêtait à renoncer à sa carrière d'actrice, plus par dépit que par envie. Mon père avait créé la série *Happy Family* pour lui offrir un rôle sur mesure. Mais de fait, elle a été cataloguée et n'a jamais vraiment pu tourner dans un film. Or, c'était ça, le but de sa vie. Là, elle voyait les années passer, tout en devinant qu'elle ne serait jamais l'étoile montante d'Hollywood qu'elle avait imaginé devenir. À ce moment-là, les journalistes se sont acharnés sur elle. Des paparazzi avaient élu domicile partout autour de la propriété, ils faisaient du forcing pour se procurer des clichés de Cassie. Faute d'obtenir ce qu'ils voulaient, ils ont sorti des articles où on apercevait Maman avec ses derniers kilos de grossesse, en vieux jogging difforme. Ils ont déclaré dans tous les magazines que sa carrière était terminée, qu'elle n'était plus que l'ombre d'elle-même, qu'elle était grosse et que c'était certainement pour cela que mon père allait voir ailleurs. Je la revois pleurer en lisant et en relisant les mêmes articles. Ce qui lui est passé par la tête, personne ne le sait. Un matin, je me suis réveillé et elle n'était pas dans sa chambre, à Los Angeles. La veille au soir, elle avait couché Cassie, avait donné quelques consignes à la nounou et s'était volatilisée. Des randonneurs ont découvert son corps, le lendemain. La police, qui avait identifié sa voiture de location sur le parking sur lequel on s'est garés, a envoyé des officiers à la maison. C'est moi qui ai ouvert. Je me rappelle avoir supposé qu'ils l'avaient retrouvée et avoir ressenti un tel soulagement… Mais j'ai vite compris que ma vie allait changer à jamais. J'ai accompagné mon père et Granny pour certifier qu'il s'agissait bien de son corps.

Les larmes aux yeux, je posai ma main sur son avant-bras dans un geste de réconfort.

— Je suis terriblement désolée, Chris.

— Ça va, ne t'en fais pas. Les années ont passé et grâce à l'association, ce malheur n'a pas été vain. Chaque semaine, chaque jour même, on sauve des vies, on devient l'épaule sur laquelle pleurer. Parfois, les petits mots affichés sur le pont ne suffisent pas à arrêter les plus démunis, mais parfois si. Ce matin, par exemple, j'ai accepté de prendre un café avec Eliana, qui a voulu se supprimer il y a quelques mois. Elle a été prise en charge, elle s'est remise de sa dépression, et elle a suivi une formation pour intégrer l'association en tant que bénévole. C'est moi qui lui ai répondu, la nuit où elle a failli mettre fin à ses jours. On ne s'était jamais rencontrés, jusqu'à présent, et elle souhaitait me remercier.

Le sol s'ouvrit sous mes pieds, et je voulus me désagréger sur le champ. Je restai un instant bouche bée, puis lâchai d'une voix hésitante :

— Et moi qui ai imaginé… Je suis tellement confuse… Je me sens si bête !

— Tu ne pouvais pas savoir, me réconforta Chris avec douceur. Et j'avoue que si j'avais été à ta place, j'aurais certainement tiré les mêmes conclusions hâtives que toi. J'aurais dû t'expliquer plus tôt, mais… je n'aime pas trop aborder le sujet. J'ai gardé ce foutu syndrome de l'imposteur, qui me fait penser que je ne suis pas légitime dans un poste aussi sérieux que celui-ci. Si j'ai réussi à monter tout ça, c'est simplement parce que je disposais de beaucoup d'argent et d'une assez belle gueule pour convaincre des mécènes de me suivre… Sans mon passé de comédien et le compte en banque qui va avec, cette association n'aurait jamais vu le jour.

— Pourtant, tu as créé quelque chose de merveilleux, Chris, n'en doute pas une seconde ! Tu sauves des vies, tu devrais en être extrêmement fier !

— Je le suis, mais je préfère rester dans l'ombre. Je ne veux pas que ce soit divulgué dans la presse comme une lubie d'ancien acteur sorti des studios de tournage. Je n'aime pas que ces deux pans de ma vie soient mêlés. Quand je bosse à l'association, que je reçois des appels, j'apprécie le fait d'être juste un inconnu qui écoute et aide son prochain. En tout cas, tu comprends peut-être mieux désormais mon aversion pour le monde de la télé, et pour les journalistes. Je ne les accuse pas d'avoir causé la mort de ma mère, mais ils ont leur part de responsabilité.

J'admirai quelques secondes son profil et la chair de poule me gagna. Ce n'était pas le comédien froid et crâneur qui se tenait devant moi, mais un homme qui avait vécu un drame et qui s'était reconstruit tout seul. Un garçon qui avait su trouver la force de quitter une vie facile où toutes les portes lui étaient ouvertes pour s'engager sur une piste inexplorée, afin d'aider les autres. Mon cœur tressaillit dans ma poitrine. L'émotion me submergea, faisant naître des larmes sous mes paupières. Aucun mot ne me paraissait suffisamment juste, alors je me contentai de me blottir contre lui.

Il resserra ses bras autour de moi et caressa délicatement mon dos. Nos respirations se mêlèrent au souffle du vent. Cela dura quelques minutes, puis Chris se détacha doucement de notre étreinte.

— On rentre ?

J'acquiesçai et sa main chaude qui recouvrit la mienne fit naître une boule de feu au creux de mon ventre.

21.
-Mission-

À mon réveil, Chris n'était plus à côté de moi et si son oreiller était toujours imprégné de son odeur, sa partie du lit était froide. Je me redressai, récupérai mes vêtements éparpillés aux quatre coins de la caravane et m'habillai à toute vitesse. J'espérai qu'il n'était pas déjà parti.

En entrant dans le loft, je le repérai en plein conciliabule avec Thelma et John. Ce dernier s'interrompit en me voyant.

— Bien dormi, Ellie ? se renseigna Thelma dans un immense sourire espiègle. Le camping-car te manquait tant pour que tu meures d'envie d'y passer la nuit ?

— Oh, je…

— Granny, si tu pouvais essayer de ne pas couvrir Ellie d'embarras, me sauva Chris, on pourrait discuter plus vite. Ellie, un café ?

— Volontiers. Je vais me le préparer, ne vous dérangez pas pour moi.

— Je t'accompagne.

Nous nous dirigeâmes tous les deux vers la cuisine. Nous n'avions pas fait trois pas qu'on entendit Thelma soupirer de satisfaction avant de se mettre à rire comme une enfant à qui on venait d'apprendre comment on faisait les bébés.

— Tu lui as dit quelque chose ? l'interrogeai-je à voix basse, curieuse.

— Rien du tout, s'esclaffa Chris, elle était déjà debout quand je suis arrivé dans le salon, au petit matin. Elle n'a pas eu besoin de longues explications… De toute façon, d'après elle, c'était écrit dans ses cartes !

J'éclatai de rire. Sacrée Thelma !

— Ça ne te dérange pas qu'elle soit au courant ? lui demandai-je en croisant les doigts dans mon dos.

— Pas si ça te convient, déclara-t-il en sondant mon regard.

— Bah… c'est un peu étrange, comme situation, mais…

D'un geste vif, Chris s'approcha de moi et déposa un chaste baiser sur le bout de mon nez, suivi d'un doux bisou esquimau.

Je me sentis fondre comme banquise en plein réchauffement climatique.

— Pour moi aussi, c'est bizarre, mais j'aime assez les sensations que ça me procure. Et promis, demain, je serai avec toi quand tu te réveilleras. Je n'avais qu'une envie, me glisser sous les draps avec toi ce matin. Je suis frustré…

— On vous attend, les enfants… et accessoirement, on vous entend, également ! claironna Thelma depuis la pièce d'à côté.

Je gloussai, me versai une tasse de café, récupérai un paquet de biscuits, et tels des gosses pris en flagrant délit, nous regagnâmes le salon en riant sous cape. Nous étions à peine installés que la « *réunion* » débuta.

— Bien. Comme nous l'avions envisagé, expliqua John à la manière du prof dans *La casa de Papel*, Lindsay n'a pas tergiversé longtemps avant de choisir de te faire porter le chapeau. C'est une belle avancée.

Je faillis recracher mon café. Il se rendait compte de ce qu'il venait de dire ?

— Euh… Vous voulez dire que c'est bien, d'avoir collé ma tête sur tous les écrans de télé d'Amérique ? Que c'est une bonne nouvelle qu'un reporter ait interrogé ma famille ?

— À part pour l'histoire de la maison qui a brûlé à cause de toi en France, s'esclaffa-t-il d'un ton goguenard, ce qui ne te rend pas extrêmement sympathique dans les sondages, oui, plutôt. Cela signifie que Lindsay et Steve se sentent pris au piège. Et quand on est acculé, on prend plus de risques. Torres a réussi à remonter leur trace et à en apprendre plus. Comme on l'avait prédit, ils vont changer d'État et se rendre dans le Nevada. Nous savons désormais qu'ils vont amener ou faire livrer la drogue à un dénommé Carpenter qui n'en est pas à son coup d'essai. Si tout se passe bien, nous allons pouvoir l'arrêter aussi. Sauf en cas de gros problème, Lindsay et Steve seront hors d'état de nuire et nous pourrons nous concentrer sur les Russes.

— Et moi, comment puis-je aider, concrètement ? me renseignai-je en me triturant les doigts.

— Tu vas prendre la place de Lindsay. Ce matin, on passe chez Evangeline's acheter de quoi te transformer en Lindsay Hamilton. Quant à toi, Chris, tu vas te changer en Steve Mac Connell. Nous devons juste espérer pouvoir capturer Lindsay et son acolyte avant que les frères Dourchenktov ne vous retrouvent.

— Ce n'est pas dangereux ? s'inquiéta Thelma.

— Aucun plan n'est infaillible, argua John. Malgré tout, nous avons de fortes chances de réussir à les faire tomber, eux, ainsi que Carpenter et les Dourchenktov. C'est notre seule façon de les confondre. Bien entendu, si vous ne le sentez pas, on peut faire machine arrière, mais on perdra du temps et ils risquent de s'en sortir, auquel cas il sera plus difficile d'innocenter Ellie. Et puis là, on a le FBI avec nous.

— Ils seront sur place ? demandai-je, en frissonnant à l'idée qu'on ne puisse pas m'innocenter.

— Le FBI ? Plutôt deux fois qu'une ! Cela fait un bout de temps qu'ils tentent de faire tomber Lindsay et les frères Dourchenktov. Carpenter aussi, semble-t-il. La division des clans peut nous être utile. Une équipe se chargera de coffrer Lindsay et Steve, et nous, on s'occupera des Russes et de Carpenter. Nous devons les prendre en flagrant délit, car il nous manque une pièce de puzzle : l'endroit où ils cachent la drogue, et leur façon de l'écouler. J'espère que nous allons le découvrir d'ici demain soir.

— Je suis prête, John. Hors de question qu'on les laisse s'en tirer sans avoir tenté quoi que ce soit. Quand on me cherche, on me trouve !

— Tu avais raison, Thelma, s'extasia John, le regard brillant. Elle dépote, la petite !

***

Après avoir de nouveau dévalisé la boutique de déguisements de Sacramento, Chris et le garde du corps revinrent au loft en fin d'après-midi pour me récupérer et dire au revoir à Thelma et Cassandra. La tristesse était palpable. J'avais le sentiment que c'était la dernière fois que nous nous voyions. Peut-être que pour moi, c'était effectivement le cas. Il était possible que je finisse en prison, ou que je sois renvoyée illico presto dans la ferme de mes parents. Pire, je pouvais me retrouver aux griffes de la mafia russe et terminer ma trop courte existence dans un bidon rempli d'acide. J'essayai de ne pas pleurer et j'y arrivai presque, jusqu'à ce que Cassandra s'approche de moi en se dandinant et me tende sa boule à neige.

— C'est pour toi, ça te fera penser à moi, me déclara-t-elle, son joli minois empreint de tristesse. Je voulais te donner mon ballon de foot, mais tu l'aimes moins depuis que je te l'ai envoyé dans la tête, je préfère que tu aies un bon souvenir de moi.

Je touchai la bosse qu'elle m'avait faite en shootant dans son ballon et ris malgré les larmes qui dévalaient mes joues.

— C'est adorable, Cassie chérie, mais je refuse de te priver de ta boule de voyante… qui va lire l'avenir de Dumbo si tu ne l'as plus ?

— Je trouverai autre chose. Peut-être une mare de chocolat chaud, ou les cartes comme Granny… Et puis, en fait, tu sais, quand tu as dit l'autre jour que *« qui vole un œuf vole un bœuf »*, bah… je t'ai dit que c'était un cadeau, mais en vrai Lindsay ne me l'a pas vraiment, vraiment donnée. Je l'ai prise dans le carton pour jouer, quand elle ne regardait pas, et j'ai oublié de la ranger après. Alors j'y ai réfléchi, et je ne veux pas voler un bœuf, moi... Qu'est-ce que je ferai d'un bœuf, franchement ? Donc je me suis dit... si je te l'offre, c'est plus tout à fait du vol, non ? C'est comme Robin des bois qui prend aux riches pour donner aux pauvres ?

Je me pinçai les lèvres pour ne pas rire. Cette gamine était bien trop chou.

— C'est une excellente idée. Par contre il vaudrait mieux ne plus emprunter les choses qui ne t'appartiennent pas, à l'avenir, ou demander la permission avant, d'accord ?

— Tu ne le diras pas à mon frère, promis ?

— Promis juré.

Elle me fit un énorme câlin puis se rua dans les bras de Chris qui nous observait avec curiosité.

Je fis un pas vers Thelma qui me serra contre elle.

— J'ai lu dans les cartes que tout allait bien se finir, Ellie, OK ? Tu te souviens le premier jour ? Je t'avais prédit de l'aventure, et jusqu'à présent, j'avais juste, n'est-ce pas ? Reste telle que tu es et tout ira bien. J'attends de tes nouvelles avec impatience.

Je décidai de la croire, pour cette fois. Après tout, elle avait anticipé ce qui s'était passé entre Chris et moi, elle avait peut-être réellement un don, en définitive.

Nous montâmes avec John dans le camping-car et envoyâmes des baisers par la fenêtre jusqu'à ce qu'on ne discerne plus que de minuscules silhouettes dans nos rétroviseurs. J'avais la gorge nouée, mais aussi une mission à remplir. John ne nous laissa d'ailleurs pas le temps de la nostalgie.

Pendant la première partie du trajet, il pilota Wendy en nous faisant part de ses dernières découvertes. Lindsay et Steve devaient, d'après ses sources, passer de la Californie au Nevada dans la nuit, afin d'être sur place le lendemain pour livrer leur cargaison de drogue et récupérer une belle somme d'argent. Lindsay ayant été présentée comme kidnappée par moi-même, elle ne pouvait pas se montrer dans l'immédiat. Notre but, c'était au contraire qu'on la voie pour enrayer la thèse de l'enlèvement et provoquer une réaction des Russes.

Tout se jouerait dans un grand hôtel perdu au milieu de nulle part, une dizaine de miles après la sortie ouest de la vallée de la mort, à Amargosa Valley. L'opération était simple, en théorie. Nous allions nous rendre à l'hôtel à leur place en croisant les doigts pour qu'ils soient arrêtés avant et qu'ils avouent tout, et tendre un piège à Carpenter et aux frères Dourchenktov. L'officier Torres, avec qui le garde du corps était en contact, avait dépêché de nombreux collègues du FBI pour nous couvrir. C'était un peu le rôle de ma vie, sauf que personne ne dirait *« Coupez »*, et j'avais un trac monstre.

Et si je foirais tout ? Et si, encore une fois, je me prenais les pieds dans un tapis, que je tombais dans une embuscade et que je permettais aux Russes de s'en sortir ? Et si j'étais arrêtée sur la route par la police locale, qu'ils me reconnaissaient comme étant l'ennemie numéro 1 du moment et me jetaient en prison avant même que ma mission ne débute ?

Chris, assis à mes côtés à l'avant de Wendy, enserra mon poignet de ses doigts chauds. Un doux frisson me parcourut de la tête aux pieds.

— Ellie, no stress. S'il y a le moindre danger, John nous fera battre en retraite, d'accord ?

— Je ne stresse pas du tout !

— OK. Dans ce cas, peux-tu prévenir ton pied que tout va bien et qu'il peut arrêter de battre frénétiquement la mesure sur le mien ? J'ai un peu mal, à force.

— Mon… pied ? Oh pardon. Il est juste dans le rythme de la musique.

— On n'a pas allumé la radio.

— Exact. Je chante dans ma tête. La, euh… *la marche nuptiale*.

Il éclata de rire, de ce rire qui donnait envie qu'il ne s'arrête jamais, et je me sentis rougir jusqu'à la racine des cheveux.

— *La marche nuptiale*, rien que ça… Déjà ?

— Non ! C'est la première chanson qui m'est venue en tête, je ne voulais pas… Bon, d'accord, tu as raison, je stresse peut-être un tout petit peu. C'est normal, n'est-ce pas ? Tu ne veux pas qu'on discute d'autre chose ? Ça va, le boulot ?

Chris rit à nouveau, et je réalisai avec ravissement que c'était moi qui le faisais rire. Pas celle qui jouait à être quelqu'un d'autre, qui interprétait… juste moi, avec mes défauts et mes qualités. J'eus soudain l'impression de posséder un super pouvoir.

— Pour tout t'avouer, pas tout à fait, non, déplora-t-il en me ramenant sur terre. Mais tu es sûre que tu veux sérieusement que je parle boutique ?

Je secouai la tête en signe d'assentiment. Chris glissa les doigts dans ses boucles folles.

— OK. Depuis plusieurs semaines, je suis en pleines négociations, et ça ne se passe pas très bien. Il nous manque des subventions pour ouvrir le local de San Francisco. Le maire estime que comme ils ont, je cite, *« leurs propres panneaux anti-suicide sur le Golden Gate »*, cela n'est pas utile de donner en plus de l'argent à une association. Comme s'il n'y avait qu'un pont à San Francisco… Je me démène donc depuis trois jours pour trouver de nouveaux mécènes. Et là, je suis à court d'idées.

— Bah écoute, je crois bien qu'un billet de 10 dollars traîne dans ma valise à Los Angeles. Je comptais utiliser cette fortune pour rentrer en France, une fois que Priotto m'aurait signalé mon renvoi, mais si jamais…

— J'ai plutôt besoin de 100 000 dollars. Mais 10, c'est un bon début. Et puis ça te forcera peut-être à rester un peu aux États-Unis avec moi…

Merde. Quelle quiche je faisais ! C'était bien joli, d'échanger des regards langoureux, de batifoler dans le camping-car et de se pâmer comme une adolescente devant le beau gosse du collège, mais Chris habitait ici, en Californie. Et moi… j'allais repartir dans ma cambrousse, quand tout ça serait terminé. Je supposais qu'une relation longue distance avec une nana fauchée qui vivait dans une ferme à 6000 kilomètres de lui n'était pas dans les plans de Chris. Je sentis ma gorge piquer et m'exhortai au calme.

— Et pourquoi n'organises-tu pas un évènement ?

— Un évènement ?

— Oui, un truc public ! Ma sœur Marie-Lou a monté une boite d'évènementiel avec sa copine Hortense et vu la concurrence, c'est clairement en vogue. Tu pourrais orchestrer une soirée dans le style gala de charité ? Tu sais, ces dîners où tu paies ton repas une fortune juste pour être vu ?

— Je ne peux pas me lancer dans une chose pareille, Ellie. Il faudrait que ce soit organisé par…

— Par quelqu'un de connu, en général, le coupai-je, extatique. Donc, Christian Hamilton ne peut pas. Chris Orsini, épaulé par son producteur de père, lui, il peut.

— Certainement, oui, mais…

— Il n'y a pas de *« mais »*. Tu m'as expliqué hier soir que tu avais eu honte, au début, pour ta maman. Mais que de l'eau avait coulé sous les ponts, et… oh merde ! Excuse-moi, l'expression était très mal choisie. Désolée, pardon, je… Oh mon dieu ! Quelle nouille !

Rouge de confusion, je m'attendis à un regard furieux, peut-être même à un déferlement de colère, mais contre toute attente, Chris explosa de rire.

— Tu es vraiment un phénomène, Éléonore. Il n'y a de toute évidence aucun filtre dans ta boite crânienne, c'est… rafraîchissant, je t'assure. Cependant, tu viens de mettre le doigt sur quelque chose. Tu as raison. Absolument raison.

Il m'attrapa par le cou, renifla mes cheveux et m'embrassa le sommet de la tête. Ce geste était simple, c'était celui d'un ami, mais il me procura des sensations inédites, comme si mon cœur débordait de bonheur. Il m'apparut très clairement que j'étais en train de tomber amoureuse de l'acteur préféré de mon adolescence.

22.
-L'avventura-

Nous roulions depuis déjà cinq longues heures. Il en restait au moins trois avant d'arriver dans l'hôtel perdu au milieu de la pampa que nous avait décrit John quand, soudain, Wendy montra des signes de faiblesse. Elle brouta, ronchonna, cracha de la fumée et finit par s'immobiliser sur le bas-côté.

Nous descendîmes tous les trois du véhicule, Dumbo sur mes talons. Notre chauffeur du jour ouvrit le capot et se gratta la tête.

— Bon. On est en panne, analysa-t-il, contrarié.

— Wahou ! C'est pour votre esprit de déduction que vous avez été embauché ? le taquinai-je.

Il s'esclaffa, bon joueur.

— En tout cas, ce n'est pas pour mes compétences en mécanique, jeune fille. Je n'y comprends rien.

Chris jeta un œil expert sous le capot, toucha quelques tuyaux, jura en se brûlant de façon superficielle le bout des doigts, et abandonna, l'air courroucé.

— Je suis nul, moi aussi, avoua-t-il en grimaçant un sourire de dépit. Je crois qu'on va devoir prendre une pause forcée et appeler un dépanneur.

— Ce n'est pas toi qui effectues les réparations de Wendy, habituellement ?

— Non, c'est un mécanicien qui vient mettre les mains dans le cambouis. Je me contente de cligner des yeux en faisant mine d'être passionné pendant qu'il débite des explications qui me passent au-dessus la jambe. Il m'a certifié qu'on allait pouvoir rouler au moins 20 000 miles avant qu'elle n'ait besoin d'une révision. Moi, je ne fais que la laver…

— Un peu trop souvent, même, si tu veux mon avis, me moquai-je. Le moteur est trop chaud pour y toucher, de toute façon. On va boire quelque chose en attendant qu'il refroidisse ? Il y a un *diner* à une centaine de mètres, regardez.

Je montrai du doigt une espèce de brocante dont les néons clignotaient pour signaler que le restaurant était ouvert. Chris cilla en contemplant le bouiboui et me jeta un regard sceptique.

— Il vaut mieux qu'on appelle un dépanneur tout de suite, Ellie. Sinon, on n'arrivera pas à Amargosa avant demain…

— Faites-moi confiance. Allons nous désaltérer. Dans les films, ce genre d'endroit grouille de monde et il y a systématiquement quelqu'un pour porter secours aux pauvres conducteurs en détresse, non ?

— La vie n'est pas un film…

— J'ai soif.

— OK chef, on y va ! Tu sais que tu peux être sacrément autoritaire, quand tu t'y mets, Captain Éléonore ?

Nous avançâmes en nous chamaillant gentiment. À l'extérieur, le décor était pittoresque. C'était le Far West qui rencontrait les années 50. Une vieille baignoire à l'émail attaqué côtoyait des vélos rouillés qui n'avaient pas roulé depuis leur invention, une Pontiac rose aux pneus dégonflés, une antique pompe à essence encore dans son jus et même une cabane où faire ses besoins si on n'avait pas peur de choper douze maladies et autant de morpions. J'avais hâte de découvrir l'intérieur.

Le petit *diner* caractéristique des États-Unis que j'espérais était aux antipodes du lieu où nous entrâmes, mais je poussai néanmoins un cri d'allégresse. Le bric-à-brac d'objets vintage devait provoquer l'euphorie des chineurs de tous horizons. Tout semblait sale et poussiéreux, à l'image du tenancier dont les fringues devaient tenir toutes seules quand il les enlevait, mais un collectionneur se serait frotté les mains en repérant cet endroit. Mon regard s'arrêta sur des vieilles figurines GI Joe, des vinyles d'Elvis, des plaques d'immatriculation ou des distributeurs de boules de gomme. Aucun prix ne figurait sur les objets et je n'avais de toute façon pas un centime sur moi, mais je m'imprégnai du lieu en m'imaginant venir ici un jour pour dénicher de quoi décorer mon appartement. Nous commandâmes un coca et osâmes à peine le verser dans les verres qui avaient dû être propres à l'ouverture du local, dans les années 70. Le patron que j'avais cru bourru était en réalité juste bourré. Il me reluqua des pieds à la tête et asséna qu'une donzelle dans mon genre ne devait pas se trimballer dans ce coin. Vu l'œillade lubrique qu'il lança sur mon décolleté, je ne pus qu'être d'accord avec lui. Il finit par nous alerter sur le fait que des extraterrestres rôdaient dans le désert voisin, et extirpa de son comptoir collant un bocal dans lequel il avait enfermé, par une nuit de pleine lune, un des habitants de Jupiter. Je me penchai sur le contenant en verre rendu presque opaque par une large couche de gras et de poussière, les yeux exorbités, quand John me glissa à l'oreille que le cadavre de la bestiole était en vrai plastique. Nous saluâmes notre hôte et ressortîmes en riant à gorge déployée.

Le moteur avait eu le temps de refroidir et, la mine inspirée, je montai dans le camping-car. Je récupérai un vieux chiffon, une spatule en bois et une louche dans le coin cuisine, je redescendis, touchai quelques tuyaux d'un air connaisseur et tapotai à l'endroit stratégique.

— Tu crois que c'est le moment de cuisiner ? me questionna Chris, qui n'avait pas perdu son hilarité depuis le coup du E.T en bocal. Il dégaina son téléphone pour contacter un dépanneur.

Celui de John sonna et il s'éloigna pour prendre la communication sans être dérangé.

— Va démarrer Wendy, homme de peu de foi, ordonnai-je en gonflant mes muscles dans unc imitation de Mister Univers.

Il s'installa au volant et tourna la clé. Le moteur crachota et rugit comme s'il sortait du garage.

Chris redescendit du véhicule et me fixa, éberlué.

— Tu m'expliques ou tu préfères continuer à m'épater chaque jour un peu plus, jusqu'à ce que je tombe irrémédiablement fou amoureux de toi ?

Mon cœur fit une embardée dans ma poitrine et tous mes organes débutèrent un cours de Zumba à l'intérieur de mon corps.

— Je vote pour la seconde option.

Nous nous fixâmes un instant, les yeux brillants, puis John nous héla, l'air surexcité.

— Je viens d'avoir Torres en ligne, les enfants. L'opération est lancée et la première bataille remportée. Ils ont coffré Lindsay et Mac Connell dans un motel à deux heures de route d'ici.

J'aurais dû sauter de joie, mais je ressentis comme un vide. L'aventure se terminait donc ainsi ?

— Ils ont avoué ? demanda Chris, qui n'avait pas l'air plus heureux que moi.

— Tu crois sérieusement que c'est le genre de Lindsay ? Elle persiste à jouer les victimes. Elle prétend qu'elle a été enlevée et que ses ravisseurs, qu'elle n'a jamais pu identifier du fait qu'ils étaient cagoulés, se sont éclipsés et ne sont jamais revenus. Cependant, Torres a récupéré un téléphone sur place et y a trouvé une mine d'informations. Quels amateurs, ces jeunes gangsters, à s'envoyer des messages via what's app sans rien effacer ! Remarquez, on ne va pas s'en plaindre s'ils nous mâchent le travail. Lindsay assure qu'elle ne sait pas à qui appartient le téléphone.

— Du coup, on fait quoi, nous ?

— Ah, mais ça ne change rien au programme, au contraire ! Dorénavant, nous avons le champ libre et quelques informations de plus. D'autant que Lindsay ne nous mènera pas jusqu'au stock de drogue, à moins qu'ils ne réussissent à la faire passer aux aveux. C'est indubitablement l'élément qui m'inquiète le plus. Pas de drogue, pas de poursuite, voyez-vous ?

— Mais la drogue n'a pas été retrouvée sur place ? Ils ne l'avaient pas avec eux ?

— Non. Elle était en négociation avec le conducteur qui doit la rejoindre demain soir pour qu'elle puisse procéder à la livraison. Mais elle ne donne aucun indice dans ses messages, et il risque d'y avoir trop de monde pour fouiller. On va croiser les doigts pour obtenir un coup de pouce du destin, sinon, on devra y aller au bluff.

— On aurait dû emmener Thelma, elle nous aurait trouvé ça dans ses cartes, je soupirai.

— Demande à ta boule de cristal, Ellie, se moqua Chris.

— Je suis déjà la mécanicienne du groupe, moi, je ne peux pas tout faire !

***

Il devait être deux heures du matin quand nous arrivâmes enfin au *Longstreet Inn*, notre point de chute. Nous avions traversé la vallée de la mort de nuit, et j'étais hyper frustrée qu'on n'ait pas pu admirer le paysage. Cela devait être merveilleux à découvrir. Chris m'avait promis qu'il m'y emmènerait dès que le FBI aurait arrêté les Russes. J'avais accepté avec joie, avant qu'il me signale qu'il le ferait si et seulement si je lui expliquais ce que j'avais bidouillé avec le moteur de Wendy. Je l'avais fait marcher un peu, et puis j'avais fini par lui révéler mon secret qui n'en était pas véritablement un. Mon frère Gérald réparait les tracteurs depuis qu'il était gosse. C'était même devenu son métier. Il y avait perpétuellement un moteur qui traînait dans la salle à manger, ce qui faisait qu'on devait se serrer pour tenir sur la table de la cuisine un jour sur trois. Gérald était taciturne et mystérieux, on n'entendait quasiment jamais le son de sa voix, sauf quand on lui posait des questions sur les moteurs. Il devenait alors intarissable. C'était lui qui m'avait expliqué que souvent, quand un tracteur ne voulait pas démarrer, c'était à cause du démarreur qui était grippé. Pour le savoir, il suffisait de donner un petit coup sur le solénoïde, en prenant soin de fixer une cale au milieu pour ne pas l'abîmer.

J'avais avoué à Chris que j'avais simplement tenté ma chance, et que j'avais été bien lotie. Si ça avait été autre chose, je n'aurais pas su maîtriser la réparation. Il avait commencé à me dire que j'étais vraiment… et puis il s'était arrêté. J'avais essayé de terminer sa phrase. Est-ce qu'il voulait dire belle, forte, formidable, ou juste imposteur ? Pour toute réponse, il m'avait embrassé dans le cou, ce qui avait provoqué le retour des guilis dans le ventre. Après ça, toute frustration pour la vallée de la mort s'était volatilisée comme par enchantement, et j'avais ressenti une grande hâte à l'idée de récupérer bientôt la clé de notre chambre.

L'hôtel était atypique et kitsch à souhait. Je notai mentalement que je devais absolument revenir avec Thelma et Cassandra, avant qu'une boule se forme dans ma gorge, menaçant de se transformer en larmes. Est-ce que j'aurais seulement le temps de les revoir avant de repartir en France ? Pour éloigner le nuage de nostalgie qui ombrait mon cœur, j'admirai les machines à sous éparpillées dans le hall. Bien que l'hôtel se trouva à deux heures de route de Las Vegas, nous étions déjà dans le Nevada et ça se voyait !

À la réception, une vieille femme à la mine enjouée malgré l'heure tardive nous tendit la clé de la chambre contre une caution de 5 dollars. Un écriteau signalait que les chiens étaient les bienvenus. Le texte précisait que comme aucun chien n'avait jamais été surpris en train de piquer les serviettes, de faire un trou de cigarette dans les draps, de s'engueuler avec son colocataire ou de trop picoler dans la chambre, s'il se portait garant pour nous, nous étions les bienvenus aussi. J'éclatai de rire et présentai Dumbo à la réceptionniste, qui devint immédiatement sa meilleure amie après qu'elle lui ait offert une friandise.

La chambre avait connu son heure de gloire en 1960 et était restée identique depuis, mais le lit était king size, confortable, et surtout le premier que j'allais partager avec Chris en dehors du camping-car. Nous nous écroulâmes de fatigue, mais seulement après avoir profité de la taille du matelas et de nos deux corps réunis…

23.
-Les infiltrés-

Dans la chambre d'hôtel, Chris et moi nous préparâmes en silence, sous la surveillance de John, de l'officier Torres et évidemment de Dumbo qui rongeait une chaussette dans un coin de la pièce en nous montrant régulièrement les crocs pour nous dissuader de la récupérer. On avait décidé de la lui céder histoire d'avoir la paix. Pour la première fois depuis le début de mon road-trip improvisé, j'avais revêtu une tenue qui aurait pu être portée par Lindsay, une petite robe trop courte, moulante, voyante et inconfortable. Je ne portais pas de soutien-gorge rembourré, alors j'avais fait ce que je pouvais avec les mouchoirs de l'hôtel, ce qui m'avait rappelé mes années collège quand je désespérais d'avoir un jour de la poitrine. Je m'étais maquillée (sacrément trop, je devais avoir les pores comprimés) comme je l'avais appris à Paris. Que cette époque me semblait lointaine ! Il s'était passé tellement de choses depuis, que j'avais l'impression d'avoir vécu mille vies. Je lançai un regard à Chris. Il avait enfilé une perruque brune, des fausses dents et collé une moustache à la Magnum au-dessus de ses lèvres. Ainsi, il ressemblait au Steve Mac Connell de la photo que John nous avait donnée. Rectification : dans la pénombre, on pouvait le prendre pour Mac Connell, si on était myope, qu'on avait abusé du vin et qu'on avait perdu ses lunettes. Mais ça ferait l'affaire.

Le trac jouait au yoyo dans mon estomac et je ressentis le besoin de parler pour dissiper le stress et éviter de vomir sur le couvre-lit, même s'il était tellement bariolé que ça ne se serait pas remarqué.

— Dites-moi, officier Torres, comment avez-vous su, avant même de retrouver Lindsay et Steve, que ça allait se passer dans ce lieu ?

— C'est le résultat d'une très longue enquête, qui dure depuis plusieurs mois…

— On a tout notre temps, je vous en prie.

Torres haussa les épaules.

— Carpenter possède un motel restaurant pour routiers à quelques miles d'ici, près de la zone 51. C'est un gars connu de nos services pour trafic de stupéfiants, et vols avec violences. Il a fait de la prison à répétition. Nous savons qu'il a déjà travaillé avec les frères Dourchenktov, et que Mac Connell et Lindsay sont entrés en contact avec lui récemment, et ce, à de nombreuses reprises. On suspecte depuis plusieurs mois un commerce parallèle dans la boutique de souvenirs qui jouxte son restaurant, mais sans parvenir à en découvrir plus. En revanche, un grand rassemblement est annoncé demain aux abords de la zone 51. Coïncidence étrange, la station essence située en face de son motel a brûlé il y a quelques semaines, laissant place à un immense parking vide qui s'est déjà transformé en lieu de fête depuis quelques jours. Il n'y a pour le moment qu'une cinquantaine de personnes, mais des bus entiers sont prévus dans les heures à venir. La manifestation a soulevé un véritable engouement sur Facebook, attirant énormément de monde. Ceux qui arrivent pour l'évènement en lui-même… et les gros dealers qui vont en profiter pour se fournir en drogue. Et pas n'importe laquelle. C'est de la Chloryphodia, une nouvelle drogue qui vient d'Europe et qui circule depuis peu dans les milieux huppés de Los Angeles après avoir inondé Paris, Londres et Barcelone. Scotland Yard et le quai des Orfèvres sont sur le coup pour trouver qui l'importe ici. La Chloryphodia, ce sont de tout petits cachets qui font l'effet d'une bombe dans le cerveau. Une belle merde bien puissante, que nos chiens sont pour le moment bien incapables de renifler, nous n'avons pas encore réussi à en récupérer.

— La zone 51, c'est un truc des X Files, non ?

— C'est à peu près ça, oui, ricana Chris. La zone 51 est une très grande aire géographique qui abrite, soi-disant, une base militaire secrète. Nombreux sont ceux qui affirment que c'est là que se nouent les relations entre les membres de l'armée américaine et les extraterrestres, et que les scientifiques y étudient les OVNIS et autres bonshommes verts, mais pas en plastique dans des bocaux comme hier ! Quant au motel restaurant dont vous parlez, Officier Torres, je m'y suis arrêté à quelques reprises, il est sacrément atypique ! Il a pour thème les martiens, justement. C'est un endroit insolite, ça me déçoit qu'il soit tenu par un criminel !

— Le rassemblement prévu a été organisé, officiellement, par des passionnés d'extraterrestres, nous précisa Torres. Officieusement, c'est Carpenter qui tire les ficelles, nos informaticiens ont réussi à déterminer qu'il était l'homme qui avait créé l'évènement sous un faux profil. Deux millions de fans ont répondu positivement à l'invitation Facebook. Ils ne seront pas autant, mais parmi eux, une centaine de très gros dealers venus via un tout autre réseau seront présents, pour récupérer de la Chloryphodia et la redistribuer ensuite sur tout le territoire américain. Un important dispositif de sécurité a été mis en place autour de la zone par l'armée, mais tous les campings et hôtels de la région vont être bookés d'ici demain soir. Une immense fête de bienvenue est d'ores et déjà prévue sur le parking de la boutique de Carpenter, en marge de la manifestation.

Je trépignai depuis quelques minutes en attendant sagement qu'il ait fini, et n'en pouvant plus, je bondis de mon fauteuil. Je me précipitai sur la valise que m'avait prêtée Thelma et sortis toutes mes affaires une à une. Avec les perruques et les déguisements, cela faisait un sacré bazar.

— Éléonore, qu'est-ce qui vous prend ? tempêta l'officier Torres, interloqué. Ce n'est plus le moment de se changer !

— Je crois que je viens de trouver la dernière pièce de votre puzzle, les gars ! Attendez, il faut juste que je mette la main dessus pour vérifier !

Je continuai à fouiller mon bagage devant les mines ahuries de mes coéquipiers du jour, et levai, triomphante, la boule à neige offerte par Cassandra avant notre départ.

— Tadam !

— Tu veux nous lire l'avenir, toi aussi ? se moqua Chris.

Je scrutai la boule, la fis pivoter, la secouai, et entamai une petite danse de la victoire. Dumbo se hissa sur ses pattes arrière pour participer à ma chorégraphie, mais la loi de la pesanteur le fit osciller et s'étaler de tout son long. Je lui offris une caresse compatissante et brandis la boule à neige.

— Officier Torres, je vous présente ce qui sert à passer la drogue. Enfin j'espère.

— Une boule à neige ? s'étonna Torres, les yeux écarquillés. Une lueur d'incompréhension traversa ses prunelles, comme s'il se demandait ce qu'il avait fait de mal pour mériter ma présence sur cette affaire.

Sérieusement ? C'était des types comme lui qui défendaient ce pays ? Je pris un ton de maîtresse d'école et leur expliquai mon raisonnement.

— Ne pensez pas à l'objet, concentrez-vous sur le contenant ! Cassandra, la petite sœur de Chris, l'a trouvée dans les affaires de Lindsay, au milieu d'autres boules à neige. Elle nous a fait croire que Lindsay la lui avait offerte, mais elle m'a avoué hier l'avoir subtilisée pour jouer. Elle l'utilise depuis des jours et des jours comme si c'était une boule de cristal en inventant un avenir à Dumbo, mais je me disperse et tout cela n'a aucune importance, n'est-ce pas ? Interrompez-moi quand je divague, sinon, on ne s'en sort pas ! Je vais vous poser une seule question : imaginez-vous une femme comme Lindsay Hamilton collectionner les boules à neige ?

John et Torres me dévisagèrent, intrigués. Les yeux de Chris s'éclairèrent, il m'encouragea à poursuivre.

— Regardez ce qu'on voit à l'intérieur : un petit martien trop mignon… au début, j'ai cru que c'était un sapin, et Cassie a tout fait pour me convaincre qu'il s'agissait d'un dragon. J'ai capitulé parce que cette gamine veut toujours avoir le dernier mot même si en mon for intérieur, je pensais que c'était le Grinch, mais hier, on s'est arrêtés dans un bouiboui et un gars nous a sorti un extraterrestre en plastique dans un bocal, qui ressemblait trait pour trait à celui-ci… Et maintenant, vous me parlez de la zone 51 et de la boutique de martiens… alors, hop hop hop, les pros de la réflexion, on allume la lumière là-haut et on agite ses neurones ?

— C'est pas vrai… s'extasia l'officier Torres, en m'arrachant presque la boule à neige des mains pour la soupeser.

Il s'assit, examina attentivement la boule, dévissa prudemment le socle, et son visage s'illumina comme celui d'un enfant devant le sapin le matin de Noël (voire même comme le sapin) en s'apercevant qu'il était creux. Il le retourna et une centaine de minuscules cachets s'éparpillèrent sur le couvre-lit bariolé. Heureusement que je n'avais pas vomi dessus tout à l'heure.

— Je vais ordonner une expertise, mais c'est sûr, ce sont des comprimés de Chloryphodia, balança Torres, extatique. La dernière pièce du puzzle… Nous les tenons ! Nous allons même pouvoir intercepter de nombreux trafiquants… Éléonore, vous êtes un génie !

— C'est gentil, remerciai-je avec modestie, mais nous avions la solution sous le nez depuis le début ! Du coup, notre mission à nous, on en fait quoi ? On poursuit, on va se boire une bière ?

— On continue, évidemment.

Chris m'attrapa dans ses bras. Son expression admirative provoqua des picotements sur toutes mes terminaisons nerveuses.

Torres scruta sa montre.

— Soyez parés, dans trente minutes, vous entrez en piste. On reprend une dernière fois. Vous commandez un apéritif au bar et sortez dans le parc, jusqu'au petit kiosque qui se trouve juste à côté de la chapelle. On vous suit d'ici. Rappelez-vous qu'on vous entend, évitez les déclarations un peu trop intimes, c'est compris ?

— Vous interviendrez au bout de combien de temps ?

— Si c'est Carpenter qui vient, dès qu'il sera dans le kiosque. Par contre, s'il a vendu la mèche aux Russes et qu'ils se pointent, vous passez au plan B. On ne pourra agir que dans la chapelle pour ne pas risquer les dommages collatéraux sur les clients de l'hôtel. Rappelez-vous que les Dourchenktov ne sont pas tendres et qu'ils peuvent vite devenir dangereux. Montrez-vous persuasifs, assurez-leur que Lindsay ne les pas doublés. Monsieur Hamilton, je vous fais confiance, vous êtes comédien, n'est-ce pas ?

— Hé ! Moi aussi, je suis actrice, signalai-je, vexée. Bon, vous ne m'avez pas encore vue dans un film, mais je suis hyper douée en théâtre d'improvisation. J'ai même participé à la nuit des musées, avec ma troupe, devant 70 personnes, moi !

— Très bien, céda l'officier en levant les yeux au ciel. Mais de grâce, évitez les phrases trop longues.

Chris pouffa derrière sa main. Je lui administrai la tape qu'il méritait sur la tête. Il rit encore plus fort.

— Ça va, toi, monsieur le grand acteur qui n'aime pas être reconnu. N'en rajoute pas, merci bien !

***

Nous commandâmes un jus de fruits au bar et sortîmes par l'arrière de l'hôtel, accompagnés de Dumbo qui ahanait au bout de sa laisse. Nous n'avions pas eu le temps de mettre les pieds dans le parc jusqu'à présent et découvrîmes un cadre aussi excentrique que fantasque. Si l'intérieur du bâtiment était kitsch, l'extérieur méritait pour sa part de figurer au Guiness Book des records des hôtels les plus insolites. Les propriétaires avaient aménagé une mare artificielle autour de laquelle des statues en fonte représentaient des scènes de vie figées pour l'éternité. Un petit garçon qui poussait la balançoire d'une fillette, un vieux monsieur qui dormait sur un banc, ou encore un jeune fermier qui poussait une brouette… On se serait crus dans un Pompéi des temps modernes. Pour ajouter à l'originalité du lieu, des dindons, des oies et des poules se dandinaient en liberté. Le chien se lécha les babines et tenta de nous fausser compagnie.

Chris l'attrapa et me tira par la main pour m'entraîner vers le kiosque qui surplombait la mare. Subjuguée par le décor, j'en aurais presque oublié notre mission. Je m'assis sur le banc et fus terrassée par une poussée d'adrénaline combinée à un trac monstre. Était-il trop tard pour aller aux toilettes ?

Mon clone approximatif de Mac Connell me pressa l'avant-bras et essaya de me rassurer du regard, mais avec son postiche, ses fausses dents et ses lentilles marron, il avait plutôt tendance à m'effrayer.

— Je trouve que tu as des faux airs de mon oncle Maurice, comme ça.

— J'imagine que ce n'est pas un compliment ?

— Pas tout à fait, non. Il est contremaître dans une usine qui fabrique des brosses à dents. C'est le genre de mec qui s'est vu confier par hasard trois responsabilités et qui du jour au lendemain, s'est pris pour le roi du pétrole. Il est marié avec Gisèle, la sœur de ma mère qui bosse en 3/8 dans la même usine que lui, mais il la trompe avec une autre employée, qui n'est pas dans la même équipe que ma tante.

— Ta tante est au courant ?

— Tout le monde lui dit, mais elle nie en bloc, et fait comme si de rien n'était. Elle a trop peur de se retrouver toute seule. Je trouve ça tellement désolant…

— De se retrouver seule ?

— Non, de rester focalisée sur ce qu'on a envie de croire et de ne pas regarder plus loin que le bout de son nez, de ne pas oser vivre sa vie.

— Un peu comme toi avec le métier d'actrice ?

Non, mais le toupet ! Je balayai l'air de ma main en

m'insurgeant.

— N'importe quoi. Ça n'a rien à voir.

— Si, ça a tout à voir. C'est comme si tu avais juré fidélité à un rêve qui te rend finalement malheureuse parce que tu n'imagines pas la vie sans ça.

Je laissai passer un blanc et soupirai.

— Dit comme ça, ton raisonnement paraît presque logique, mais c'est plus compliqué que ça en a l'air.

— La vie est plus compliquée que ça, me souffla-t-il d'une voix teintée de tristesse. Mais le bonheur, il tient dans les petites choses de la vie, pas dans un métier.

— Et je ferais quoi, si j'abandonnais ? J'irais travailler avec l'oncle Maurice. Super programme !

— Pas forcément. Tu as des talents de comédienne, mais tu as aussi une imagination débordante, un don pour communiquer avec les gens et les cerner, des théories brillantes… Tu peux tout concevoir. Ton idée pour trouver des subventions pour mon association, par exemple, ça t'est venu d'un coup, et c'était top !

— Les idées, ça ne suffit pas pour se créer un métier.

— Et si je t'embauchais pour gérer le gala de charité dont tu as eu l'idée ?

— Je refuse de compter sur ta pitié, Chris.

— Ce n'est pas de la pitié, ce serait… un essai ? Tu pourrais rencontrer des gens de tous horizons, et continuer à écrire dans ton cahier. Tu décris les choses et les personnes avec tellement d'humour et de poésie à la fois…

J'écarquillai les yeux de surprise en réalisant ce que ça signifiait et haussai le ton, fâchée.

— Tu as lu mon cahier ?

— Doucement ! murmura-t-il en effleurant mon genou de ses doigts. Je te rappelle qu'on est censés chuchoter, pas s'engueuler. Et oui, j'ai feuilleté quelques pages. Tu es douée.

Flattée du compliment, je sentis mon énervement retomber

d'un coup.

— Merci. J'avoue que ça me plaît vraiment. Mais ça ne paiera pas les factures à la fin du mois. Et puis j'ai besoin d'aller au bout de mon rêve. J'ai réalisé à tes côtés que je ne voyais en effet que les paillettes et que je supporterai sûrement mal les inconvénients d'une vie d'actrice, que ce soit une comédienne qui galère ou une qui réussit, d'ailleurs. Toutefois, je regretterais si je n'essayais pas encore. Même si à mon retour en France je vais certainement être bannie par tout le réseau de Priotto pour cause de mission pas tout à fait remplie, j'ai besoin de tenter une dernière fois.

— Tu vas repartir en France, alors…

Un voile de tristesse ombra son visage. Ça me fendit le cœur, mais je n'avais pas d'autre solution.

— Je suis obligée, Chris. J'ai toujours désiré vivre ailleurs que dans mon trou paumé au milieu des vaches et des cochons, mais depuis que je suis aux États-Unis, je me rends compte que ma famille me manque. J'ai souvent été injuste avec eux, je voudrais me racheter et leur montrer que je les aime. On aura beau retourner le problème dans tous les sens, tu as ta vie ici, et la mienne est là-bas. Je ne peux pas tout laisser en plan pour un coup de cœur, aussi drôle et musclé soit-il, rajoutai-je pour détendre l'atmosphère. Tu comprends ?

— Oui, mais il n'empêche que ça me peine. Peut-être que…

Chris s'interrompit et releva la tête, les yeux plissés. Sa main se crispa sur mon genou. Deux hommes avançaient dans l'allée. Je pris une grande inspiration. Ils dépassèrent les oies et les canards et s'approchèrent du kiosque. La peur s'accrocha à mes tripes et me les tordit comme une serpillière. Faites que ce soit Carpenter et un complice, et pas les frères Dourchenktov !

— Lindsay, quel plaisir de te revoir ! pérora un homme aux gants de cuir et au fort accent russe, sur un ton qui démentait son propos. À mon avis, il avait plutôt envie de nourrir les volatiles qui cancanaient plus loin avec les morceaux découpés de mon corps.

Dumbo grogna et ses poils se hérissèrent. Je grimaçai le même sourire que celui utilisé pour remercier ma mère quand elle me servait des brocolis et me redressai. Le Russe me força à me rasseoir d'une pichenette sur l'épaule, et s'installa juste à côté de moi sur le banc. L'autre homme, que j'imaginai être son frère, s'adossa à l'entrée du kiosque, silencieux et imposant. Une vraie armoire à glace. Pour le moment, la pénombre favorisait notre supercherie, mais pour combien de temps ?

— J'ai cru comprendre qu'on attendait une livraison, ce soir ? reprit mon nouveau voisin.

J'acquiesçai d'un mouvement mécanique de la tête. C'était à moi de parler, mais aucun son ne sortait de ma bouche. J'étais aussi pétrifiée que les statues en fonte du parc.

— Tu as déjà perdu ta langue, Lindsay ? remarqua-t-il sur un ton aussi calme que perturbant.

On aurait dit Hannibal Lecter qui proposait à l'agent Sterling de venir plus près.

J'avalai ma salive, en priant pour qu'elle ne reste pas coincée et que je ne m'étouffe pas.

— Mince, poursuivit-il en faisant peser son regard scrutateur sur moi, et moi qui espérais te la couper moi-même et la donner à manger à ton adorable toutou…

Le programme était alléchant. Je retrouvai enfin la parole.

— Regardez-moi bien, articulai-je, l'air sûr de moi. Je ne suis pas Lindsay.

L'homme me dévisagea, passa une main sur sa barbichette et tendit l'autre dans son dos, prêt à dégainer son revolver. Chris posa également la main sur une arme dissimulée dans sa veste.

— Tout doux, Sergeï, avertit Chris d'une voix ferme. Lindsay vous savait suivis par le FBI, elle-même était sur écoute. Elle a été obligée de faire semblant de vous écarter du projet et nous a engagés comme doublures pour duper la vigilance des flics. Elle a imaginé l'enlèvement que vous avez certainement vu à la télévision pour que vous puissiez vous en tirer, tous autant que vous êtes. Elle pensait que vous comprendriez la situation. Nous sommes ici pour vérifier que vous n'êtes pas surveillés et vous conduire jusqu'à elle. Si vous sortez votre flingue maintenant, vous ne saurez ni où elle est ni où elle a caché les boules à neige. C'est clair ?

La mention des boules à neige provoqua un tressaillement chez le Russe, qui reposa ses mains sur ses genoux. Nous croyait-il ? Comptait-il riposter, nous tendre un piège, nous zigouiller ? Il fallait de toute façon tenter le coup.

— C'est très clair. On vous suit.

Je détournai mon regard pour ne pas affoler Chris en lui montrant que j'étais terrorisée, et fixai Dumbo dont le ridicule bout de queue dressé trahissait son aversion profonde pour le Russe. On aurait peut-être pu le laisser lui faire la fête à sa manière ? Non, c'était un plan à la noix. Le pauvre chien risquerait de se retrouver à chercher ses propres os au fond de la mare.

— Par ici, s'il vous plait, Messieurs Dourchenktov, annonçai-je.

Je me dirigeai vers la petite chapelle en bois d'une démarche que j'espérais assurée même si la peur avait transformé mes jambes en spaghettis trop cuits, ouvris la porte et avançai dans l'allée. Un pas après l'autre. Le Russe, arme à la main, me suivait comme mon ombre. Chris fermait la marche avec Dumbo et Alexei. Plus que quelques mètres et nous atteindrions l'autel. Qu'est-ce qu'on pouvait faire, à présent ? Leur proposer un chant grégorien pour patienter ? Des gouttes de sueur perlaient le long de ma colonne vertébrale. Mes jambes flageolaient et menaçaient de céder sous le poids de mon angoisse. Le temps semblait suspendu.

Tout à coup, la porte de la chapelle s'ouvrit dans un grincement, me faisant sursauter. Un pasteur en soutane, accompagné d'un Elvis Presley bon marché et guitare à bout de bras, apparut dans l'encadrement de la porte. Sergeï fit disparaitre son arme, se rapprocha de moi et m'attrapa par le bras sans ménagement tandis qu'Alexei le géant se collait à Chris.

— Ah, vous êtes déjà là, s'enchanta le King low cost d'une voix de fausset en nous offrant un sourire bienveillant. Qui sont les futurs mariés ?

— C'est quoi ça ? m'invectiva le Russe.

— Vous faites erreur, clamai-je.

— C'est vous alors ! chantonna le faux Elvis. Nous avons encore quelques détails à régler. Préférez-vous que je commence par *Love me tender* ? Monsieur le marié, vous avez l'alliance, n'est-ce pas ? lança-t-il à Chris.

Je jetai un regard vers Dourchenktov, parfaitement maître de lui. À l'inverse, son frangin donnait l'impression de vouloir nous trucider.

— Vous êtes les témoins ? demanda le pasteur aux deux frères.

— Ils font partie du plan ? gronda Sergeï à mon oreille.

— Pas du tout, je vais essayer de les faire sortir, lui murmurai-je.

Il m'arrêta net.

— Attendez. Où se trouve Lindsay ?

Les nerfs prêts à lâcher, je lui désignai d'un mouvement de tête une porte dérobée, entourée de vases immenses contenant des fleurs en vrai plastique. Il cligna des yeux.

— Je dois vérifier quelque chose. Une surprise pour nos jeunes mariés, souffla-t-il en s'adressant au pasteur et à son acolyte.

Il se tourna vers son frère et lui parla en russe. Le colosse haussa les épaules.

— Une surprise, c'est merveilleux ! s'extasia Elvis. Avez-vous besoin d'aide ?

— Ça ira.

Les deux frères s'éloignèrent et s'entretinrent quelques instants, sans me quitter une seule fois du regard. Le ton monta. Ils n'avaient pas l'air d'accord. Enfin, Sergeï hocha la tête. Un sourire carnassier se dessina sur le visage d'Alexei, et je compris qu'on était vraiment dans la panade.

— Messieurs, je vais vous demander de vous asseoir ici, nous ordonna Sergeï tandis que son frère sortait son arme et la pointait droit sur moi. Essayez de jouer les héros et cette demoiselle en pâtira. Quant à vous, éructa-t-il à l'adresse de Chris, prenez doucement votre revolver et laissez-le tomber au sol.

Chris balança son arme par terre. Le pasteur fit un signe de croix et Elvis agrippa sa guitare des deux mains. Le moment crucial était arrivé. Le Russe me fit signe d'avancer jusqu'à lui. La nausée me gagna, mais j'obtempérai en tremblant. Le pasteur me poussa alors et je tombai entre deux rangées de bancs sur la moquette poussiéreuse. Des coups de feu sifflèrent dans la chapelle, me dégommant les tympans.

Je me recroquevillai au sol, mains par-dessus la tête comme je l'avais vu tant de fois à la télé, et attendis quinze minutes que le silence revienne. OK, j'exagérais. En réalité, l'échange de coups de feu ne dura pas plus de quelques secondes, mais quand on jouait sa vie, ça paraissait nettement plus long. Je décidai, en accord avec mes jambes qui refusaient de bouger, de patienter encore un peu avant d'essayer de me relever. Je serrai les dents sans oser ouvrir les paupières. Mes mains étaient moites, mes cheveux me tombaient devant les yeux et ma cheville était sûrement tordue. Est-ce que quelqu'un pouvait dire « *Coupez* » et me proposer une petite retouche maquillage ? Qui des flics ou les Russes avaient gagné ?

Enfin, une main se posa sur mon épaule. Apparemment, je ne craignais plus rien et je pouvais me mettre debout. Par sécurité, j'attendis encore quelques secondes.

Quand je me relevai, le visage ruisselant de larmes (pour ne pas changer), Chris ouvrit ses bras et je m'y réfugiai avec soulagement. Je pleurai tout mon soul pendant de longues minutes, tandis qu'il me répétait que tout allait bien, que c'était fini, que j'avais assuré, qu'il applaudissait ma prestation et qu'il avait cru mourir de peur. Mes nerfs lâchaient et j'avais le sentiment que je ne pourrais plus jamais m'arrêter de sangloter. Je braillai quand le faux pasteur Torres vint nous féliciter et quand John déguisé en King me prit à son tour dans ses bras immenses. Je hoquetai de soulagement quand Chris me passa Thelma en FaceTime. Je pleurai de joie quand je pus enfin appeler rapidement ma famille et que j'entendis mon père garantir qu'ils étaient tous fiers de moi, et qu'ils n'avaient pas gobé un traître mot de ce que les journalistes avaient raconté. Je piquai un fou rire nerveux quand il ajouta que j'étais une vraie Cascouille, et que Chris, un large sourire aux lèvres, approuva. Je pleurai toujours quand un agent du FBI m'apprit qu'ils avaient mis Carpenter hors d'état de nuire et que dès le lendemain, ils pourraient s'occuper des dealers qui viendraient récupérer leurs petites boules à neige.

Après deux heures et trois verres de Moscato (Thelma m'avait fait découvrir une nouvelle addiction), je réussis enfin à stopper l'inondation lacrymale. De toute façon il m'apparaissait clairement que mon corps était complètement sec. Je versai toutefois quelques larmes sur l'épaule de Chris lorsque je m'endormis dans le camping-car où j'avais absolument voulu retourner. Mais cette fois, c'était parce que je devinais que bientôt, ce serait bel et bien fini.

24.
-Retour vers le futur-

Drapée dans une merveilleuse robe asymétrique signée *Valentino*, je remontai avec élégance le tapis rouge du Festival de Cannes au bras de mon amoureux, fière comme un paon qui a réussi sa première roue. Les flashs crépitaient sur notre passage. Une horde de fans scandait mon nom. Je souriais, je vibrais, j'étais dans mon élément.

Je n'avais peur de rien, même pas de perdre l'équilibre à cause de mes talons vertigineux. Je marchais sur des nuages, je volais. J'étais invincible, et en haut des escaliers. Je me retournai et admirai la foule depuis le sommet de mon Everest.

Chris se pencha à mon oreille pour me souffler un mot d'encouragement, mais je n'entendis rien. Mon attention fut distraite par un boulet de canon qui traversait le parvis du festival. Dumbo. Je n'eus pas le temps de réagir ni même de crier qu'il bondit sur moi, attrapa entre ses dents l'étoffe de ma robe et tira dessus comme si on était en cour de maternelle et que j'accaparais le jouet tant convoité. Le silence s'abattit sur l'assemblée qui, comme moi, retint son souffle. Mes froufrous à 100 000 dollars le mètre se déchirèrent dans un craquement terrifiant. Les gardes du corps s'époumonèrent dans leurs talkies-walkies.

Le roquet s'enfuit en bas des marches, me laissant nue et honteuse devant un public médusé et hilare.

L'air frais de la soirée devint oppressant. Des sirènes de police se mirent à hurler. De plus en plus proches. De plus en plus fortes. Chris s'ébouriffa les cheveux, enleva sa perruque pour révéler un crâne lisse et chauve, et retira ses lentilles de couleur, se transformant en quelques secondes en Serguei Dourchenktov.

— Alors, où sont les boules à neige ? me questionna-t-il avec un terrifiant accent russe.

J'ouvris les yeux, hagarde.

Je n'étais pas sur le tapis rouge du festival, mais dans des draps roses à fleurs. Je ne portai pas de robe, mais un débardeur et un short parsemé de licornes. Je n'étais pas à Cannes, mais dans un camping-car au milieu d'un désert américain.

J'avais tout rêvé.

Tout, sauf le chien qui tournoyait, un bout de drap dans la gueule.

Dumbo avait besoin de se vider la vessie.

Chris se frotta les yeux et s'étira comme un chat.

— C'est quoi ce vacarme ? demanda-t-il en bâillant.

— Ma robe *Valentino* qui s'est déchirée.

— Ta quoi ?

— Non oublie, c'était un cauchemar.

— Ah, d'accord. Mais le bruit ?

— La foule qui m'acclamait, dis-je en ouvrant la porte à Dumbo pour qu'il aille faire ses besoins dehors plutôt que dans le salon.

Quelqu'un cria. Je n'eus pas le temps de comprendre ce qui se passait, je fus aveuglée par une succession de flashs. Le camping-car était encerclé de photographes qui hurlaient mon prénom et un milliard de questions. Je demeurai figée, les bras ballants, la bouche ouverte, la marque de l'oreiller certainement incrustée sur la joue et les cheveux hirsutes. Heureusement, Chris était là. Il rattrapa par le collier un Dumbo couinant comme un cochon qu'on égorge, me tira en arrière et referma la porte. Je restai tétanisée.

— J'appelle John, décida Chris.

Je clignai des paupières, recouvrant peu à peu mes esprits, et me mis à faire les cent pas.

— Comment nous ont-ils trouvés ? Nom d'un canard en mousse, je vais encore avoir une tête affreuse sur leurs photos !

— Il fallait s'en douter, Ellie. Je t'avais dit qu'on aurait mieux fait de déguerpir avant.

Il avait raison, c'était entièrement ma faute. Deux jours auparavant, l'officier Torres avait organisé une conférence de presse dans la salle de congrès du *Longstreet Inn*. Nous y avions assisté afin qu'il me présente comme une aide précieuse dans la résolution de l'affaire et que je cesse d'être le numéro Un des recherches de police. Une fois la réunion terminée, j'avais naïvement cru que les journalistes allaient ramasser leurs sacoches et leurs appareils photo et rentrer chez eux pour s'occuper de leurs vies plutôt que des nôtres. J'avais insisté pour profiter de l'endroit, après tout, Chris m'avait fait une promesse. Nous étions allés visiter la vallée de la mort au lever du jour, puis nous avions flâné et regardé le soleil se coucher depuis la piscine en sirotant des cocktails. La veille, Chris avait de nouveau suggéré de partir, mais je l'avais supplié de rester une nuit de plus. Le petit-déjeuner du restaurant de l'hôtel était une tuerie, et moi une gourmande. Et puis ici, je pouvais garder Chris pour moi toute seule.

***

Une demi-heure plus tard, une équipe envoyée par John rappliqua sur le parking et balaya les derniers paparazzi. Nous pouvions sortir du camping-car, mais nous n'avions plus envie de manger les pancakes de Jack, le cuistot. Cette histoire nous avait coupé l'appétit. La mort dans l'âme, nous reprîmes la route. Nous roulâmes quasiment d'une traite, en faisant comme si tout allait bien. Mais le cœur n'y était plus, même nos chamailleries sonnaient faux. Chris essaya encore une fois de me convaincre de rester, mais j'avais besoin de retrouver ma famille, d'assumer mes erreurs, et de me construire. Le mieux à faire pour ne pas finir par se détester était de considérer que notre histoire avait été un joli moment, et qu'un jour, peut-être, on se retrouverait. Après quelques larmes, nous nous terrâmes dans un silence mélancolique qui se mua en boule dans la gorge quand nous atteignîmes les collines.

Nous savions tous les deux ce qui nous attendait en revenant à la villa. La conclusion d'une aventure, et le point final de notre histoire.

En revanche, nous ne nous attendions pas aux banderoles et à ces deux chipies de Thelma et Cassandra qui nous accueillirent en nous lançant des confettis. Si je pleurai de joie ? Non, c'était une poussière doublée d'un début de conjonctivite.

— Tu es une héroïne, Ellie, ils l'ont dit à la télé et cette fois ils disaient la vraie vérité de pas pour du faux ! me carillonna Cassie dans les oreilles en guise de bienvenue.

— Merci Princesse, mais tu veux connaître la vraie vraie vérité de pas pour de faux ? C'est grâce à toi si la police a pu arrêter les méchants.

— Non, c'est comme tu m'as expliqué. C'est grâce au destin. J'ai bien agi en te rendant la boule à neige alors il m'a remerciée ! Et les voleurs de bœuf, hop, en prison avec Lindsay… je suis triste qu'elle fasse partie des méchants, tu sais. Mais elle n'a jamais été très gentille, en vrai.

Je m'agenouillai devant Cassandra et la serrai dans mes bras. Je n'osai imaginer les pensées qui lui passaient par la tête, mais j'avais une idée pour la distraire de son chagrin. Je sortis de mon sac une boule à paillettes achetée dans la boutique de l'hôtel, dans laquelle une oie installée sous le dôme de verre caquetait, et la tendis à une fillette exaltée.

— Tiens, ma puce. Cette fois, c'est un cadeau, un vrai de vrai. Il paraît que les oies lisent super bien l'avenir, bien mieux que les dragons.

Cassandra se précipita sur moi, entoura mon cou de ses petits bras et me prouva son bonheur à coups de syllabes aiguës et de pieds gesticulants. Je constatai que Chris et Thelma avaient le même souci de poussière dans l'œil que moi.

Je laissai à Chris le soin de raconter nos dernières péripéties et montai me changer. Dans la chambre, j'effleurai mon contrat et souris. Si j'avais été prévenue de tout ce que j'allais vivre, aurais-je signé ? Bien sûr que oui. Je récupérai mon téléphone, il était évidemment HS. Je le branchai, attendis quelques minutes puis le rallumai. L'appareil sonna et vibra de partout, on aurait dit les machines d'un hôpital signalant qu'un malade était sorti du coma. Je fus obligée de le garder raccordé pour que la batterie ne fasse pas un arrêt cardiaque à chaque nouvelle salve de notifications. J'effaçai les messages alarmés de ma famille puisque je les savais désormais rassurés et pressés de me revoir, découvris avec stupeur que j'avais gagné 12 000 followers sur Instagram et m'aperçus que des gens qui ne m'avaient pas adressé la parole depuis l'école primaire s'étaient rappelé soudainement que j'étais leur meilleure amie. Je supprimai. La boule au ventre, j'écoutai ceux émanant de Priotto. Anticipant un sermon en bonne et due forme, je croisai les doigts pour qu'il ne me réclame pas un remboursement de l'avance perçue. Pourtant, j'eus la surprise de l'entendre s'excuser, et ce à une dizaine de reprises. Il n'imaginait pas m'envoyer dans la gueule du loup, il était terriblement navré. Lindsay, qu'il ne connaissait que par l'intermédiaire d'ami d'une amie, avait bien caché son jeu, j'avais été extraordinaire, et il m'attendait « *asap* » [7] pour me proposer différents castings où il allait mettre en avant mes compétences.

Assise sur la moquette de la chambre des Hamilton, je tentai de digérer l'information. Je n'étais pas virée, et mieux, j'avais l'opportunité de poursuivre mon rêve ! Cependant, je n'étais pas entièrement dupe. Le fait que plusieurs magazines US aient utilisé une photo de Chris et moi prise pendant la conférence de presse, titrant : *« Celle qui a fait revenir Chris Orsini sur le devant de la scène »* y était sûrement pour quelque chose.

---

7 asap : as soon as possible, dès que possible.

Il y a quelques semaines, les messages enthousiastes de l'agent m'auraient transportée de joie. Là, ils ne me procurèrent aucun débordement lacrymal. Je n'éprouvai pas une impatience folle, je n'étais pas surexcitée. Au contraire, je conservais au fond de la gorge ce mauvais goût, comme quand je partais quelque part et que j'étais persuadée d'avoir oublié quelque chose sans réussir à mettre le doigt sur l'oubli en question.

Tout à coup, l'impression devint plus nette et se précisa. Je devais rentrer à la maison immédiatement.

25.
-L'empire contre-attaque-

Les membres de ma famille étaient de sales hypocrites. Il n'y en avait pas un pour me soutenir quand Gilles avait déclaré que j'avais mis le feu à sa grange, mais ils étaient tous présents pour la fête organisée dans la salle communale en l'honneur de mon retour. Les membres de ma famille étaient de sales hypocrites, donc, mais je les aimais. Je ne leur en voulais pas, j'étais trop contente de les revoir, et assez satisfaite d'être la star du jour. Cependant, sur les 42 personnes présentes dans la salle, 18 faisaient partie de ma famille, je suspectais les autres d'être venus pour terminer le cubi du 14 juillet plutôt que pour me féliciter. Je soupçonnais Oncle Maurice et son écureuil mort sur la tête de faire partie de la seconde catégorie.

J'étais arrivée le matin à 7 h 12, après un vol retour en première classe. Je m'étais promis de dormir, mais encore une fois, j'avais regardé des films toute la nuit, en me gavant de mini glaces et de coupes de champagne distribuées par Isabelle, l'hôtesse de l'air la plus sympathique du monde. Elle s'était installée près de moi quand je m'étais mise à pleurer à chaudes larmes à la fin d'un film même pas particulièrement triste, était venue m'apporter des mouchoirs et me les avait tendus avec une plaque entière de chocolat, arguant que c'était le meilleur remède contre les peines de cœur. Je l'avais prise au mot et avais tout mangé, mais au lieu de me consoler, ça m'avait plutôt barbouillée.

En sortant de l'avion, je m'étais sentie à la fois jet-laguée et larguée. Jet-larguée, en quelque sorte. Tout me paraissait différent, surtout moi. Dès mon entrée dans l'aéroport, je m'étais demandé s'il avait rétréci, ou si c'était moi qui avais grandi. J'avais eu l'impression d'être Alice au pays des merveilles après qu'elle ait mangé le cupcake. Et je compris que j'avais grandi oui, mais dans ma tête.

Mes tribulations m'avaient remis les pendules à l'heure, et m'avaient aiguillée sur ce que je désirais véritablement.

— Un verre de villageoise ? me proposa Marie-Lou, qui m'avait agrafée en haut du podium de ses personnalités préférées depuis qu'elle avait découvert que j'avais vécu une aventure amoureuse avec *le* Chris Orsini de notre adolescence.

— Juste un fond, s'il te plaît. Priotto ne devrait pas tarder, je veux garder les idées claires.

— Tu es stressée ?

— Moins que quand je me suis retrouvée face au frère Dourchenktov !

Par la fenêtre de la salle des fêtes, je vis une grosse berline se garer. Ernest Priotto en sortit, le front plissé et la mine écoeurée. Descendre de sa tour d'ivoire pour finir les pieds dans la gadoue, ça devait être surprenant. J'aurais dû lui conseiller de prendre des bottes en caoutchouc.

— Ma très chère Ellie, devenue une star internationale, comment allez-vous ? me salua-t-il en me claquant la bise comme si nous étions des amis de longue date.

— Et bien, je bois un verre de villageoise avec ma famille, donc tout va pour le mieux, commentai-je. Je vous présente Marie-Lou, ma petite sœur. Elle a monté une agence d'évènementiel qui fonctionne très bien. Peut-être que vous pourriez avoir besoin de ses services ?

Priotto serra la main de ma sœur, les lèvres pincées. Je me doutais qu'il n'avait aucune envie de faire appel à elle, mais il prit un air intéressé et écouta Marie-Lou lui relater pendant un bon quart d'heure l'historique de sa société, la rencontre avec sa collaboratrice Hortense, les courbes du chiffre d'affaires et le changement climatique à l'origine des soucis de récolte des parents.

Il finit par l'interrompre avant qu'elle lui raconte ce qu'elle avait mangé à la cantine le jour de sa rentrée en sixième (des raviolis alors qu'elle portait un pull blanc) et comment elle s'était fait dépuceler lors de son année de terminale (non, personne ne voulait savoir).

— C'est passionnant, mademoiselle…

— Cascouille, j'en suis une moi aussi ! s'esclaffa-t-elle, la mine enjouée.

— J'ai cru comprendre, oui. Appelez mon assistante pour convenir d'un rendez-vous, mais je ne vous promets rien…

Il se tourna vers moi.

— Bien, monsieur Priotto, dis-je, l'air ravi. J'imagine que vous aviez quelque chose d'important à m'annoncer, pour oser traverser le périphérique ?

Il éclata d'un rire forcé et se détendit un peu.

— J'ai plusieurs excellentes nouvelles, même, qui méritaient le déplacement. J'ai pris la décision de ne pas vous confier à un des agents de ma boite, mais de vous garder sous mon aile, se gargarisa-t-il, la mine réjouie. Et surtout, j'ai un gros contrat à vous proposer. Un rôle dans une série prometteuse qui passera sur une chaîne publique à heure de grande audience et qui risque fort de propulser votre carrière…

Son téléphone vibra dans la poche intérieure de sa veste. Il s'en empara et s'apprêta à s'excuser pour répondre, mais je l'arrêtai dans son élan.

— Génial, super, youpi, m'exclamai-je sur un ton neutre. Et sinon, à quel moment comptez-vous vous justifier pour m'avoir vendue à la télévision américaine et dans les magazines français ? Pour avoir donné l'adresse de mes parents aux journalistes ? Pour avoir outrepassé vos fonctions d'agent en dévoilant mon identité à la presse ?

— Comment ça… pardon ? baragouina-t-il.

Son téléphone vibra de nouveau, mais je posai la main sur son avant-bras, la mine revêche.

— Vous possédez un gros réseau de connaissances, Ernest, c'est un fait. Mais avoir des connaissances ne signifie pas que vous n'avez que des amis. Tout s'ébruite, dans le monde du cinéma, vous êtes bien placé pour le savoir. Vous voulez que je vous déballe ce que moi, j'ai appris ?

J'aurais juré que son teint s'était brouillé et avait pris une couleur farineuse.

— Et bien, je…

— On s'en fiche, poursuivis-je, je vais vous en toucher deux mots quand même. Vous avez omis un certain nombre d'éléments, en m'envoyant chez Lindsay Hamilton. Comme le fait que vous saviez pertinemment ce qui se tramait, et que les Russes me tourneraient autour, voire même, qu'ils pourraient m'enlever ou pire encore. J'ai appris que lorsque vous étiez en déplacement professionnel à Hollywood, vous passiez la majeure partie de vos séjours avec Lindsay, mais surtout avec Veronica, avec qui vous entretenez des rapports bien plus que cordiaux, selon la rumeur. Et j'ai également découvert que vous comptiez écouler de la Chloryphodia dans vos soirées mondaines.

S'il se sentit pris au piège, Priotto n'en montra rien. C'était un excellent comédien.

— Mais enfin, de quoi parlez-vous ? s'insurgea-t-il. Le jet lag a eu raison de vous… vous êtes énervée, je le conçois, mais je n'ai rien à voir dans toute cette histoire, je ne suis que le pantin d'une farce consternante dont vous avez été la victime. Nous sommes dans la même équipe, vous et moi.

Je ris en dévoilant les dents qu'il avait payé pour blanchir.

— Ttttt tttt ttttt. Allez, Ernest, on se calme, et on assume. Chez moi, on a coutume de dire, de façon plutôt abrupte je vous l'accorde, mais l'image vous parlera sûrement, que ce n'est pas une fois qu'on s'est chié dessus qu'il faut serrer les fesses. Vous ne le savez peut-être pas, mais je suis une fine observatrice. Les choses, les gens… je regarde tout, et je retiens tout. Comme je bavarde sans cesse, on me prend souvent pour une blonde écervelée, mais j'ai une mémoire d'éléphant. Je suis venue dans votre bureau, juste avant de partir pour Los Angeles, vous vous rappelez ? J'ai adoré la déco. Design, épurée, moderne… C'est la raison pour laquelle un détail insolite m'a sauté aux yeux : une boule à neige contenant une figurine de tour Eiffel. Pour un homme tel que vous, ça m'a paru bizarre, mais je ne me suis pas focalisée là-dessus. On a bien le droit d'avoir les goûts qu'on veut, n'est-il pas vrai ? Cependant, quand on a découvert comment Lindsay et Mac Connell faisaient passer les cachets de Chloryphodia, j'ai tiqué.

— Je vous arrête tout de suite, Mademoiselle Lobster…

— C'est moi qui vous arrête, Monsieur Priotto intima la voix grave et ferme du commissaire de police qui attendait un peu plus loin, prêt à intervenir. Je suis le commissaire Fontaine, de la brigade des stups. J'ai laissé Mademoiselle Cascouille et sa sœur vous occuper quelques instants, pendant que mes coéquipiers menaient une perquisition dans vos locaux. J'imagine que les nombreux appels émis sur votre téléphone pendant votre charmante conversation proviennent d'une assistante paniquée. Mes collègues ont pour le moment trouvé un bon demi-millier de cachets de Chloryphodia dans des boules à neige dissimulées dans votre bureau. Ils poursuivent leur investigation. Quant à moi, je vais vous prier de me suivre.

Le visage de Priotto se vida de son sang. L'œillade noire et les lèvres serrées, il marmonna :

— Bien.

Le commissaire Fontaine le menotta rapidement et me remercia pour ma coopération. Priotto darda sur moi un regard rempli de haine auquel je ripostai par une grimace écoeurée. J'avais perdu l'occasion de jouer dans une série, mais tant pis.

Ma grand-mère, occupée à confectionner des sandwichs au pâté dans la cuisine, me rejoignit et s'étonna.

— Et bien, il était pâle comme un cul de laitier, celui-là ! Il repart déjà ? J'aurais pu lui préparer une décoction d'orties !

L'ambiance était électrique depuis l'arrestation de Priotto. Tout le monde s'interrogeait sur l'affaire. La valse des messes basses était enclenchée. D'ici trois jours, à trente kilomètres à la ronde, on relaterait cet épisode en racontant que dix hélicoptères s'étaient posés sur le terrain de foot et que des dizaines de policiers avaient combattu avec acharnement contre un groupe armé jusqu'aux dents. Bienvenue dans ma campagne, où le moindre ragot prenait immanquablement des proportions étonnantes.

Marie-Lou, qui savait chauffer le public, décida de prendre les choses en main. Elle tapa dans ses mains et réclama un discours. Petit à petit, tout le monde suivit, et mon cœur se serra.

Je montai sur l'estrade composée de palettes assemblées et embrassai mon auditoire du regard. Mon public, mais surtout ma famille, au sens large du terme. Les gens que je connaissais depuis que j'étais gamine. Ceux qui ne riaient pas quand ils prononçaient le nom de « *Cascouille* », soit parce que c'était le leur, soit parce que pour eux, il s'agissait juste du nom de la famille qui vivait dans la ferme du bout du chemin. Je pris une profonde inspiration et je leur lâchai ce que j'avais sur le cœur.

— Merci à tous pour cette petite sauterie de retour, les gars. Je suis touchée, au plus haut point. Le vin est délicieux, Gaspard, quant au pâté, c'est une tuerie, Hector. Vous voir réunis aujourd'hui pour moi, ça me fait chaud au cœur. Toutefois, si je veux rester modeste, ce qui comme chacun d'entre vous le sait, n'est pas mon point fort, mais tant pis je vais essayer, je dois vous dire que je n'ai rien fait pour mériter ça. Ce n'est pas du pipeau, je le pense sincèrement. Le jour où je suis partie d'ici, les cendres de la grange de monsieur et madame Billaud étaient encore incandescentes. Gilles, qui me tenait pour responsable, m'a ordonné, sous le coup de la colère, de déguerpir, ce que j'ai fait. Mais j'aurais dû revenir plus tôt, m'excuser davantage, ne pas quitter le navire, et réparer mes erreurs avec lui, avec vous tous. Depuis petite, je n'ai qu'une seule envie : devenir une vedette et m'éloigner de ce village. Il m'a fallu vivre des aventures rocambolesques à 6000 kilomètres d'ici pour me rendre compte d'une chose. Je peux bien m'installer sur Pluton, modifier mon nom et recourir à des artifices pour me transformer en une autre, une chose ne changera jamais : mes fondations, mon socle, la base de ce que je suis. Et tout cela, c'est ici. C'est ici et c'est vous. C'est la ferme de mes parents, les ficelles picardes de Mamie Jacqueline, les tracteurs de Gérald, les bêtises qu'on a faites avec Gilles ou Marie-Lou, tous les souvenirs que j'ai avec vous qui m'ont aidée à me construire, et qui contribueront aussi à me faire évoluer à l'avenir. Longtemps, j'ai eu honte de vivre ici, cependant il ne m'a pas fallu longtemps, ailleurs, pour en être fière. Je ne sais pas ce que l'avenir me réserve et si un jour je passerai aux infos pour autre chose qu'une inculpation d'enlèvement, mais une chose est sûre. Je vous aime et ça, ça ne changera jamais.

Les applaudissements fusèrent. Les yeux embués, je descendis de la scène improvisée et me retrouvai aussitôt encerclée. Mes frères et sœurs, ma mère et ma grand-mère, mes oncles et tantes s'agrippèrent les uns aux autres dans une étreinte XXL et m'étouffèrent de leur amour. Du coin de l'œil, je vis l'oncle Maurice se resservir un verre de vin, et je poussai un soupir de soulagement. Au moins, il n'essaierait pas de me pincer les fesses aujourd'hui. Je passai de bras en bras, de sourires en larmes d'émotion, de baiser fraternel en caresse maternelle. Je ne m'énervai même pas lorsque mon frère Mickaël me vola mon nez, en tout cas, la claque que je lui collai derrière la tête était affectueuse. J'étais chez moi, dans mon élément. J'avais ma place dans cette famille et je me demandai tout à coup pourquoi j'en avais douté si longtemps.

Je ressentis un pincement au cœur en pensant à Chris, Thelma et Cassie, mais il m'apparut nettement que j'avais pris la bonne décision en revenant ici. J'avais mûri. La preuve, même Simone, la vieille copine de Mamie Jacqueline, chuchota à Thérèse que je m'améliorais, je n'avais pas chanté le truc des filles de l'espace, cette fois.

Les festivités battaient leur plein. Hector avait ramené du rab de pâté, ce qui lui avait valu des acclamations enthousiastes. Les cubis se vidaient et les langues se déliaient. Je les regardai bavarder, danser ou trinquer quand Gilles m'alpagua près du buffet.

— Ellie, on peut se parler ?

J'opinai et le suivis à l'extérieur de la petite salle des fêtes. Je m'assis sur le banc de pierre où on s'était roulé notre première pelle vers l'âge de 13 ans, après avoir rétamé les fonds de verre au mariage de ma sœur Nathalie. Gilles restait debout, mal à l'aise. Les poings rentrés dans les poches de son éternelle salopette de travail, il avait les mâchoires crispées et le regard vissé sur ses semelles de chaussures. Je ne me sentais pas spécialement mieux que lui. Les secondes s'égrenèrent sans que ni l'un ni l'autre ne prononce un mot. L'horloge de l'église, en sonnant la demie de 20 heures avec ses sept minutes d'avance habituelle, nous fit sursauter tous les deux.

— Tu vois, ici aussi, il y a du suspense et des grosses frayeurs, déclara Gilles sur un ton qui se voulait jovial, mais qui sonnait faux.

— Gilles, je…

— Non, attends Éléonore. C'est à moi de parler, mais je dois remettre les mots dans l'ordre dans ma tête, d'abord.

— Ah, bien. J'attends, alors.

Il se prit le crâne à deux mains, baragouina quelques sons

incompréhensibles, se racla la gorge, et enfin, s'assit à mes côtés et planta son regard dans le mien.

— C'est bon, normalement.

— D'accord.

— Ton discours était très touchant, Ellie. Et moi aussi, je te dois des excuses. Tu n'étais pas la seule fautive, pour l'incendie. Et je voudrais… j'aimerais… Est-ce que tu crois qu'on pourrait reprendre comme avant, sans pression ni déclaration ? Tu me manques, Éléonore. J'ai été en colère, un bout de temps. Quand ce reporter américain est venu, et qu'il nous a expliqué que tu étais soupçonnée de kidnapping, ça m'a encore plus fichu en rogne, et j'ai ouvert les vannes de la rage. Mais lorsqu'il est parti, je me suis juste fait cette réflexion : voilà, ça, c'est Ellie. Personne ne la changera. C'est vrai, tu es comme ça, tu te mets dans le pétrin, mais tu t'en sors quand même.

— Je… Merci ?

— Ce n'était pas fondamentalement gentil, ce que je viens de dire. Mais de la même manière que tu l'as déclaré tout à l'heure, les gens sont comme ils sont. On les prend comme ça, ou pas. Et toi aussi, tu fais partie du ciment de ma vie.

— Gilles… je m'excuse de te couper la parole, mais c'est non.

— Non ?

— Non, pour non, on ne recommencera pas comme avant. Ce n'est pas à toi de faire toutes les concessions. Et la relation qu'on vivait ne te convenait pas. Je l'ai toujours su au fond de moi, mais égoïstement, je me suis convaincue que ça te passerait, et puis qu'un jour, tu te dénicherais une fille bien et que ça se terminerait entre nous, sans pleurs et sans heurts… Mais je t'ai enfermé dans une histoire qui t'empêche de trouver l'amour, le vrai, celui qui te colle des chatouilles dans le cœur et dans les tripes, qui te fait frémir, douter, évoluer, grandir. Je serais bien cruelle de t'infliger une pseudo relation, alors qu'une belle aventure t'attend quelque part.

Gilles secoua la tête, déstabilisé.

— Tu es tombée amoureuse, Ellie ? supposa-t-il, la voix enrouée. De cet américain, l'acteur ? C'est ça ?

— Pas du tout, me défendis-je. Non, on a, j'ai… Oui. Je suis tombée amoureuse, tu as raison. C'est la vérité.

— C'est bien ? Je veux dire, félicitations, Ellie. Je suis heureux pour toi si tu l'es aussi. Enfin, bon, pour le moment, je suis jaloux, triste et désabusé, mais quand ces émotions seront passées, je serai content.

— Il n'y a pas de raison de l'être, pourtant. Chris et moi, c'est impossible. On vit à 6000 kilomètres de distance, dans deux mondes opposés… Rien ne sera jamais possible, entre lui et moi.

— Peut-être, mais au moins, tu sais ce que c'est d'être amoureuse et d'être aimée en retour. Et rien que pour ça, tu peux t'estimer chanceuse.

— Tu as raison. Et je te souhaite de le découvrir très vite.

Je m'approchai de mon tout premier petit copain, celui avec qui j'avais tant partagé jusqu'à présent, et le serrai dans mes bras quelques secondes, avant de rentrer pour lui laisser le temps de ravaler sa peine et de revenir quand il le voudrait.

26.
-Le terminal-
Décembre. (5 mois plus tard)

— Allez fainéasse, bouge-toi ! C'est le grand jour, debout !

Affalée dans mon lit, les jambes enchevêtrées dans les draps, j'ouvris un œil et regardai l'heure sur mon téléphone. 5 h 42.

— C'est pas mon tour pour les vaches, grognai-je d'une voix atone, alors calme-toi et retourne en enfer, Lucifer !

Contre toute attente, Marie-Lou n'insista pas. Elle pivota sur ses talons et j'entendis le bruit de ses tongs couiner en direction du couloir. Je rouvris un œil, le même que précédemment puisque le premier était encore scotché par ma courte nuit de sommeil. Une Marie-Lou obéissante, c'était trop beau pour être honnête. Je redressai la tête, décollai ma paupière récalcitrante et eus juste le temps d'apercevoir ma sœur effectuer un parfait vol plané dont l'atterrissage se produisit sur mon matelas, soulevant mon corps dans les airs sur quelques centimètres. Je rebondis mollement et l'insultai copieusement.

— Je savais qu'on ne pouvait pas te faire confiance !

— Oh, ça y est, tu es réveillée mon Ellie-chou, minauda-t-elle sur un ton qui me donna envie de lui arracher les cordes vocales et d'en faire des tresses. Tu as fait de beaux rêves ? Super, parce que c'est le moment de mettre le paquet, à présent ! Tu te rappelles qu'on récupère les parents à l'aéroport, aujourd'hui ?

Je grommellai.

— Évidemment ! Mais ils n'arrivent pas avant dix heures, et encore, si l'avion n'est pas en retard !

— Oui, mais moi, je suis allée traire les vaches ce matin, elles te saluent d'ailleurs. Maintenant je suis réveillée, et tu sais que je n'aime pas rester toute seule. Prépare-toi. Ton petit-déj' sera prêt dans 20 minutes. Ça te donne le temps de rafraîchir ton haleine de chacal.

— Je n'ai pas une haleine de chacal !

— Et moi, je suis Beyoncé !

Elle s'enfuit en massacrant la chanson *Single Ladies* et réussit à éviter de justesse l'oreiller que j'avais envoyé avec hargne. Il atterrit mollement sur le plancher. Je m'assis en tailleur sur mon lit, soufflai contre la paume de ma main posée devant ma bouche, et filai dans la salle de bains. Effectivement, j'avais peut-être zappé la case *« brossage de dents »*, hier soir. Je devais préciser pour ma défense que j'avais bossé jusqu'à 3 heures du matin, comme tous les jours depuis des semaines, et que mon hygiène buccale avait pesé moins lourd dans la balance que mon besoin de dormir. Je ne comptais plus ni la dette que j'avais envers mon sommeil ni le nombre d'heures travaillées depuis mon retour en France.

Trois jours après mon arrivée, alors que je traînais mélancoliquement mon décalage horaire et le contrecoup de mon aventure américaine dans mon surpyjama à étoiles doudou, j'avais réceptionné un courrier expédié depuis l'agence de Priotto, contenant un chèque. J'avais failli m'évanouir en découvrant le nombre de 0 inscrits.

J'avais d'abord cru à une erreur, puis cherché l'entourloupe, et avais finalement trouvé l'explication sur un feuillet à part. Mon salaire était assorti d'une prime, et un petit mot de l'avocat de Priotto me remerciait d'avoir accepté de ne pas porter plainte par rapport au fait que l'agent avait fourni mon adresse aux journalistes. Je n'avais rien réclamé, rien accepté, je n'avais même jamais eu l'idée de porter plainte, mais j'avais décidé de ne pas protester, me doutant que Thelma n'était pas étrangère à l'affaire.

Plus riche de 100 000 euros, j'avais immédiatement convoqué une réunion de famille. Tous mes frères et sœurs, mon beau-frère et mes neveux et nièces avaient envahi le salon pendant que mes parents aidaient la vache Rosalie à mettre bas à la ferme. Je leur avais exposé les faits, avais attendu qu'ils referment la bouche et avais orchestré un tour de table pour écouter les idées de chacun. C'était comme une réunion des alcooliques anonymes, mis à part qu'on buvait de la bière.

Quand mes parents étaient revenus, les yeux cernés par la fatigue et les épaules voûtées par des années de dur labeur, nous les avions installés en bout de table et leur avions fait part de notre décision. Petit A, on allait régler leurs crédits de manière à ce qu'ils puissent repartir sur des bases plus saines sans être pris à la gorge. Petit B, toute la fratrie allait créer un planning et se relayer afin de les remplacer à la ferme pour que, Petit C, ils n'attendent pas la retraite et entament le plus tôt possible le voyage dont ils rêvaient depuis plus de 20 ans. Avec l'argent à notre disposition, on avait arrêté notre choix sur une croisière avec des escales de plusieurs jours dans des petits coins de paradis, pour une durée totale de 4 mois et 17 jours.

Mes parents avaient tout d'abord refusé net, et puis finalement, maman avait cédé en ouvrant les vannes et en pleurant toutes les larmes de son corps pendant une heure. Ma grand-mère lui avait affirmé qu'à ce rythme-là, elle ne pisserait plus jamais.

Ils étaient partis la semaine d'après, et depuis, on survivait grâce à une organisation militaire. Chaque membre de la famille avait écopé d'un jour attitré pour s'occuper des tâches les plus ardues. Comme je ne travaillais pas, j'avais pris trois tours sur le planning, mais quelqu'un venait invariablement m'aider. Ma sœur Nathalie ayant trois enfants, nous l'avions éliminée de la traite du matin. En revanche, elle débarquait chaque dimanche pour préparer le repas du midi et assister à la récap' Visio des sites visités dans la semaine par nos parents, qui paraissaient plus jeunes et plus amoureux à chaque appel. J'en avais systématiquement le cœur qui battait la chamade et les larmes aux yeux.

Le travail à la ferme était physiquement épuisant, mais il me laissait pas mal de temps libre, que j'avais utilisé pour coucher sur le papier un roman. Celui de mon aventure aux États-Unis. J'avais changé les noms et quelques détails, mais c'était mon histoire qui s'était recréée noir sur blanc au fil des pages. Chaque nuit, j'écrivais, je cherchais le mot précis, je riais et je pleurais toute seule devant le petit ordinateur que je trimballais partout avec moi. Les derniers chapitres étaient les plus compliqués à rédiger, parce que comme je voulais absolument un happy end, il m'avait fallu inventer.

Je ne pensais pas que mon histoire à moi s'était mal terminée, et les photos de mes parents heureux, reposés, bronzés et amoureux étaient une preuve supplémentaire que j'avais fait le bon choix, mais j'avais envie que Tom et Léa, qui nous représentaient Chris et moi dans mon roman, réussissent à rester ensemble. Je considérais que c'était ma petite revanche sur la vie.

Dans mon monde réel, je m'entretenais avec Thelma et Cassie régulièrement par Skype. Elles me donnaient des nouvelles. Juste après mon départ, Chris avait suivi mes conseils et avait accordé quelques interviews aux journalistes. Il avait communiqué sur sa belle-mère de façon brève et concise et avait surtout profité de la couverture médiatique pour mentionner son implication dans l'association. Avant même l'organisation d'un gala de charité, il avait obtenu le montant suffisant pour le local de San Francisco. Tous les mécènes des États-Unis s'étaient réveillés. Mais ce qui avait le plus touché Chris, c'était la somme allouée par Edward Hamilton pour l'association. Ce dernier avait argué qu'il préférait investir son argent pour sauver des gens plutôt que pour une rançon fictive. Edward avait demandé le divorce, et Lindsay dormait en prison, en attente de son jugement.

Thelma m'avait résumé le long tête-à-tête de Chris avec son père. Depuis, Edward avait levé le pied au boulot, il avait même annulé un tournage et avait accepté de participer au prochain road-trip en camping-car. Il avait juste suggéré d'échanger Wendy contre un format plus sophistiqué.

Chris, de son côté, croulait sous le travail. Les articles parus sur son association avaient dépassé tous ses espoirs en termes de médiatisation. Cinq nouveaux centres devaient ouvrir dans les semaines suivantes et il avait bien d'autres projets en cours. Thelma ne me racontait rien de sa vie amoureuse et je refusais qu'elle me dévoile ce qu'elle lisait dans ses cartes. Depuis que Chris était revenu, à de rares occasions, sur le devant de la scène, je l'avais aperçu quelques fois sur les sites de potins américains en galante compagnie, mais je n'avais même pas pleuré, c'était encore une conjonctivite. Nous continuions à respecter le pacte ridicule que nous avions conclu en rejoignant Los Angeles : on s'oubliait et on voyait ce que ça donnait. Je regrettais parfois (environ 23 heures sur 24) de ne pas être restée, mais pendant l'heure où je ne déprimais pas, je me félicitais : devenir une femme entretenue ne faisait pas partie de mon cheminement personnel. Depuis mon retour, je me créais, je me réinventais, et j'apprenais à me connaître. Je me devais d'y arriver seule.

Oui, j'étais triste, et souvent, mes pensées me ramenaient à notre road-trip. Mais je me consolais en dressant toute une liste mentale de « *ça n'aurait pas marché* ». Nous nous connaissions à peine. Les débuts étaient charmants, mais avaient tendance à retomber comme des soufflés sans levure. Je n'avais pas eu le temps de découvrir ses défauts et il m'aurait très certainement agacée, ainsi qu'il avait déjà su le faire à de si nombreuses reprises. Peut-être que l'hiver il dormait avec des chaussettes. OK, je me mentais à moi-même, mais j'en avais conscience, c'était un bon début.

Dans mes bons jours, Marie-Lou me traitait de cruche. Pour elle, je n'aurais jamais dû partir, et écrire depuis la piscine ou la plage de Malibu. Quand la nostalgie s'attaquait à mon moral et que la déprime me faisait regarder dans le vide pendant de trop longues minutes, elle venait me serrer dans ses bras en me disant que je devais avancer, rebondir, oublier. Elle pouvait me présenter son nouveau stagiaire Léon, si je voulais. Je ne voulais pas. Je souhaitais juste achever mon roman, et l'envoyer à Chris quand il serait terminé. C'était devenu une idée fixe et, contrairement à mon rêve de finir comédienne, je faisais tout pour ne pas lâcher.

J'avais bien travaillé cette nuit-là et il ne me restait plus que l'épilogue à écrire. Dans mon histoire, Léa était revenue dans son village pour confondre l'agent de casting, et je réfléchissais à comment son Tom allait pouvoir la retrouver. Au départ, j'avais trouvé judicieux qu'il survole le champ près de chez elle dans un avion privé derrière lequel flotterait une bannière avec l'inscription « *Léa, épouse-moi* », et qu'il saute en parachute pour atterrir en costume à ses pieds, mais finalement, j'avais eu un peu peur que ce soit trop fleur bleue. Malou, qui me lisait au fur et à mesure que j'écrivais, me donnait des conseils et me motivait, ne tenait plus en place. Une copine de la salle de sport où elle allait s'entraîner pendant sa pause déjeuner travaillait dans une maison d'édition, elle avait accepté de poser mon manuscrit sur le dessus de la pile d'une des éditrices. J'espérais que ma sœur ne lui avait pas fait trop de chantage pour obtenir ce traitement de faveur.

Je buvais mon chocolat chaud à la table de la cuisine quand Marie-Lou s'assit en face de moi, le regard noir.

— T'as pas fini le roman.

Je lui avais juré de tout donner pour poser le mot *« fin »* avant le retour des parents. Ça m'avait permis de me fixer une sorte de deadline et de m'y tenir.

— Presque.

— Mais t'avais dit que ce serait aujourd'hui ! m'accusa-t-elle sur le ton de l'enfant de la pub à qui les parents ont promis des *knackis*.

— La journée n'a pas vraiment commencé, il n'est même pas 6 heures.

— On ne va avoir le temps de rien !

— L'aéroport est à moins de 45 minutes ! On sera rentrés en fin de matinée. J'aurai toute l'après-midi pour m'y consacrer.

— Ouais d'accord. Je te signale que les vacances de Noël ont débuté hier soir et que dès notre retour, toute la famille va débouler. On devra faire les courses, faire à manger, faire le ménage, et faire bonne figure.

— Relax, Malou. Tu sais très bien que tout le monde va mettre la main à la pâte. Je m'éclipserai une petite heure, voilà tout.

Marie-Lou sortit de la cuisine, la mine boudeuse. Elle revint moins de cinq minutes plus tard avec mon ordinateur portable dans les bras.

— Tiens. Ce qui est fait n'est plus à faire. Tu pourras véritablement profiter, après.

— Je n'ai pas envie d'écrire maintenant, Malou !

— On s'en fout de tes caprices de romancière. Je te prépare un café. Écris. Je te laisse une demi-heure.

Je grognai, mais allumai mon ordinateur. Marie-Lou était une authentique enquiquineuse, mais elle avait raison. Ce qui était fait n'était plus à faire. Et puis j'aurai le temps de modifier la fin lors de ma phase de relecture, si je trouvais mieux.

J'ouvris le dossier intitulé sobrement *« ROMAN »*, descendis le fichier jusqu'en bas et attaquai l'écriture.

« Épilogue.

Le manque de Tom prenait parfois Léa par surprise, aux moments où elle s'y attendait le moins. Une chanson entendue dans le camping-car passait à la radio, et les larmes lui montaient aux yeux. Une odeur de chocolat chaud, un mot qu'il avait prononcé, un homme qui traversait la rue… et Léa replongeait, telle une droguée. Elle ressentait alors l'absence jusqu'au fond de ses entrailles.

Cet après-midi-là, elle était plongée dans la contemplation d'un faon, devant un documentaire animalier, et les larmes avaient commencé à dévaler le long de ses joues, lorsqu'elle entendit un bruit. »

— Il vient chez elle ? m'interrogea Marie-Lou, penchée par-dessus mon épaule.

— Euh, oui. C'est une surprise.

— Et il ne la prévient pas ?

— Bah non. C'est le concept de la surprise.

— Ah.

— Quoi, « *ah* » ?

— C'est pas crédible, jugea ma sœur en retroussant le bout de son nez. Enfin, je veux dire, c'est hyper prévisible. Pourquoi ne pas le faire arriver à dos de cheval blanc, tant qu'on y est ? Tu ne préfères pas qu'elle le retrouve, je ne sais pas moi, à l'aéroport ?

— Elle n'a pas programmé d'aller à l'aéroport, commentai-je avec patience. Pourquoi la rejoindrait-il à l'aéroport ?

Ah bah ça, je n'en ai aucune idée. Ce n'est pas moi l'auteure, que je sache. Mais l'aéroport, c'est romantique.

— Romantique ? m'esclaffai-je. Pas du tout. Un aéroport, c'est bruyant, c'est anarchique, c'est le bordel. Et c'est encore plus convenu que l'arrivée surprise chez elle.

— Toutes les comédies sentimentales dignes de ce nom finissent dans un aéroport, Ellie, argua-t-elle, les poings sur les hanches.

— Justement. Je n'ai pas envie que leurs retrouvailles se passent entre un vendeur de magazines et des gens qui râlent parce qu'ils n'ont pas récupéré leurs bagages. Léa et Tom méritent mieux qu'un aéroport. Fin de la négociation.

— Caractère de cochon.

— C'est celui qui l'dit qui y est.

Marie-Lou me tira la langue.

— OK. Je te laisse imaginer la conclusion que tu veux. Moi, je monte me préparer. Mais réfléchis à mon idée, Ellie. Ce n'est pas l'endroit qui compte, c'est la puissance de leurs sentiments, non ?

— Raison de plus pour que ça ne s'achève pas dans un aéroport !

Marie-Lou ne m'écoutait plus, elle se sauva en claquant les talons comme lorsqu'on était gamines et qu'elle désapprouvait mes choix. Je grommelai. Son idée était stupide, Léa n'avait rien à faire dans un aéroport. Je relus ma dernière phrase, effaçai, annulai. Marie-Lou avait réussi à semer le doute dans mon esprit. Je fis craquer mes doigts, scrutai le mur en attente d'une révélation, soupirai de frustration. L'inspiration s'était envolée. Je n'arrivais pas à décider comment mon histoire allait se terminer.

***

— Regarde, Ellie, ce couple, là, s'extasia ma sœur. Ils viennent de se se tomber dans les bras l'un de l'autre. Dans un aéroport. C'est romanesque, non ? Moi, ça me fait un drôle d'effet dans la culotte.

— Elle sortait des toilettes, Malou, arguai-je en tâchant de ne pas me montrer trop exaspérée (je me serais bien décerné la médaille de la patience). On ne peut pas appeler ça des retrouvailles. En plus, elle a du papier toilette scotché sous la semelle de sa chaussure et sa jupe coincée dans son collant. Tu parles d'un romantisme…

— Tu es vraiment trop pragmatique, ma pauvre fille.

C'était la cinquième histoire d'amour que ma sœur me pointait du doigt depuis qu'on était arrivées à Roissy. Heureusement, l'avion des parents avait atterri et ces derniers n'allaient pas tarder à nous retrouver. Bientôt, nous sortirions d'ici et Marie-Lou arrêterait de me rabâcher les oreilles avec cette histoire de baiser enflammé devant tous les passagers du terminal C.

Enfin, Papa et Maman surgirent derrière les portes automatiques. Habillés comme des touristes allemands, avec la même polaire rouge, la même doudoune bleue et les mêmes baskets orange, ils ne ressemblaient à rien, mais ils se tenaient par la main et les voir en chair et en os, aussi souriants et reposés, me fit monter les larmes aux yeux. Marie-Lou avait déjà sauté dans les bras de notre père, renversant sa valise au passage, et je suivis le mouvement.

Nos retrouvailles ne furent que babillages, sanglots de joie, éclats de rire, et protestations de la part de ceux qui essayaient de franchir notre barrage humain. Papa et maman n'avaient jamais été aussi loquaces. Si personne ne les arrêtait, ils risquaient de sortir leurs photos et de nous raconter leurs presque 5 mois d'aventure en plein milieu du hall.

— On ferait bien d'y aller, non ? suggérai-je en attrapant la plus grosse valise. Les autres vont nous attendre, à la maison.

— Détends-toi, Ellie, me conseilla ma mère en me tapotant la tête comme quand j'avais 8 ans et que je refusais de prendre mon sirop pour la toux. J'ai l'impression de poursuivre un peu mes vacances, en restant dans l'aéroport… ça vous dit, un petit verre au bar ?

Je grimaçai. Objectivement, ça me tentait autant que d'embrasser l'Oncle Maurice sur sa perruque en poils d'écureuil mort.

— Génial, super idée ! exulta Marie-Lou.

On lui aurait proposé trois jours de thalasso sur une plage des Seychelles qu'elle n'aurait pas été aussi enthousiaste. Je la regardai avec circonspection. Le travail à la ferme était en train de la rendre maboule, heureusement que les parents étaient rentrés.

— Ah oui, moi je meurs de soif, ajouta mon père. Et j'aime bien l'ambiance des aéroports.

— Tu vois, Ellie, les aéroports, c'est magique ! s'émerveilla Marie-Lou en me tirant par la manche pour que je les suive.

— Youpi, allons-y, marmonnai-je.

Nous parvînmes à caser les bagages près d'une petite table au fond du bar et commandâmes deux limonades et deux cafés. L'addition s'avéra aussi élevée que le PIB de la Moldavie, mais tout le monde avait l'air content, alors, comme me l'avait recommandé maman, je me détendis. Ils avaient raison, après tout. À la maison, on n'aurait plus une minute de libre, autant en profiter. Ma mère s'appliquait à nous raconter dans les moindres détails la décoration de leur cabine sur le bateau de croisière, qu'elle nous avait déjà montrée sous toutes les coutures par Skype. Nous avait-elle parlé de la texture des draps ? Et du confort de l'oreiller ergonomique ? Elle n'avait jamais aussi bien dormi de toute sa vie. Et les serviettes de toilette ? D'une douceur… elle avait demandé le nom de l'assouplissant au chef de cabine, mais c'était une marque professionnelle… Je passai en mode pilote automatique, petits hochements de tête réguliers, sourire de façade, et m'immergeai dans mes pensées. C'est que j'avais un roman à terminer, moi, et je tenais à respecter mes engagements. Ce qui est dit est dit, cochon qui s'en dédit. C'était décidément ce principe qui régissait ma vie.

Malou me donna un coup de coude.

— Quoi ?

— Ah, quand même ! Tu étais partie loin, là !

Pas du tout, je définissais le mantra qui dirigeait mon existence.

— Non non, je vous écoute. Ça avait l'air très beau, j'ai hâte de voir les photos.

— On disait qu'on allait s'en aller. Maman veut acheter un livre au point relay avant de rentrer. On bouge ?

J'ébauchai un sourire, me levai et saisis une des valises de mes parents, mais Marie-Lou me stoppa dans mon élan en s'excitant.

— Non ! Je la prends. Toi, tu te contentes de marcher. Tu exerces un métier manuel, tu dois te ménager.

Ma sœur était de plus en plus cinglée. La récente rupture avec son dernier petit ami en date lui avait provoqué un choc plus important qu'elle n'avait bien voulu l'admettre, je ne voyais pas d'autre explication. C'était arrivé trois mois auparavant. Elle n'avait pas voulu m'en parler, malgré mon insistance, et s'était comportée comme si elle était libérée, mais elle agissait de façon bizarre. J'allais vraiment devoir aborder le sujet avec elle et l'obliger à communiquer à ce sujet.

Nous avançâmes en direction des ascenseurs et je fouillai mon sac à la recherche du ticket de parking. Je me rappelai parfaitement m'être dit « *je le range ici, comme ça, je le retrouverai facilement* », et bien sûr, je ne me souvenais plus où se situait le « *ici* ». Je finis par le repérer dans mon paquet de mouchoirs et le montrai à papa, comme si c'était un billet de loterie gagnant, lorsque mes yeux croisèrent un regard gris-bleu et un large sourire à fossette. Mon cœur fit une embardée, mes neurones me raisonnèrent. Chris n'était pas ici. Il fallait que mon imagination arrête de le voir partout. Les chagrins d'amour provoquaient des hallucinations.

Le gars qui n'était pas Chris s'approcha avant de s'immobiliser. Il me fixa. Il ressemblait énormément à Chris. Mes jambes tremblèrent. Mon cerveau restait en mode encéphalogramme plat. Mon ventre se contracta sous une envolée de papillons. Enfin, mon cerveau établit une connexion entre mes neurones. Mon cœur l'avait reconnu, mon cerveau ne pouvait que valider.

Chris était là. Dans un putain d'aéroport, le lieu le moins romantique du monde et pourtant, j'eus l'impression que des dizaines de Cupidons lançaient des flèches dans le hall, que la lumière était plus belle, que les voix des passants n'étaient plus que des murmures et que j'allais m'évanouir de bonheur.

Chris se tenait à quelques mètres de moi, les bras ouverts, et son sourire hésitait. Devait-il monter jusqu'à ses yeux ou retomber ? Moi, je n'étais pas capable de marcher. C'était encore mon cerveau qui me l'avait fait remarquer. J'essayai quand même, après tout, j'avais eu la preuve qu'il n'était pas super fiable. J'avais eu raison de me méfier. Je ne marchai pas, je m'envolai sur le torse de Chris. Ses bras se refermèrent autour de ma taille. La certitude que je n'avais jamais été aussi heureuse qu'en ce moment m'étreignit. Juste après, le doute m'assaillit. Je venais de me jeter dans ses bras, il ne m'avait pas repoussée, mais était-il là pour moi ? Et si j'étais à nouveau victime d'un quiproquo ?

— Qu'est-ce que tu fais là ? demandai-je, alors qu'un milliard d'autres questions bien plus pertinentes se bousculaient dans ma tête.

— Tu me déçois, Ellie Lobster, sourit-il. Je pensais que tu commencerais par m'avertir que tu n'avais pas commandé de pizza.

— Tu as ramené une pizza ?

Notre échange ne serait jamais certifié par le cercle des romantiques disparus.

— Non, avoua-t-il. Je suis là pour affaires.

— Oh.

Mes yeux s'emplirent de larmes. Cette rencontre était une pure coïncidence. Comment aurait-il pu savoir que je me trouverais ici, de toute façon ? Je n'étais décidément qu'une pauvre cruche.

— Je plaisante, Ellie. Et pour répondre à ta première question, je voulais te faire changer d'avis sur le pouvoir sentimental de l'aéroport.

J'ouvris la bouche. Je ne comprenais plus rien. Comment pouvait-il être au courant ? Je n'en avais même pas parlé à Thelma, et… oh mon Dieu. C'était évident. Je jetai un regard à ma sœur. Elle arborait un immense sourire, mais elle n'avait pas l'air surprise de découvrir mon bel américain ici. Comment avais-je pu ne rien voir venir ? Toute lectrice un tant soit peu habituée aux comédies romantiques se serait aperçue qu'il y avait anguille sous roche dès l'évocation de l'aéroport par ma sœur. Là, il y avait carrément baleine sous gravillon. Et moi qui me targuais d'être une apprentie romancière, je m'étais laissée berner.

— Tu, tu… as élaboré ce plan avec Malou ? balbutiai-je.

— Pire que ça. On communique depuis pas mal de temps. J'ai même reçu le début de ton roman. Je suis venu découvrir comment se passent les retrouvailles de Tom et Léa.

Je manquai d'air. J'avais imaginé mille scénarios improbables pour nos potentielles retrouvailles, mais aucun ne se déroulait en France, dans un aéroport.

— L'histoire n'est pas finie, murmurai-je, je ne sais plus comment la terminer…

— Ça tombe bien, je n'ai pas envie qu'elle se termine. On pourrait peut-être envisager une suite ?

Je plongeai mes yeux dans les siens, et j'y lus qu'effectivement, ce n'était que le début.

Il déposa un tendre baiser sur le bout de mon nez et je relevai la tête pour un long baiser passionné. Quand je rouvris les yeux, trois secondes ou mille ans plus tard, j'observai les passants qui continuaient leur chemin sans même se soucier de nous. Personne ne s'était arrêté, personne n'avait applaudi. Je fus presque déçue. Les comédies romantiques ne reflétaient vraiment pas la vraie vie.

— Ah, au fait, révéla-t-il, j'ai une surprise pour toi.

— Parce que tu trouves que tu n'es pas une surprise assez étourdissante ?

— Retourne-toi.

Je regardai derrière moi et éclatai en sanglots. Thelma, Cassandra, John et même Dumbo étaient là, attendant sagement que je les remarque. Un homme se tenait près d'eux. Vu la ressemblance avec Chris, j'en conclus qu'il s'agissait d'Edward. Cassie se suspendit à mon cou et me serra à m'en étouffer. J'embrassai Thelma, et mes parents et ma sœur se joignirent à nous pour une valse des présentations.

— Joyeux Noël en avance, grande sœur, me souffla Malou.

ÉPILOGUE.
-La la land-

2 ans plus tard.

J'acceptai une coupe de champagne, en me promettant que ce serait la seule. *Ce qui est dit est dit, cochon qui s'en dédit.* Vu la hauteur de mes talons, si j'en buvais plus d'une, je risquais la triple entorse de la cheville avant la fin de la soirée. Comme j'étais l'une des personnalités mises à l'honneur, ça aurait fait mauvais genre d'être évacuée sur un brancard. Oui, je crânais un peu, mais si je ne le faisais pas aujourd'hui, quand le pourrais-je ? Ce soir-là, j'assistai à l'avant-première de *Road-trip et petits désagréments*, le film tiré de mon premier roman. J'avais un trac monstre, même si je n'avais aucun mérite à en tirer. Si le roman s'était très bien vendu, j'étais consciente que je devais cette adaptation cinématographique à l'envie d'Edward de travailler en famille, et de rendre hommage à sa femme disparue. Une partie des bénéfices reviendrait d'ailleurs à l'association, rebaptisée « *Cathy Orsini* ». Les scénaristes avaient accompli un boulot merveilleux, ils avaient sublimé mon texte. Le film avait été tourné entre les studios de Los Angeles et les décors naturels de Yosemite, Sacramento et Amargosa, et les images allaient être magnifiques. Je n'aurais pas imaginé d'autre acteur que ceux qui avaient été choisis. Thelma avait accepté d'interpréter son propre rôle, histoire de pimenter un peu son quotidien. Et moi, j'avais copié le grand Alfred Hitchcock qui apparaissait dans chacun de ses films et m'étais moi-même mise dans la peau d'un personnage. J'avais joué la serveuse du *diner.* Six jours de tournage à se lever à 4 heures du matin pour une réplique et un chewing-gum mâchouillé derrière le comptoir, ça m'avait épuisée. J'étais bien contente que le destin m'ait dirigée vers une autre voie que celle du cinéma. Je n'avais aucun regret par rapport à la fin prématurée de ma carrière qui n'avait jamais décollé. Depuis deux ans et demi, ma vie était chaque jour une aventure. Chris et moi partagions notre temps entre Los Angeles et la ferme familiale. Il pouvait désormais se permettre de déléguer ses missions à l'association, qui avait obtenu de multiples subventions. Il répondait encore à quelques coups de fil, parce qu'il ne pouvait s'en empêcher. Je trouvais ça fabuleux, comme à peu près tout ce qu'il entreprenait ou racontait. Quant à moi, je venais de débuter l'écriture de mon troisième roman.

— Ce ne serait pas Ryan Gossling, là-bas ? me chuchota Marie-Lou en écarquillant les yeux.

— Je crois, si.

— Oh mon dieu. Je vais peut-être emménager définitivement avec vous.

— Et laisser Gilles tout seul à la ferme plus d'une semaine ? Tu ne tiendrais pas le coup !

Ce n'était plus un scoop désormais, mais ça m'avait causé un sacré choc. Quelques mois après mon installation aux États-Unis avec Chris, j'avais appelé Marie-Lou sur Skype. Elle avait voulu raccrocher, s'était trompée de bouton, et m'avait fourni l'opportunité d'apercevoir Gilles, nu, comme un ver, qui se tortillait sur le lit de ma sœur. Lorsqu'elle avait compris sa boulette, elle avait posé sa main sur la caméra et avait crié tous les gros mots qu'elle connaissait, mais c'était trop tard. Elle avait dû m'avouer que Gilles et elle s'étaient rapprochés, et qu'ils formaient désormais un couple encore caché, mais épanoui. Elle ne savait pas comment j'allais prendre la nouvelle quand je l'apprendrais, et n'avait de cesse de repousser l'échéance. Après m'être moquée, je l'avais rassurée. S'ils étaient heureux, je l'étais aussi. Et ils l'étaient.

Chris me fit un petit signe de loin, je lui envoyai un baiser du bout des doigts en retour. Il bavardait avec son père et comme de coutume depuis leur réconciliation, ça pouvait durer des heures.

Ces deux-là étaient rarement d'accord, mais toujours prêts à défendre leurs opinions. Je le contemplai un instant, et comme à chaque fois, mon cœur tambourina dans ma poitrine. Tous les deux, nous avions changé au contact de l'autre. Nous avions grandi, évolué, nous nous étions affirmés et nous avions trouvé la paix intérieure. On se disputait toujours autant, mais nos réconciliations sur l'oreiller restaient à la hauteur de nos chamailleries !

Le film allait démarrer, nous regagnâmes nos fauteuils. Quand l'obscurité envahit la salle de cinéma, nos doigts s'entrelacèrent. Revoir nos aventures sur écran géant me renvoyait presque trois ans en arrière. Pendant 1 h 44, je ris, je vibrai, je pleurai avec Léa. Je savais ce qu'elle traversait, mais je connaissais aussi la fin, qui signifiait le début d'autre chose.

Malou se pencha vers moi :

— Ils ont bien gardé *ma* scène de l'aéroport, à la fin ?

— Je refuse de te spoiler !

— Mais je veux savoir !

— Alors, tais-toi et regarde !

Alerte spoiler : Oui. Même si c'était terriblement convenu, ils l'avaient gardée, tout comme moi, je la garderai indéfiniment dans mon cœur. Il fallait que je note cette phrase pour un prochain roman, tiens. Ou pas, finalement.

Quand les lumières se rallumèrent et que je montai sur scène avec toute l'équipe ainsi que Chris à qui nous allions d'ores et déjà remettre un chèque pour l'association, je tamponnai encore mes yeux remplis de larmes. Edward prononça un discours pour nous remercier, nous répondîmes à quelques questions des journalistes. Tout à coup, alors que j'espérais pouvoir rapidement envoyer valser mes chaussures, mon amoureux s'empara du micro en se passant la main dans les cheveux. Avait-il abusé du champagne ? Il cita mon prénom. Je me figeai.

— Ellie Lobster, annonça-il en me caressant du regard, c'est grâce à toi que nous sommes tous réunis ici. Tu es à l'initiative du merveilleux roman qui a donné un film tout aussi beau. C'est surtout toi qui, en traversant les mêmes aventures que Léa dans le film, en supportant mon caractère d'ours mal léché, en voyant systématiquement le verre à moitié plein, et en restant enjouée malgré les galères, as réussi à briser ma carapace. Tu as rêvé pendant plus de la moitié de ta vie de vivre sous les lumières des projecteurs, et si aujourd'hui, Dieu merci, tu as changé d'avis, je sais que tu ne refuseras pas un peu de paillettes. Ce ne sont que des paillettes de plastique, et c'est un symbole anecdotique, mais je voulais t'offrir, en public, devant ta famille et les journalistes, ce cadeau.

Il me tendit un petit coffret que j'ouvris d'une main tremblante, pour découvrir une boule à neige. J'éclatai de rire.

Je l'approchai de mon visage pour regarder la figurine à l'intérieur. Il s'agissait d'un avion qui traînait une banderole, sur laquelle il était inscrit : *« Will U marry me ? »*.

Je restai scotchée, les yeux mouillés, incapable de prononcer le moindre mot. Décidément, les demandes en mariage me rendaient muette. Mais contrairement à celle qui m'avait été faite par Gilles trois ans auparavant, j'exultai.

Mon amoureux posa un genou à terre, et je croisai discrètement les doigts pour qu'il ne lâche pas un pet devant tout le gratin hollywoodien.

— Éléonore Cascouille, veux-tu m'épouser ?

Je répondis par un petit oui de la tête, soudain intimidée.

— Plus fort ! On n'a pas entendu la réponse ! rugit une journaliste. Réflexion faite, il était fort probable que ce ne soit pas une journaliste, mais ma sœur.

J'esquissai un petit pas chassé en réussissant à ne pas m'étaler de tout mon long et saisis le micro des mains de mon presque fiancé.

— OUI ! je criai, provoquant un larsen dont les tympans de toute la salle se souviendraient longtemps. Ils penseraient à moi quand ils souffriraient d'acouphènes.

Une pluie de confettis tomba sur la scène. *« I wanna be loved by you »* retentit dans la salle, et un projecteur se braqua dix mètres au-dessus de nos têtes. Je levai les yeux et hurlai de stupeur.

Thelma, habillée en Marilyn Monroe, était assise sur une balançoire accrochée à des poulies qui descendait du plafond. La septuagénaire chantait, micro en main. J'éclatai de rire. J'éclatai aussi en sanglots. Ils étaient complètement fous ! Chris se releva et m'offrit un chaste baiser, je l'embrassai à pleine bouche en retour.

— Offrons aux journalistes ce qu'ils ont envie de voir, lui susurrai-je à l'oreille.

Les applaudissements retentirent de toutes parts.

— Au fait, au cas où tu t'inquièterais de ne pas avoir de bague, tu sais où la trouver ! chuchota-t-il, taquin, en me volant mon nez.

Il avait décidément trop traîné avec mon frère Mickaël.

Je regardai autour de moi, me demandant si c'était Cassie, qui avait couru sur scène pour nous embrasser, qui devait me la donner. J'espérais juste qu'il ne l'avait pas confiée à Dumbo, sinon, on ne la reverrait jamais. Et puis une ampoule s'alluma dans mon cerveau.

Les mains tremblantes, je dévissai le socle de la boule à neige. À l'intérieur se trouvait un anneau tout simple, serti d'un minuscule diamant. Il me la passa au doigt.

— John s'est proposé pour jouer l'officiant de cérémonie déguisé en Elvis, si ça nous tente, me souffla mon tout nouveau fiancé.

Je ris encore, le cœur léger. Thelma termina sa prestation sous les ovations du public et nous saluâmes les spectateurs.

Un lourd rideau de velours tomba sur scène et Chris m'enlaça, les yeux brillants. Notre film était loin d'être fini, j'allais continuer à interpréter pour toujours le meilleur rôle de ma vie.

Annexes :

Cahier des charges de Ellie Lobster.
Présentation de Christian :

Christian des plaines de l'Ohio Hamilton est un cavalier king-charles Spaniel pure race âgé de 5 ans. Il est vif, fringant, affectueux, joueur et gourmand.

Particularités : Il a une passion pour les vêtements qu'il s'amuse à mâchouiller avant d'aller les enterrer dans le jardin.

À faire quand vous l'aurez sous votre garde (deux à trois fois par semaine) :

- L'appeler Trésor ou Bibiche
- Le promener une à deux fois par jour, à vitesse réduite, il n'aime pas marcher.
- Le porter dès lors qu'il montre des signes de faiblesse (langue pendante, souffle erratique, arrêt total.)
- Ne pas l'autoriser à sauter dans la piscine, son rapport qualité de nage/poids l'entraînant une fois sur deux vers le fond.
- Le couvrir d'une petite laine si le temps est frais. (elles sont classées par couleur dans le placard de l'entrée.)
- Lui jeter la balle pour qu'il fasse de l'exercice (et arrêter dès qu'il montre des signes de faiblesse.)
- Le câliner régulièrement en passant le doigt entre ses yeux et en chuchotant *« Il est beau le chien-chien à sa maman »*
- Ne pas laisser traîner de nourriture, il a tendance à grossir facilement.

MERCI

Je ne sais pas vous, mais moi, j'adore lire les remerciements. Ça me donne l'impression d'entrer dans les coulisses de l'auteur, comme s'il allait me confier des secrets.

De fait, ça me met la pression pour écrire les miens. Qu'est-ce que je pourrais vous révéler ? Ce que j'ai déjeuné le jour de ma rentrée en sixième ? … Des raviolis, what else ?! Et oui, je portais du blanc. Je suis donc arrivée en retard au premier cours de l'après-midi, et j'en profite pour remercier la grande fille de troisième qui a séché mes larmes d'angoisse et m'a indiqué où se trouvait ma classe. (Si elle se reconnaît, qu'elle m'envoie un message.)

Ne fuyez pas, je vais trouver mieux :

Avez-vous remarqué que chaque titre de chapitre était en réalité un titre de film ? Vous trouverez la liste juste après la section des remerciements. Comment ça, ce n'est pas assez ? Bon, d'accord. Je me lance :

L'idée de ce roman est née en plusieurs étapes. La toute première m'est tombée dessus alors que je découvrais les petits messages d'espoir accrochés sur le pont d'Auburn, en Californie. Je les aurais bien tous lus si mes enfants n'avaient pas eu « *trop chaud, trop soif et trop envie d'aller à la piscine.* » Les divers éléments de l'histoire se sont imbriqués dans ma caboche entre l'hôtel kitsch d'Amargosa Valley (si vous avez l'occasion d'y aller, n'hésitez pas une seconde !), la station service dédiée à la zone 51 et un village fantôme où le propriétaire a sorti un véritable extraterrestre en plastique enfermé dans un bocal. De retour en France, j'ai raconté mes premières idées à ma mère qui a ri tout du long. C'est la raison pour laquelle je me suis lancée.

Merci donc à toi, maman, d'être si bon public. (et d'avoir gardé le chien avec Toinou, pour qu'on puisse partir en road-trip aux États-Unis.) Merci à vous deux d'être ceux que vous êtes.

Ce roman n'aurait donc pas vu le jour sans ce road-trip incroyable et ceux qui l'ont partagé avec moi : Antoine, Marissa et Léandre, les trois amours de ma vie. Je me souviendrai toujours de ce trajet durant lequel nous avons inventé l'histoire de Christian, pauvre bougre coursé par un cactus affamé et des extra-terrestres azimutés. J'ai la chance d'avoir une famille qui ne râle pas (trop) quand je raconte des histoires rocambolesques, qui nourrissent mes brouillons de bouquins.

Si l'histoire m'a emballée et tenue en haleine des jours et des nuits durant (les personnages m'ayant carrément donné des directives auxquelles je n'avais pas pensé, me forçant à réécrire des chapitres entiers !), il ne serait pas celui que vous tenez entre les mains sans ces personnes qui m'ont lue, soutenue, conseillée, aiguillée ou félicitée. En premier lieu, Valérie Lavallé, ma siamoise, qui lit tous mes brouillons sans rechigner (et qui m'a offert le rôle de marraine pour ma douce Isaline que j'ai réussi à glisser dans ces pages comme Isabelle, l'hôtesse de l'air de ma vie.) Il y a également Léa Volène, présente à chaque phase importante (ou futile !), Marianne et ses propos toujours justes, Amélie qui surveille mes descriptions comme personne, Alicia et Gick qui concourent à qui le lira le plus vite. Pour ce roman, il y a aussi Alice, chroniqueuse d'*« Alice au pays des livres »*, qui m'a été d'une aide précieuse, ma plus jeune et plus enthousiaste lectrice Ellinor, et Aurélie, qui m'a écrit une dissert' de 6 pages en guise de retour, j'ai adoré ! Mention à Lydie pour le débrief au spa, devenu un rituel mensuel. Ma vie ne serait pas la même sans mes Bertitis, Serena Giuliano, Sophie Henrionnet, Virginie Grimaldi. Plus que des autrices que j'admire, elles sont les amies présentes dans le pire et le meilleur. Je ne nous souhaite que le meilleur (et encore 100 ans de séjour annuel à Biarritz.)

Dans un roman, les erreurs se glissent de manière vicieuse, sans se faire remarquer. Elles se cachent pour sauter ensuite aux yeux des lecteurs. Heureusement, j'ai pu compter sur 3 correctrices de choc. Ma maman tout d'abord, puis Catherine et Claire, les pros du stylo rouge, qui ont vérifié la moindre virgule. (ma bête noire, paraît-il !)

J'écris des histoires que j'aurais envie de lire, mais quand elles plaisent à d'autres, c'est encore mieux. Pour celui-ci, c'est déjà réussi puisque Oma, ma grand-mère adorée, a loupé une sieste parce qu'elle ne pouvait pas le lâcher, ce qui me comble de joie (le fait qu'elle ait aimé, pas qu'elle ait loupé sa sieste !)

Ce qu'on voit en premier d'un roman, c'est sa couverture. Encore une fois, j'ai la chance folle d'être bien entourée. J'ai dû sauver des chatons de la noyade dans une autre vie pour mériter mon bon karma. Cet été, j'ai admiré une illustration de @noar.noar (sur instagram) et elle m'est restée en tête. C'était celle-là que je voulais pour Ellie Lobster. Sans hésiter, il a non seulement accepter de me donner l'illustration de départ mais également de la modifier avec le titre de mon roman. Merci à lui et à Natacha Birds pour leur amitié. (Par contre, dans un instant d'égarement, j'ai promis de sauter dans la piscine pour leur montrer ma joie, j'espère qu'on ne se verra pas avant l'été.)

Pour qu'un roman, autoédité de surcroît, se fasse connaître, il a besoin qu'on parle de lui. Par le bouche-à-oreille, mais aussi sur les réseaux sociaux. Je remercie d'ores et déjà les premiers blogueurs, chroniqueurs, instagrameurs… qui ont ont découvert les aventures d'Ellie et qui en parlent avec ferveur. Grâce à eux, Ellie a des chances de se faire remarquer, et leurs avis font augmenter chaque jour ma pile de romans à découvrir !

Évidemment, que serait un roman sans lecteurs ? Je vous ai gardés pour la fin, comme une cerise sur le banana split. Que vous me suiviez sur mon blog ou les réseaux sociaux ou que vous m'ayez découverte grâce à mes romans, vous me rendez la vie plus belle. Vos messages sont des petits pics de bonheur dans mon cœur, vos commentaires me rendent plus légère (même après une raclette), et je mesure la chance de pouvoir vivre toutes ces aventures avec vous. Partager sur les réseaux sociaux, vous rencontrer en vrai, ça apporte un vrai plus dans ma vie. J'ai hâte de pouvoir venir à votre rencontre, et en attendant, continuez à m'écrire, j'adore ça. Merci pour votre bienveillance, votre humour, vos petits mots. Merci d'être là. (J'ai l'impression d'être Céline Dion à un concert là, non ?!)

Je vais arrêter là, ce n'est pas la remise des Oscars, me souffle mon mari dans l'oreillette. Juste, avant de partir, j'ai oublié quelqu'un : merci Orson, mon chien (si, je vais lui lire cette partie), pour m'avoir inspiré le personnage de Dumbo (et également le super guide qui arrive bientôt en version brochée.)

N'oubliez pas de laisser un message sur Amazon, dans la vie d'une autrice autoéditée, ça compte énormément.

Pour me retrouver sur les réseaux sociaux :
Sur instagram : @cynthiabavarde/@theglobe_readeuse
Sur Facebook : Cynthia Kafka.
Mon site auteur : www.cynthiakafka.com
Par mail : cynthiakafkapro@gmail.com

À très vite pour de prochaines aventures !

Titre des films :

Prologue- Meilleur espoir féminin : 1999. Film de Gérard Jugnot avec Bérénice Bejo, Gérard Jugnot.

1- Rendez-vous : 1984. Film de André Téchiné, avec Juliette Binoche, Lambert Wilson, Jean-Louis Trintignant.

2- La grande illusion : 1937. Film de Jean Renoir, avec Jean Gabin, Dita Parlo.

3- La doublure : 2005. Film de par Francis Veber avec Alice Taglioni, Daniel Auteuil…

4- Vol au-dessus d'un nid de coucou : 1975. Film de Milos Forman avec Michael Berryman, Dean R. Brooks…

5- Il était une fois dans l'ouest : 1968. Film de Sergio Leone avec Henry Fonda, Charles Bronson.

6- Rencontre du troisième type : 1977. Film de Steven Spielberg avec Richard Dreyfuss, François Truffaut…

7- Le bon, la brute et le truand : 1966. Film de Sergio Leone avec Clint Eastwood, Eli Wallach.

8- Voyance et manigance : 2001. Film de Éric Fourniols avec Tatiana Gousseff, Emmanuelle Béart.

9- Sueurs froides : 1958. Film d'Alfred Hitchcock avec James Stewart, Kim Novak

10- La vérité si je mens : 1997. Film de Thomas Gilou avec Richard Anconina, Vincent Elbaz.

11- La vie est belle : 1997. Film de Roberto Benigni avec Roberto Benigni, Nicoletta Braschi.

12- Psychose : 1960. Film d'Alfred Hitchcock avec Anthony Perkins, Janet Leigh.

13- Fight Club : 1999. Film de David Fincher avec Brad Pitt, Edward Norton.

14- La rançon : 1996. Film de Ron Howard avec Mel Gibson, Rene Russo.

15- Les hommes préfèrent les blondes : 1953. Film de Howard Hawks avec Jane Russell, Marilyn Monroe.

16- Bodyguard : 1992. Film de Mick Jackson avec Kevin Costner, Whitney Houston.

17- Chantons sous la pluie : 1952. Film de Stanley Donen et Gene Kelly avec Jean Hagen, Gene Kelly.

18- Jeux d'enfants : 2003. Film de Yann Samuell avec Guillaume Canet, Marion Cotillard.

19- Fenêtre sur cour : 1954. Film d'Alfred Hitchcock avec James Stewart, Grace Kelly.

20- In the mood for love : 2000. Film de Wong Kar-Wai avec Tony Leung Chiu Wai, Maggie Cheung.

21- Mission : 1986. Film de Roland Joffé avec Robert De Niro, Jeremy Irons.

22- L'avventura : 1960. Film de Michelangelo Antonioni avec Gabriele Ferzetti, Monica Vitti.

23- Les infiltrés : 2006. Film de Martin Scorsese avec Leonardo DiCaprio, Matt Damon.

24- Retour vers le futur : 1985. Film de Robert Zemeckis avec Michael J. Fox, Christopher Lloyd.

25- L'empire contre-attaque : 1980. Film de Irvin Kershner avec Mark Hamill, Harrison Ford.

26- Le terminal : 2004. Film de Steven Spielberg avec Tom Hanks, Catherine Zeta-Jones.

Épilogue- La la land : 2016. Film de Damien Chazelle avec Ryan Gosling, Emma Stone, John Legend

Printed by Amazon Italia Logistica S.r.l.
Torrazza Piemonte (TO), Italy

16528929R00167